清朝的皇帝

高陽 著

四 走向式微

經典新版

目錄

十、文宗——咸豐皇帝

文宗名奕詝，宣宗第三子；二兄皆早夭，所以文宗居長，道光十一年六月初九日生，即位時未滿二十歲。相傳宣宗最鍾愛者，爲皇六子奕訢；其得位得力於師傅杜受田。如謂世宗繼統，出於豪奪，則文宗得位可謂之巧取。「春冰室野乘」記其始末云：

「內務府老司官旗人某君，年七十餘矣，通籍道光末，歷事四朝，內廷故事纂熟；嘗為述道咸間遺事，多人間所不得知者。云宣廟晚年，最鍾愛恭忠親王，欲以大業付之，金石緘名時，幾書恭王名者數矣；以文宗賢且居長，故逡巡未決。濱州時在上書房行走，適授文宗讀，微窺上意所在，欲擁戴文宗，以建非常之勳；一日上命諸皇子校獵南苑。

故事皇子方讀書者，奉命外出，臨行時必詣師傅處請假，所以尊師也。是日文宗至上書房，左右適無人，惟濱州一人獨坐齋中，文宗入，行禮畢；皇子見師傅皆長揖，問將何往，以奉命校獵對，濱州乃耳語曰：「阿哥至圍場中，但坐觀他人馳射，萬勿發一槍一矢，並當約束從人，不得捕一生物。復命時，上若問及，但對以時方春和，鳥獸孕育，不忍傷生命以干天和；且不欲以弓馬一日之長，與諸弟競爭也。阿哥第以此對，必能上契聖心。此一生榮枯關頭，當切記勿忽也。」文宗既至圍所，如所囑行之。

是日恭王所得禽獸最多，方顧盼自喜，見文宗默坐，從者悉垂手侍立，怪之問其故；文宗曰：「吾無他，但今日適不快，弗敢馳逐耳。」日暮歸，復命，文宗獨無所獻；上詢之，具如濱州所教以對。上大喜曰：「是真有君人之度矣。」立儲之議遂決。

按：杜受田字錫山，山東濱州人，前任禮部侍郎杜堮之子；道光三年會元。兩子一名杜翻；一名杜翰，亦均爲翰林。

前引記載，絕對可信；證據是文宗接位，首沛恩施，即及杜家；如「東華錄」道光三十年二、三月間所載；

二月己卯（十六）賞工部尚書杜受田太子太傅銜。其父前任禮部侍郎堮，御書匾額曰：「達尊錫類」。

二月丁亥（廿四）以詹事府詹事杜翻為內閣學士，兼禮部侍郎銜。

三月庚子（初八）以工部尚書杜受田兼署吏部尚書。

同時以杜受田爲中心，組織「班底」，準備從穆彰阿手上接收軍機。在賞杜受田官銜的同時，以蔡念慈、馮培元、何彤雲在南書房行走。

蔡、馮皆杭州人，蔡爲道光二十一年會元；而杜受田爲是科會試總裁，蔡爲其得意門生。馮爲道光二十四年探花，與杜翰同榜。何彤雲雲南人，亦爲此科翰林。

按：南書房翰林，原爲文學侍從之臣；但亦可撰擬制誥，發生軍機大臣或章京的作用；文宗以與杜家父子有關係的人，安置在南書房，顯有不必經由穆彰阿而亦可發號施令的用意在內。

政局的變動，始於是年夏天，首先是「穆門十子」之首的陳孚恩，於五月間告終養，開去軍機大臣刑部尚書的差缺；杜受田調刑部，不久升協辦；孫瑞珍由禮尙調工部，旋調戶部，孫瑞珍爲杜受田的同年。

到了十月裡，穆彰阿終於垮了；特頒硃諭，昭示罪狀：

任賢去邪，誠人臣之首務也。任賢不斷，則任賢不專。方今天下因循廢墮，可謂極矣！吏治日壞，人心日澆，是朕之過；然獻替可否，匡朕不逮，則二三大臣之職也。穆彰阿身任大學士，受累朝知遇之恩，不思其難其慎，同德同心，乃保位貪榮，妨賢病國；小忠小信，陰柔以售其奸；僞學僞才，揣摩以逢主意。

從前夷務之興，穆彰阿傾排異己，深堪痛恨，如達洪阿、姚瑩之盡忠盡力，有礙於己，必欲陷之；耆英之無恥喪良，同惡相濟，盡力全之。似此固寵竊權者，不可枚舉，我皇考大公至正，惟知以誠心待人；穆彰阿得以肆行無忌，若使聖明早燭其奸，則必立法寘重典，斷不姑容。穆彰阿恃恩益縱，始終不悛，自本年正月，朕親政之初，遇事模稜，緘口不言；迨數月後，則漸施其伎倆，如英船至天津，伊猶欲引耆英為腹心，以遂其謀，欲使天下群黎，復遭荼毒，其心陰險，實不可問！

潘世恩等保林則徐，伊屢言林則徐柔弱病軀，不堪錄用；及朕派林則徐馳往粵西，剿辦土匪，穆彰阿又屢言林則徐未知能去否？偽言熒惑，使朕不知外事，其罪實在於此。

此論無異宣宗的「罪己詔」，所謂「吏治日壞、人心日澆，是朕之過」，在文宗接位不足十月，何咎可任？自然是先朝三十年之過。所謂「我皇考大公至正」云云，明明道出宣宗不能「早燭其奸」。

當然，文宗決無誹薄其父之意，只是譴責不重，不足以去三朝老臣，歷數前非，則不能不提先朝，措詞實有不得已的苦衷。

接下來是痛責耆英：

耆英之自外生長，畏葸無能，殊堪詫異。伊前在廣東時，惟抑民以奉外，罔顧國家，如「進城」之說，非明驗乎？上乖天道，下逆人情，幾至變生不可測；賴我皇考洞悉其僞，速令來京，然不即予罷斥，亦必有待也。今年耆英召對時，數言及英人如何可畏；如何必應事周旋？欺朕不知其奸，欲常保祿位，是其喪盡天良，愈辯愈彰，直同狂吠，尤不足惜。

按：耆英爲祿康之子，宗室，故首言「自外生長」。所謂「進城」之說者，道光二十七年，英國要求其僑民准入廣州城，態度強硬；耆英迫不得已，訂二年後入城之約，作爲搪塞之計。至期知此事必起糾紛，於二十八年奏請述職，趁機活動留京，巧爲規避。廣東由巡撫徐廣縉署總督、藩司葉名琛署巡撫；至二十九年春，英國要求踐約，果然鬧出軒然大波。此爲耆英「抑民以奉外」的「明驗」。

罪狀甚重，處分不致於死，穆彰阿「革職永不敘用」，聲明是念他「三朝舊臣，一旦寘之重法，朕心實有未忍」。耆英「降爲五品頂帶，以六部員外郎候補」。

文宗於硃諭中謂：「穆彰阿暗而難知；耆英顯而易見」，而據王壬秋日記，耆英實爲險人；其後復起，而於英法聯軍之役，終因玩弄手腕，爲文宗賜令自盡。穆彰阿雖有四子，而後裔不振，相傳同光年間以票友下海的名小生德君如，爲穆彰阿的孫子；與程硯秋爲英和之後，同爲旗人貴族式微後所出的名人。

文宗知人之明，勝於其父，但早年信任旗人的觀念猶牢不可破；及至賽尚阿、訥爾經額僨事，方知旗人不可恃。

「清史稿」列傳一百七十九論曰：

清沿故事，有大軍事輒以滿洲重臣督師，乾嘉時如阿桂、福康安、勒保、額勒登保等，皆胸有韜略，功在旂常；道光以來，惟長齡平定回疆，差堪繼武。其後禧恩之征傜；奕山、奕經之防海，或以驕侈召謗，或以輕率僨事。

至洪楊初起，李星沅不勝任，易以賽尚阿，馭將無力，遂致敵不可制。訥爾經額庸懦同之，畿甸震驚，自是朝廷始知其弊。惟僧格林沁猶以勳望膺其任，不復輕以中樞閣部出任師干。即有時親藩遙領，亦居其名，不行其實。蓋人材時會使然，固不可與初入關時並論也。

所謂「清沿故事」，是沿明朝大學士督師的故事。賽尚阿咸豐元年大拜，是清朝最後一個專征伐的「中樞閣部」；此後曾國藩、官文、李鴻章、左宗棠以大學士督師，皆爲因功升任，與賽尚阿不同。

同時，賽尚阿亦爲自國庫支領鉅額軍費的最後一人。清初自康熙用兵三藩開始，軍費皆由國庫支撥；最初，統帥且不必負後勤方面的責任，朝廷特簡大員，專辦糧台。及至乾隆「十大武功」；嘉慶川楚教匪；道光內憂外患迭起，連年用兵，庫藏因而竭蹶，最後一筆二百萬兩，給了賽尚阿，復又賜高宗誅訥親的「遏必隆刀」，但賽尚阿兵敗，並未授首於「遏必隆刀」下。

太平軍之釀成大患，實由上下粉飾，報喜不報憂，積漸而成。洪秀全的「上帝會」，與白蓮教在本質上並無不同，只是後者雜出於釋道；前者倚附耶穌而已。我最反對有些史學家，將太平軍起事，比擬爲民族革命，當時吏治不修、民生凋敝，由於宣宗闇弱不明，此爲事實，但與種族無關。

要求改革，固爲正辦；起兵造反，亦爲不可，但須提出政治主張：「你這樣做不好，我要這樣做，才是救國救民；等我來！」試問太平天國那套愚民的花樣，豈得謂之爲政治主張？百姓尚在水深火熱之中，而洪秀全亟亟於竊號稱王；內部爭權奪利；自相殘殺，這又是甚麼種族革命？

總之太平軍之荼毒東南，爲一連串錯誤造成的浩劫。每個錯誤，也是最大的錯誤，即在有意隱飾。洪秀全、馮雲山於道光十六年即已在廣西山區傳教；地方大吏如懍於川桂教匪的教訓，早爲曲突徙薪之計，又何致於有「紅羊劫讖」？

孟心史「清代史」記云：

道光之季，兩廣群盜如毛，廣西尤遍地皆匪。洪秀全與楊秀清創保良攻匪會，公然練兵籌餉，招收徒眾。

官捕之，搜捕之，搜獲入教名冊十七本，巡撫鄭祖琛不能決，釋秀全出獄。秀清率眾迎歸，招集亡命，貴縣秦日綱、林鳳祥；揭陽海盜羅大綱；衡山洪大全皆來附，陰受部署者至萬人。以歲值丁未，應紅羊劫讖。丁未為二十七年，後三年始以起事稱。（高陽按：未為羊；丁則南方丙丁火，火色紅，故稱「紅羊」；諧音則為「洪楊」，示「天命有歸」。）

這是相當嚴重的情況，而廣西巡撫鄭祖琛入告時，只稱「會匪」；且亦無洪秀全的姓名，至道光三十年六月，洪秀全金田起事時猶然。及至紙包不住火，經廣西提督向榮催促，方始馳奏，已將成燎原之勢。

文宗最初的處置是正確的，以雲貴總督林則徐爲欽差大臣，馳赴廣西督剿。林則徐於道光廿五年復起，授陝甘總督；二十七年三月移雲貴，所至平亂有功，可惜此番「出師未捷身先死」，印鸞章輯「清鑑」記云：

則徐起用後，歷任陝甘及雲貴總督，政聲卓著。未幾以病罷歸，及廣西事起，復詔起則徐為欽差大臣，馳往督剿。則徐故嘗督粤，威惠著聞，中外想望豐采，既奉詔，力疾出山。秀全士卒，聞則徐至，散亡大半，有謀遁走入海者，而則徐臥輿兼程，日行百餘里。從者勸節勞暫息，則徐曰：「二百里冰天雪窖，執戟荷戈，未嘗言苦，此時反憚勞乎？」仍星馳不止，行次潮州之普寧縣，疾甚，卒於廣寧行館，年六十有六。噩耗至京，帝大震悼，賜謚文忠。隨命兩江總督李星沅為欽差大臣，馳代則徐；以周天爵為廣西巡撫。自則徐死，而洪楊之變，不可遏抑矣。

文宗知人之明，遠過其父；而又信任肅順，故林則徐如不死，膺專閫之寄，可無虞掣肘，必能暢行其志，洪楊不足爲患。林則徐之死，惟有歸於氣數而已。

現在要談咸豐朝最有關係的一個人：肅順。宣宗大漸時，受顧命者爲「宗人府宗令載銓、御前大臣載垣、端華、僧格林沁，軍機大臣穆彰阿、陳孚恩、賽尚阿、何汝霖、季芝昌、總管內務府的大臣文慶」。載銓爲高宗長子永璜的曾孫，襲定郡王；載垣爲怡親王，端華爲鄭親王；肅順爲端華之弟。

「清史稿」本傳：

宗室肅順，字雨亭，鄭親王烏爾恭阿第六子也，道光中，考封三等輔國將軍……文宗即位，擢內閣學士，兼副都統，護軍統領，鑾儀使。以其敢任事，漸嚮用；咸豐四年，授御前侍衛，遷工部侍郎，歷禮部、戶部七年，擢左都御史，理藩院尚書，兼都統。時內亂方熾，外患日深。文宗憂勤，要政多下廷議，肅順恃恩眷，其兄鄭親王端華及怡親王載垣，相為附和，擠排異已，廷臣咸側目。

八年調禮部尚書，仍管理藩院事，又調戶部。會英法聯軍犯天津，起前大學士耆英，隨欽差大臣桂良、花沙納往議約，耆英不候旨回京，下獄議罪，擬絞監候；肅順獨具疏，請立予正法。上雖斥其言過當，即賜耆英自盡。

肅順欲置耆英於死，象徵了他性格中最突出的一點：看不起旗人；待旗人格外苛刻。

肅順重漢輕滿，雅重文士，於湖南人尤爲有緣。「湘中五子」之四：王湘綺、李篁仙、鄧彌之、保之兄弟，皆在「肅門六子」之列。

斡旋左宗棠之獄，支持胡林翼；保曾國藩，更爲卓識偉舉；左宗棠於咸豐初年入湖南巡撫駱秉章幕，凡事專擅，駱秉章拱手受成而已。相傳駱秉章一天聽轅門發炮，驚問何事？林官答以「左師爺拜摺」。向例拜發奏摺須鳴炮；駱秉章不知有此事，則是奏稿亦未曾寓目。

因此，左宗棠得了個外號叫「左都御史」；巡撫例掛「右副都御史」銜；左師爺權重於居停，故有此戲稱。

咸豐八年冬天，湖南永州鎮總兵樊燮，以「違例乘輿，私役弁兵」爲駱秉章所劾，起因據說是不服左宗棠的調遣；傳說還揍了樊燮一個嘴巴。

樊燮走湖廣總督官文的門路，爲之奏署湖南提督。提督爲一省綠營首長，見總督堂參，見巡撫則行賓主禮；樊燮打算藉此抗衡駱秉章，而益觸左宗棠之怒，再上彈章，革了樊燮的職以外，並以「有侵虧營餉重情，請提省究辦」。

樊燮罷官後，回湖北天門原籍；以左宗棠不過一名舉人，而視武職大員如廝養，因延名師教子，責以「不中進士，非我之子」。他的兒子果然不負期望，不但成進士，而且有詩名；此人即樊山老人樊增祥。

這是後話，在當時樊燮的反擊，亦頗厲害；薛福成「庸庵筆記」記：

左文襄之在湖南巡撫幕府也，已革永州鎮樊燮控之都察院，官文恭公督湖廣，復嚴劾之，廷旨飭下文恭密查，如左宗棠果有不法情事，可即就地正法。肅順告其幕客湖口高心夔碧湄；心夔告王闓運紉秋；闓運告翰林院編修郭嵩燾筠仙。郭公固與左公同縣，又素佩其經濟，傾倒備至，聞之大驚，遣閻運往求救於肅順。肅順曰：「必俟內外臣有疏保薦，余方能啟齒。」

郭公方與京卿潘公祖蔭同值南書房，乃浼潘公疏薦文襄，而胡文忠公上「敬舉賢才，力圖補救」一疏，亦薦文襄才可大用，有「名滿天下，謗亦隨之」之語。上果問肅順曰：「方今天下多事，左宗棠果長軍旅，自當棄瑕錄用。」肅順奏曰：「聞左宗棠在湖南巡撫駱秉章幕中，贊畫軍謀，迭著成效，駱秉章之功，皆其功也。人才難得，自當愛惜。請再密寄官文，錄中外保薦各疏，令其察酌情形辦理。」從之。官公知朝廷意要用文襄，遂與僚屬別商具奏結案，而文襄竟未對簿。俄而曾文正公奏薦，文襄以四品京堂襄辦軍務，勳望遂日隆焉。

按：左郭兩家，兒女姻親，交情素密。後來郭嵩燾任廣東巡撫，而左宗棠爲籌餉源，欲奪廣東地盤，竟奏章嚴劾郭嵩燾，兩人交誼不終，郭嵩燾終身不諒左宗棠。至於潘祖蔭，則左宗棠始終敬禮；因薦左疏中，「有天下不能無湖南；湖南不能無宗棠」之語，左視之爲知己。

潘好金石，當左西征，開府關中時，有碑石出土，每遣良工精拓，專差贈潘；歲時餽贈不絕。左之待郭與潘，截然相反；此亦英雄行事不可測者之一端。

相傳官文劾左，有「一官兩印」之語，故上諭中令官文密查，如有不法情事，可就地正法的嚴厲措施。左宗棠於咸豐九年臘月二十離湘撫幕，赴湖北對質；樊燮欲得之與而甘心；次年三月間，自襄陽寄郭嵩燾函云：

抵襄陽後，毛寄耘觀察出示潤公密函，言含沙者意猶未慊，網羅四布，足為寒心，蓋二百年來所僅見者。杞人之憂，曷其有極；側身天地，四顧蒼茫，不獨蜀道險巇，馬首靡託已也。帝鄉既不可到，而悠悠我里，仍畏尋蹤。不得已由大別沿江而下，入滌老營暫栖羈羽，求一營官，殺賊自效。幸而克捷，並受其福；否則免胄衝鋒，求吾死所。死於盜賊與死於小人，固有間耳。

函中「毛寄耘」即毛鴻賓；「潤公」指胡林翼；「滌老」指曾國藩。樊燮之於左宗棠，此時已成不解之仇，官司雖了，樊燮尋仇不已，左宗棠既不能赴京，並不敢赴京，惶惶如喪家之犬，迫不得已赴曾國藩大營避禍，不意成就後來一番勳業。

如仍在駱秉章幕中，雖遲早將脫穎而出，但軍功保薦，即或扶搖直上，亦必十年以後，方成督撫；但已錯過同治建元，克復蘇常，收復西浙，直搗「天京」這一場龍騰虎驤的大戰役，即或有所作爲，不過成一同光間名督撫而已，決不能封侯拜相；更不能與於中興名臣之列。是則樊燮之造就左宗棠；與左宗棠之造就樊增祥，其事不同，因果則一。

「肅順推服楚賢」之尤有關係者，爲舉薦曾國藩。文宗即位後，曾上「敬陳聖德三端」一疏，語過切直，文宗大怒；多虧軍機大臣祁寯藻及曾的會試座師季芝昌，極力解釋，始得無事；及至洪楊事起，曾國藩奉旨辦團練，雖物望有歸，而資歷尙不足以封疆三省，亦由肅順之薦，始得繼何桂清而督兩江。

姚永樸「舊聞隨筆」，記咸豐十年四月，曾國藩新命的由來云：

咸豐十年，江南大營再陷，官軍悉潰，蘇常相繼失守，左文襄公聞而嘆曰：「天下事其有轉機乎？」或問其故，文襄曰：「大營將蹇兵疲，非得此洗蕩，何由措手？」又問誰可以善其後？胡文忠曰：「朝廷若以東南事付曾公，天下不足平也」。時物望咸屬公，獨山莫子偲先生方在京，與二三名流議江督非公不可；而其時得君者為尚書肅順，適湖口高碧湄，館其家，遂往商焉。

高白於肅順，肅順然之，翌日下直，徑至高館握手曰：「事成矣，何以謝保人」？蓋已得俞旨也。肅順後雖以驕縱敗，然此事於大局實不無關係云。

高碧湄即高心夔，時爲肅順西席。相傳肅順欲使高中狀元，採取很霸道的手段，而終無濟於事。

「越縵堂日記」載：

庚申殿試，肅方筦權，張甚，必欲為（高）得狀元，詢之曰：「子書素捷，何時可完？」高曰：「申酉間可。」至日，肅屬監試王大臣，於五點鐘收卷，以工書者必遲，未訖則違例，而高必置第一矣。然高卷竟未完，於是不滿卷者至百餘人，概置三甲，而仁和鍾雨人素不能書，自分必三甲者，竟提狀元，說者以為有天道焉。

此書亦見翁同龢日記，傳旨某時撤卷，至時發出「壽」字圓形，就所止之處加印，雖只少數字，亦不通融。

按：庚申即咸豐十年。鍾雨人名駿聲；高心夔二甲十五名，但未入翰林，徐致祥、孫詒經、及譚嗣同之父繼洵均出於是科。三甲六十六年王慶祺亦入翰林；斬絕大清朝帝系者即此人。肅順之跋扈，不僅此事；其最爲人側目者，爲掀起戊午科場案，主考官大學士柏俊竟致斬立決。柏爲蒙古正藍旗人，道光六年進士，奉使朝鮮時，不受餽贈，可知清節。戊午北闈有賄中之事，柏俊亦不過失察，罪不致死；據「清人筆記」所載，不能不說非肅順所枉殺。

咸豐戊午科場案，為與順治丁酉科場案可相提並論的大獄，雖由肅順主持，而暗中策畫者實為陳孚恩。

陳自文宗即位罷官後，因在江西原籍辦團練有功，於咸豐七年復起，初未補缺，後來大概由於同鄉高心夔的引介，得肅順賞識，署理兵部侍郎；八年九月署禮部尚書；未數日，肅順調禮尚，陳孚恩調兵部，而仍兼禮尚，乃得插手干預北闈。十月初江南道御史孟傳金發難，以「中式舉人平齡硃墨不符，物議沸騰，請特行覆試」，硃諭「派載垣、端華、全慶、陳孚恩認真查辦，不准稍涉迴護，並將摺內所指各情，傳集同考官一併訊辦。」

按：柏俊新授大學士，故派兩王查辦；陳孚恩署禮尚，職司所關，自當參預其事；所可怪者，全慶為兵部尚書，與試務毫無關係，何以亦奉派查辦？其中奧妙在陳孚恩亦新調兵部，與全慶同衙門，朝夕相見，便於操縱。

由此可知自陳孚恩於九月初署禮尚開始，即為蓄意掀起大獄的一連串有計劃的行動。此案的禍首平齡，為旗下富家子，榜發中式第七名舉人；而有人指出，當入闈之時，在某處串戲，是則若無分身法，即根本未曾下場應考。由此推求，審出別樣情節，新中式舉人羅鴻繹，由兵部主事李鶴齡經手，向同考官浦安買通了關節；而柏俊帶入闈中的家人靳祥，則有求柏俊更換硃卷情事。

於是涉案人犯，一齊下獄；柏俊交刑部圈禁，同時又牽連出副考官程庭桂；由程庭桂又牽連出陳孚恩，此眞是「現世報」，據「清人筆記」：

未幾，察出程庭桂子炳采，收受熊元培、李旦華、潘敦儼、謝林揅關說金，程父子亦入獄。訊程時，程面詰孚恩曰：「君子即曾交關節在我手，君知之乎？」孚恩嗒然，次日急具摺自行檢舉，得旨逮孚恩子；孚恩勿庸迴避。

陳孚恩騎虎難下，只能辦下去。九年二月先處置柏俊；文宗召集御前、軍機、六部尚書宣諭，前引筆記續敘：

己未二月獄成，請先結柏與羅案，帝御便殿，召王大臣入，皆惴惴，尚書麟魁，竟至失儀。旨下，柏、浦、羅、李，同日棄市。刑部尚書趙光同肅順監視行刑。是日柏坐藍呢後檔車，服花鼠皮褂，戴定梁帽，在半截胡同官廳候旨；浦等三人均坐席棚中，頂大如意頭鎖，番役數人夾視之。

肅順自圓明園內閣直廬登車，大言曰：「今日殺人了！」抵菜市口下車，至官廳，與柏攜手寒暄數語，出，會同趙公宣旨。

按：刑部所擬處分爲斬立決，故柏俊等四人，先解至菜市口，等候「駕帖」——朝審決囚，刑部具題本；勾決後由京畿道御史賫赴刑場，交監刑的刑部侍郎，遵旨處決，此題本稱爲「駕帖」。

但柏俊這天的情形不同，他在「八議」之列，凡「爵一品、文武職事官三品以上，散官二品以上」，皆當「議貴」。

會典規定：「應議者有罪，實封以聞，取自上裁」。文宗召集王公大臣，原有按「議貴」例，考慮對柏俊是否減罪之意。而照一般情況而論，死罪是一定可免的；所以柏俊並不著急。

那知肅順執意欲殺柏俊；而文宗竟無可奈何，此爲自聖祖親政以後，將近兩百年中，從未有過之事。「清人筆記」中，別有詳記者云：

行刑之日，各犯官皆赴菜市口，候駕帖一到即行刑。是日柏俊照例冠摘纓冠，衣元色外褂，同赴市口，先向闕謝恩，靜候駕帖時謂其子曰：「皇上必有恩典，我一下來即赴夕照寺，候部文起解。爾速回家將長途應用之物趕緊送來。」蓋向來一二品大員臨刑時或有格外恩典，柏意謂非新疆即軍台。故言至夕照寺候起解也。

乃言甫畢，見刑部尚書趙光一路痛哭而至；尚書蓋在內廷候駕帖者。柏一見云：「完了！完了！皇上斷不肯如此，必肅從中作祟。我死不足惜，肅六他日亦必同我一樣。」云云。劊子手即屈左足半跪，送中堂升天矣。

聞是日趙光候駕帖時，文宗持硃筆頗遲疑，並云：「罪無可逭，情有可原」。肅順在旁曰：「雖屬情有可原，究竟罪無可逭。」上意猶未決，肅順即奪硃筆代書之。趙光一見，即痛哭出宣武門矣。

「奪硃筆代書」，不免言過其實；但當時的氣氛令人震慄，數見記載。肅順敗後，柏俊後人請昭雪，以事非全誣，只量予撫恤。至於程庭桂部份，至是年七月十七始頒上諭發落：

上年順天鄉試科場舞弊，經欽派王大臣，審明定擬，於本年二月間降旨，將柏俊等分別懲辦，並宣示在廷諸臣，俾咸知朕意。本日據載垣等奏，科場案內審明已革大員，並已革職員等定擬罪名一摺，科場為掄才大典，考試官及應試舉子，有交通囑託，賄買關節等弊，問實斬決，定例綦嚴，不得以曾否取中，分別已成未成。

此案已革工部候補郎中程炳采，於伊父程庭桂入闈後，竟敢公然接收關節條子，交家人胡升轉遞場內，即係交通囑託，關節情罪重大，豈能以已中未中，強為區別？程炳采著照該王大臣等所奏，即行處斬。

已革二品頂帶左副都御史程庭桂，身任考官，於伊子轉遞關節，並不舉發，是其有心蒙蔽，已可概見，雖所收條子未經中式，而交通已成，確有實據，即立予斬決，亦屬罪有應得。

惟念伊子程炳采已身罹大辟，情殊可憫，若將伊再置重典，父子概予駢首，朕心實有不忍，程庭桂著加恩發往軍台效力贖罪。此係朕法外施仁，並非從死罪遞減，亦非因其接收關節，未經中式，姑從末減。

其致送關節之謝森墀等，本應照科場專條治以死罪，惟與業經正法之羅鴻繹等，尚屬有間；工部候補郎中謝森墀，恩貢生報捐國子監學正學錄王景麟，均著革職；熊元培等革去附貢，與已革候補郎中李旦華，已革候補通判潘敦儼，已革翰林院庶吉士潘祖同，已革刑部候補員外郎陳景彥，已於二月加恩免於死罪，著照所擬，均著發往新疆效力贖罪。降調湖南布政使潘鐸，平日訓子無方，著交部議處。

此案處置顯然不公者，有三點：

第一、交通囑託，賄買關節，既不論已中、未中，同樣定罪，則羅鴻繹已罹大辟，謝森墀等，何以可免死，所謂「尙屬有間」者何在？

第二、潘祖同爲潘世恩的孫子，因代人遞送條子，先已革職，此時亦得免死；但兵部主事李鶴齡爲羅鴻繹經手關節，情罪相同，何以授首西市？

第三、潘敦儼與陳景彥的罪名相同，均爲送條子買關節，而獨責此時在山西辦團練的潘敦儼之父潘鐸「訓子無方」；而謂同在京師的陳景彥之父陳孚恩「並不知情」，先就在上諭中規定了責任的範圍，豈得謂之爲公平？

這一切的不公，都由陳孚恩救子的私心而起。定讞以後，還有個精彩的插曲，「清朝野史大觀」記：

庭桂出獄，寓彰儀門外華嚴寺，孚恩來候，一見伏地哭不起；庭桂曰：「無庸、無庸！汝算還好，肯饒我這條老命。」孚恩惡而出。

程庭桂還別有傷心之事，原來惹禍的是他的次子，及至東窗事發，程庭桂怕老二年輕說錯話，命長子頂名，到案應訊，就此李代桃僵，冤枉送命。

其時的大獄，除科場案以外，還有鈔票案。咸豐初年，軍需浩繁，庫用支絀，發行錢鈔及當千至當十的大錢，形成惡性的通貨膨脹。錢鈔發行，由戶部設立官號五所辦理；官號招牌中皆有一「宇」字，因稱之為「五宇字官號」，其中弊竇叢生，可想而知；咸豐九年六月，肅順派員清查，目標是在曾任戶部尚書、而又以大學士管理戶部的翁心存。心存即翁同龢之父，諡文端。

「十朝詩乘」記云：

肅順長戶部，刱議開煙禁而徵其稅，翁文端以相國管部，執不可，積成嫌隙。初部設官錢肆，行鈔票，日久叢弊，文端擇司員掌之；肅順藉除奸商為名，興大獄，欲以傾文端。文宗命怡王載垣按其事，垣厚於肅，逮司員入獄，謀鍛鍊坐贓，而窮治無所得。時文端已予告，肅順疏請交刑部，人皆危之，賴上知文端深，僅下部議處。迨同治初，載垣、端華、肅順坐法誅，是獄商人馬錫祿等株連逮繫者，始得省釋。

此案又涉及李篁仙。王湘綺「李氏遺詩序」云：

戶部丞理財，設官銀號凡五，官吏因緣虧空，肅尚書治之，設檢對處，以篁仙會王郎中正誼辦理。銀號欠款，當繳銀錢，而輦當十錢抵償，主者不肯收，輦者委堂下逕去。篁仙日趨公，數數見之，漫問曰：「此錢胡為露積庭下？將破壞矣！」吏具言繳款不收故，則曰：「不收，可令吏將去。」吏輒應曰：「諾。」即呼輦者還其故號。及大治虧空，王郎中以徇縱當送獄待訊；尚書趙公思救之，從容曰：「下獄太重；即如李主事，亦當下獄耶？」意以肅善李，必可寬也。肅驟見抵，因發怒曰：「皆奏交刑部！」而篁仙入獄。

按：當時大錢自當千至當五十，早已不用；當十錢只通行於京城，名爲當十，實則當二，只面值的五分之一。官號欠款，以當十錢償還，自是取巧，故主者不收。「尚書趙公」者，刑部尚書趙光。

此案株連甚眾，而官書不見記載；私人筆記亦多語焉不詳。「十朝詩乘」收丁頤伯所作「跋扈將軍行」一篇，可以想見概況；「跋扈將軍」指肅順；肅於道光朝考封三等輔國將軍，故云。

詩曰：

水衡操利權，年來困軍儲，金錢日不足，鈔幣供急需；小吏恣乾沒，守藏多染汙，勾稽亦有法，清濁終不渝。云何興詔獄，玉石同焚如？緹騎四方出，逮繫相連株，嚴抄類瓜蔓，密網張秋荼，生者填陛犴，死者嗟無辜，怨聲感蒼穹，白日精光徂；上帝命祝融，掃蕩無孑餘。煌煌大農署，刱建亦有初，巋然數百載，一炬成空虛，將軍不悔禍，叱咤風雲俱，羅織及輿抬，沈命兼吏胥，執拘盡付獄，掠治無完膚。（下略）

「小吏恣乾沒、守藏多染汗」，可知積弊已久，翁心存自咸豐六年長戶部，曾不一治，其咎已不止於「失察」。

與翁心存同爲尚書者，尚有柏葰；於此可知，肅順對內憂外患交相侵襲之際，戶部官吏仍然大舞其弊，爲如何深惡痛絕？柏葰之死，不盡由於科場案。而翁心存若非「辛酉政變」，恐亦不免。

當大獄方興，窮治不已時，戶部於這年冬至那天，發生大火，自稿庫延至大堂、二堂、八旗俸餉處、官票所及陝西、湖廣、浙江、山東四司，燬屋三百餘楹。這當然是縱火，目的有二：一是燒燬檔案；二是表示天意示警，希望勿再追究。

按：咸豐年間，財政枯窘之故，只看各省鄉試的情況，便可瞭然。自雍正二年，湖北、湖南分闈以來，一直是十七行省十六闈（江蘇、安徽合為江南；通稱「南闈」，與順天的「北闈」對稱），但終咸豐之世，十六闈主考沒有放全過；舉之如下：

咸豐元年辛亥恩科，十五闈；廣西不考。

咸豐二年壬子正科，十四闈，缺廣西、廣東。

咸豐五年乙卯正科，十二闈，缺江南、江西、湖北、河南。

咸豐八年戊午正科，十闈，缺江南、江西、福建、廣東、雲南、貴州。

咸豐九年己未恩科，十一闈，缺湖南、廣東、廣西、雲南、貴州。

咸豐十一年辛酉正科，僅得五闈；順天、山西、陝甘、廣東、廣西。

由以上統計，可知咸豐朝疆土日蹙的概況。「有土斯有財」，各省或淪陷、或戰爭，錢糧無從徵收，京餉亦成問題，不特軍餉支絀，連宮中用度亦大為拮据；當時肅順兼內務府大臣，即因裁抑後來為慈禧太后的懿貴妃的供應，而致結怨，成為「辛酉政變」的直接導火線。

清朝在康熙三十八年頒永不加賦的上諭後，歷代皆謹守成憲。田賦既不能如額徵足；可徵之地又不加賦，然則何以支應軍需？於是而有釐金的發明。周金聲編著的「中國經濟史」，介紹釐金的起源，簡單扼要，引錄如下：

咸豐三年，在揚州執軍務之大常寺卿雷以誠，對於通過運河之船舶，要求軍餉，於仙女廟、邵伯、宣陵，張綱溝等各鎮設關，限於通過此關之米，每石課錢五十文，稱為釐捐，於是始見釐金之創設；繼由兩江總督怡良倣其例，課之於米、油、炭、布、雜貨等；而晏端書推行於廣東。

又於咸豐五年，由曾國藩、胡林翼、左宗棠等，行於安徽、江西、湖北、湖南等省。

當時，各地方因戰亂而「常關」多封閉，事實上不至二重課稅，且釐金專以充用軍費之目的而徵收，故規定時局平定後即撤廢。稅率以百分之一為原則，商民所苦較少；而清廷各省之得鉅額軍費者，端賴於此。

雷以誠字鶴皋，湖北咸寧人，道光三年進士，洪楊事起，以誠以左副都御史偕河督巡視黃河口岸，時正揚州淪陷，以誠自請討賊。駐軍江北時，幕友錢江獻釐金之策；以誠大爲得力；誰知後來錢江竟爲以誠所殺。

「清史稿」雷以誠傳敘其人其事云：

錢江者，浙江長興諸生。常以策干揚威將軍奕經，不能用。林則徐戍伊犁。從之出關，以是知名。謁以誠於邵伯，留佐幕；餉絀，江獻策遣官吏分駐水陸要衝，設局卡，行商經過，視貨值高下定稅率，千取其一，名曰「釐捐」。亦並徵坐賈，歲得錢數千萬緡。

江與同幕五人赴下河督勸，不從者脅以兵，民間目為「五虎」。江自以為功，累保獎至道員，氣矜益盛；以誠不能堪。會飲，江使酒罵坐，以誠執而殺之，以跋扈狂肆，謀不軌聞。

按：錢江初獻於雷以誠之策是，預請空白部照若干張，勸民捐輸，隨時填發。百姓捐官、捐榮銜，往往延擱經年，方能領得部照，不免意興索然，至是朝納百金，暮榮章服，以故富有鉅賈，踴躍輸將。至於雷以誠殺錢江的經過及評論，官書不詳；據「時人筆記」所述如此：

江自恃其能，氣焰日盛，屢以言語相侵侮。雷陽服之而積不能平；一日會飲行營，持議不合，兩不相下。雷忿甚，聲色漸厲；江怒，擲杯起曰：「即不然，能殺我耶？」雷亦拍案曰：「即殺汝，敢有何言？」立叱左右，牽出斬之。

鹽知事張翊國者，英年勇敢，素為江所輕慢，銜之；至是得雷公令，挈劍而行，殘酒未終，江頭已獻。

乃以江恣肆跋扈，將謀不軌入奏焉。論者曰：「錢江有可殺之罪；雷公非殺之之人。」……雷公既坐他事免官，寓居清江普應寺，茹素諷經，藉資懺悔。江漢間讀釐如雷，呼公為「釐祖」

現在要談改變清朝命運的「辛酉政變」。此一政變的發生，成因非常複雜，但關鍵性的因素，爲文宗與恭王兄弟手足參商，黜恭王始重用肅順；重用肅順始有因英法聯軍內犯而北狩以避之事。

然後文宗崩於熱河，肅順想把持政權，因而與慈禧太后及恭王發生正面衝突，觸發了政變。由此一重重推論，如文宗與恭王兄弟並未失和，則肅順無由重用，也就不會有所謂「辛酉政變」了。

文宗的生母爲孝全成皇后，幼時隨父住蘇州，溫柔明慧，由全嬪累進爲全貴妃；道光十三年四月，繼后佟佳氏崩，晉爲皇貴妃，攝六宮事；十四年十月，正位中宮。二十年正月十一崩，年三十三。孝全之崩，亦爲清宮一謎，「清宮詞」：

如意多因少小憐，蛙杯鴆毒兆當筵，溫成貴寵傷盤水，天語親褒有孝全。

原注：孝全皇后由皇貴妃攝六宮事，旋正中宮，數年暴崩，事多隱秘。其時孝和太后尚在，家法森嚴，宣宗亦不敢違命也；故特謚之曰：「全」。

宣宗既痛孝全之逝，遂不立其他妃嬪之子而立文宗，以其爲孝全所出，且於諸子中年齡較長。

照詩意看，孝全似死於非命；「溫成」爲宋仁宗張妃之謚，怙寵而爲仁宗所裁抑。「盤水」典尤可疑，當別爲之考，此不贅述。

孝全崩時，文宗方十歲；爲恭王生母靜皇貴妃所撫育。王壬秋「祺祥故事」記：

恭忠王母、文宗慈母也。全太后以託康慈貴妃；貴妃舍其子而乳文宗，故與王如親昆弟。

此記稍有未諦。康慈爲文宗即位後，所上靜皇貴妃的尊號；「乳」字如作哺育解，尤失實。恭王只小文宗一歲；而皇五子奕誴出嗣惇親王後，不在宮中，文宗與恭王同在靜皇貴妃照料之下，同起同臥，「如親昆弟」是非常自然的事。

猜嫌之起，首先是恭王未得大位。宣宗亦必想到，恭王才勝於兄而未能嗣位，內心難免不服，因而在建儲的同時，硃諭封皇六子奕訢爲恭親王。此一硃諭與傳位的手詔，同置於金盒中，爲前所未有的創舉。

封號用「恭」，固爲戒飭恭王；同時亦爲提醒文宗，「兄友」則「弟恭」。宣宗受父祖的薰陶，及曹振鏞、穆彰阿的影響，在文字上玩弄這些小小的花樣，是很在行的。

咸豐三年十月，洪軍迫近京畿，文宗除以「老王太爺」惠親王綿愉爲「奉命大將軍」，督辦防剿外，並特用恭王領軍機。咸豐五年，康慈皇貴太妃病篤，爲封號一事，文宗終於跟恭王決裂了。

「祺祥故事」記：

會太妃疾，王日省，帝亦省視。一日，太妃寢未覺，上問安至，宮監將告，上搖手令勿驚。妃見床前影，以為恭王，即問曰：「汝何尚在此？我所有盡予汝矣！他性情不易知，勿生嫌疑。」帝知其誤，即呼「額娘」。太妃覺焉，回面一視，仍向內臥不言。自此始有猜，而王不知也。

又一日，上問安入，遇恭王自內而出，上問病如何？王跪泣言：「已篤！意待封號以瞑。」上但曰：「哦！哦！」王至軍機，遂傳旨令具冊禮。所司以禮請，上不肯卻奏，依而上尊號，遂慍王，令出軍機，入上書房；而減殺太后喪儀，皆稱遺詔減損之。自此遠王同諸王矣！

按：康慈皇貴太妃與孝全皇后出身相同，皆先封嬪，逐次晉封，當孝全崩時，康慈已爲靜皇貴妃，本已有正位中宮的資格；加以又爲文宗慈母，則仿孝懿仁皇后的成例，病篤時，由皇貴妃晉后，固爲情理允洽之事；殊不知文宗視疾，偶聞康慈誤以爲文宗爲恭王而發之語，已生猜疑，而恭王不知，逕自傳旨，在文宗遂視之爲挾制。

當然禮部具奏，如果拒絕，將蒙受不念撫育之恩的惡名，不得已而於七月初一明詔尊爲康慈皇太后。初九，康慈崩於壽康宮；設靈慈寧宮；十三諭內閣，康慈葬後，神主祔奉先殿，不祔太廟，此即「減殺喪儀」。廿一，移靈綺春園通暉殿，同日便有硃諭：

恭親王奕訢於一切禮儀，多有疏略之處，著勿庸在軍機大臣上行走；宗人府宗令，正黃旗滿州都統，均著開缺；並勿庸恭理喪儀事務，管理三庫事務；仍在內廷行走，上書房讀書；管理中正殿等處事務。必自知敬慎，勿再蹈愆尤，以副朕成全之至意。

當恭親王退出軍機時，肅順當禮部左侍郎，減殺孝靜皇后喪儀，由他經手；可能因此得文宗欣賞，不久即調戶部侍郎，駸駸大用。

肅順既代恭王而起，自然而然地成爲對頭；再深入去看，文宗對恭王既有猜嫌，則助文宗抑制恭王，爲肅順固寵的不二法門。換句話說，肅順之反對恭王是無原則的，恭王對也要反，不對更要反；此爲造成「辛酉政變」的基本原因。

恭王既出軍機，復用文慶以戶部尙書入軍機，九月授協辦；十二月授文淵閣大學士，遂代恭王而掌樞機。

文慶字孔修，姓費莫氏，滿洲鑲紅旗人，道光二年翰林，早在道光十七年即已入軍機，但宦途多乖，常常出事；屢躓屢起，而有其不可及的長處。文慶下世甚早，不及見洪楊之平；但對平洪楊實在是一個要緊人物。

「清史稿」本傳：

文慶醇謹持大體，宣宗文宗知之深，屢躓屢起，眷倚不衰。時海內多故，洪楊勢熾，欽差大臣賽尙阿、訥爾經額先後以失律被譴；文慶言：「當重用漢臣。彼多從田間來，知民疾苦，熟諳情僞，豈若吾輩未出國門，懵然於大計者乎？當密請破除滿漢畛域之見。不拘資格以用人。」

曾國藩初任軍事，屢戰失利，忌者沮抑之；文慶獨言國藩負時望，能殺賊，終當建非常之功。曾與胡林翼同典試，深知其才略，屢密薦，由貴州道員，一歲之間，擢至湖北巡撫，凡所奏請，無不從者。

又薦袁甲三、駱秉章之才，請久任勿他調，以觀厥成。在戶部，閻敬銘方為主事，當採用其議。非所司者亦諮之，後卒得諸人力，以戡定大難。端華、肅順漸進用事，皆敬憚其嚴正焉。

文慶歿於咸豐六年十一月，文宗親臨賜奠。就在這一個月中，肅順以戶部左侍郎擢升左都御史，成了一品大員；而柏葰則以戶尚入軍機。當時軍機大臣由文淵閣大學士彭蘊章居首，實際上不發生作用；柏葰居次，與肅順在戶部時即不和，一入軍機，更相鑿枘，有「值班紀事」詩云：

幾度暄和幾度涼，亂山高下又夕陽；我如開竇閒鸜鵒，日向峰頭哭上皇。

隱然以肅順比擬爲李輔國。肅順雖不懂詩，門下六子，自然深喻；嫌隙更深。柏葰頗能詩，戊午入闈見彗；俗名「掃帚星」，見之不祥。柏葰賦詩云：

時也祅星明，帚形倍砢碜，相告而靜觀，往來人踔踸。晚現斗杓旁，曉掃扶桑葚。天意遠難知，使我心謹凜。

雖知謹凜，而不自檢點，禍不旋踵。柏葰一死，肅順就愈不可制了。

除了肅順之外，另一個為文宗所重用的旗人是僧格林沁；蒙古科爾沁旗，姓博爾濟吉特氏。此族自孝端文皇后以來，世為國戚，一旗中擁有好幾個王爵。

有個札薩克多羅郡王，尚仁宗第三女莊敬公主；無子，宣宗代為在其族中選嗣，僧格林沁以儀表出眾中選，道光五年襲爵；十四年授御前大臣，正白旗領侍衛內大臣，恩眷特深。咸豐三年保衛京畿，督剿洪軍，雖由惠親王領銜，實際上由僧王以參贊大臣的名義，主持一切：英法聯軍內犯，亦由僧王部隊抵擋。

「清史稿」僧格林沁傳：

七年四月，英吉利兵船至天津海口，命僧格林沁為欽差大臣，督辦軍務，駐通州；託明阿屯楊村，督前路。倉猝徵調，兵難驟集，敵兵已佔海口砲台，闖入內河，議決南北運河，洩水以阻陸路；別遣議和大臣桂良、花沙納赴天津，與議條約。五月，議粗定，英兵退，未盡事宜，桂良等赴上海詳議。

於是籌議海防，命僧格林沁赴天津勘築雙港大沽砲台，增設水師。以瑞麟為直隸總督，襄理其事，奏請提督每年二月至十月駐大沽；自天津至山海關海口、北塘、蘆台、澗河口、蒲河口、秦皇島、石河口各砲台，一律興修。

九年，桂良等在上海議不得要領；五月，英法兵船犯天津，毀海口防具，駛至雞心灘，轟擊砲台，提督史榮椿中砲死，別以部隊登岸。僧格林沁督軍力戰，大挫之，毀敵船入內河者十三艘。持數日，敵船引去。

九年六月，英法俄美四國兵百餘艘復來犯，知大沽防禦嚴固，別於北塘登岸，我軍失利；敵以馬步萬人分撲新河軍糧城，進陷唐兒沽；僧格林沁扼大沽兩岸，文宗手諭曰：「天下根本在京都，當迅守津郡，萬不可寄身於砲台。若不念大局，只了一身之計，有負朕心。」蓋知其忠憤，慮以身殉也。

尋於右岸迎戰失利，砲台被陷，提督樂善死之。僧格林沁退守通州，奪三眼花翎；褫領侍衛內大臣及都統。迭命大臣議和，不就；敵兵日進，迎擊，獲英人巴夏禮，送京師。戰於通州八里橋，敗績；瑞麟又敗於安定門外，聯軍遂入京。

英法聯軍內犯，搞得不可收拾，最足以表現文宗性格上的缺點，一方面畏懼洋人，甚至如最無知識的村氓，想像洋人的「紅眉毛、綠眼睛」都會害怕；一方面又痛恨洋人，恨不得把他們都趕下海去，活活淹死。

而肅順又拿不出一定的辦法，因爲他亦不知道該和該戰，門客中郭嵩燾主和，尹耕雲主戰。郭嵩燾對洋務，自然比同時人高明，但高出不止一籌，他的議論就不易爲人所接受了。因爲文宗與文宗最信任的肅順，都是中心無主，便只好依違於和戰之間，拖延著希望有奇蹟發生。

而和戰態度之轉變，又往往爲戰報所左右，打一個勝戰，馬上鬥志昂揚；吃一個敗仗，便又亟亟求和，整個情勢在小勝大敗；易戰難和，惡性循環式地交替進行，終於由肢體之疾演變成心腹大患。

在此內外情勢相互影響，事實與理論時時紛歧、矛盾重重糾結難解之中，還有一最敏感的問題，即是國勢阽危，連年逾花甲、在府頤養的「老王太爺」惠親王請出來了，年富力強，且才具爲人所公認的恭王，如果投閒置散，不加任用，則文宗手足猜嫌的痕跡就太明顯了，因此七年五月復任都統，九年四月授爲內大臣。

平心而論，文宗多少有希望恭王能見功之意；但肅順及載垣、端華等人，卻不是如此想法。肅順是種取巧的想法，當時洋人被稱爲「鬼子」；跟洋鬼子打交道爲衛道之士所恥，因而肅順建議文宗，屬於「和」的部分，派恭王去辦。恭王不便降尊紆貴，親自折衝，則恰好有桂良承乏；他是恭王的老丈人。

桂良正紅旗人，姓瓜爾佳氏，閩浙總督玉德之子。桂良自道光初年當知府起，久任外吏，才具平庸，但頗安分，家世富足，講究飲食服饌，是標準的八旗公子哥兒；這樣的人去跟洋人打交道，且往往是城下之盟式的和議，當然不會有何令人滿意的成績；而肅順正好鼓動文宗，予以譴責，間接打擊恭王。久而久之，在頑固的保守派中造成一種印象，恭王有勾結洋人的嫌疑。

當天津失守後，有人請派重臣，頒給關防，許以便宜行事及全權字樣，派往天津與英法公使議和。結果這個任務又落在桂良身上，以大學士的身分，偕直督恆福前往，時爲咸豐十年七月中旬。

結果如吳相湘在「晚清宮廷實紀」中所敘：

但桂良奉命起程之時，天津早失陷，英法公使額爾金等均隨軍到津矣。桂良尋亦抵天津城外，以照會述所奉使命，予英法公使；而額爾金等聲稱：「現在並未罷兵，無可商辦，俟以前各事一概允准，照覆前來再行晤面」；致桂良等無從措手，幾經設法始與其委員巴夏禮、威妥瑪相見。

巴等除要求批准咸豐八年條約外，並要求開放天津，駐兵大沽，賠償軍費，又入京換約須先派人觀看房屋，然後公使帶兵入京；並云須俟賠款即時交清，始可撤兵等語。態度倔強不可理喻，桂良等深恐決裂貽誤大局，「只得概為允許，以解目前危急」；時七月十九日事也。

桂良等將辦理情形奏上，廿二日奉硃諭嚴予申斥，尤其於賠償軍費二百萬兩及公使帶兵入京換約兩款，深致不滿。

諭云：「索費一層，多方要挾，必遂其欲而後止，不論二百萬不能當時付與，即有此款，亦斷無此理！城下之盟，古之所恥，若再靦顏奉幣，則中國尚有人耶？帶兵換約，擁兵而來，顯懷莫測！大患切膚，一決即內潰於心，京師重地，尚可問乎？以上二條若桂良等喪心病狂，擅自應許，不惟違旦畏夷，是舉國家而奉之，朕即將該大臣等立正典刑，以飭綱紀；再與該夷決戰。」

和不成只好再打，肅順的打算是，作背城借一之計，勝了最好；敗了擁帝北狩，留下恭王收拾爛攤子，議和必然挨罵，罵的也是恭王。

但文宗既下「朕令親統六師，直抵通州，以伸天討而張撻伐之諭」，若又言北狩，豈非自欺欺人？因而發下僧王請帝巡幸木蘭一件，令各大臣閱看議奏，以爲逃難的張本。僧王的密摺，出自他的本心還是肅順的策動，無可究詰。

不過，此時新成肅順智囊的陳孚恩，早就揚言：「宜爲皇上籌一條路才是！」則三十六計之上策早定，毫無可疑。

當時廷議，多不以乘輿北幸爲然；乃由大學士賈楨領銜覆奏：

皇上欲親統六師，直抵通州……惟地異澶淵，時無寇準，非萬全之道也。臣等以為斷不可輕於一試。

至於僧格林沁所奏木蘭之說，尤多罣礙；京師樓櫓森嚴，拱衛周密，若以為不足守，豈木蘭平川大野，毫無捍蔽，而反覺可恃？況一經遷徙，人心渙散，蜀道之行未達，土木之變堪虞。夷人既能至津，何難至灤耶？種種情形，實不堪設想。

此奏出於寶鋆的手筆，他是恭王的親信，時任總管內務府大臣、兼管戶部三庫。由此可以看出，恭王亦不贊成文宗北狩，而當時廷臣不瞭解內幕，只以爲恭王暗中有異謀；所以九卿科道會銜合奏，有這樣一段話：

若使乘輿一動，則大事渙散，夷人藉口安民，必至立一人以主中國，若契丹之立石敬瑭；金人之立張邦昌，則二百餘年祖宗經營締造之天下，一旦授之他人，先帝付託之謂何？皇上何以對列聖在天之靈乎？

所謂石敬瑭、張邦昌，隱隱然指恭王。在南書房行走的潘祖蔭，則另有看法，但對恭王亦有誤會，在上「出狩有七禍」一疏中，舉第七禍說：

> 向來巡幸必派「留京」，在平時凡百堪勝任；事起倉促，委託無人，留鑰之司，設有居心遽思乘此時機，闇干天位，萬一鑾輿既出，竟有修箋勸進之人，彼謂幸則為唐肅宗，明景泰；否則亦不失為張邦昌、劉豫耳。是長盜賊之課，其禍七也。
>
> 臣竊思贊成此議者，必立主和議之人，當此議和未定，剿撫兩難；恐皇上因和不足恃而罪其計之失也，遂為此謀以圖固寵，置皇上於危險之地而不顧，而以大清二百年之社稷輕於一擲。
>
> 皇上試思為此謀者忠乎佞乎?中外之人孰不切齒!明臣楊繼盛有言：欲誅俺答，先斬嚴嵩。今日之事非將誤國之臣立賜罷斥，不足謝祖宗在天之靈，而作臣子同讎之氣!

所謂「留京」，爲「留京辦事王大臣」的簡稱。以明朝景泰帝爲喻，所指尤爲露骨。但所指斥者，則爲肅順等人，潘祖蔭在內廷行走，消息靈通，知道肅順的看法：朝廷有兩張牌可打，戰則僧王；和則恭王，僧王一敗再敗，這張牌打了不見效，就只有恭王這一張牌可打了。

而潘祖蔭認爲這張牌可打，不過應該文宗親自在京中打；如果北狩，便可能有人「修箋勸進」，此又暗指桂良而言。

照此推論，贊成北狩之議者，是佞臣，非忠臣；而廷臣中並無公然贊成此議者，只有肅順等人暗中準備車馬，是以行動贊成北狩，潘祖蔭比之於嚴嵩；在事實上，夠資格做嚴嵩者，亦只有肅順。

儘管建議危言激切，而文宗畢竟非無知人之明；又有寶鋆主稿的一疏，可以看出恭王決不會做景泰帝，所以表面敷衍，而去志不稍更移；當然局勢能轉危為安，可以不走，自是求之不得。在反反覆覆，舉棋不定之際，和議終於有了結果；那知到了八月初三，突生枝節，英國參贊巴夏禮，通知怡親王載垣，英國公使將進京親遞國書。載垣知道文宗最怕的一件事就是見洋人，當時嚴詞拒絕；而巴夏禮態度堅決，認為中國不接受英國公使親遞國書，為不願和好的表示。

「清鑑綱目」記其事云：

先事同盟軍逼福州。帝命怡親王載垣，續赴通州議款，桂良、穆蔭皆在座。巴夏禮帶同十餘人入城，載垣邀英法使臣同宴巴夏禮；酒數巡，巴夏禮攘袂起言：「今日之約，須面見大皇帝；且每國須帶二千人入京。」

載垣答以此事必請旨定奪，巴夏禮怫然，遂就榻佯睡，不復語。載垣不得已暫退；黎明有馳告者，謂英使衷申將襲我，載垣無措，密知會僧格林沁，設法擒巴夏禮，械繫京師。

又翁同龢日記是年八月初四日記：

怡王等羈英夷通事巴夏禮下刑部獄。巴夏禮者，年三十四，能通滿蒙漢語，略有文義，久為通事，夷人中最黠者也。廣東之事，實為之謀，廣人曾懸賞三萬購之。是日率四五人入怡邸臥內，有如不和好，即刻進兵之語；怡邸飛咨僧王擒之。巴夏禮被獲後，見僧邸即長跪痛哭。

其時英法聯軍已抵達運河的終點張家灣，久候巴夏禮不歸，開始進攻，清兵退守八里橋。而僧王前倨後恭，不請朝命，致書英、法公使請和，承認一切條款，請聯軍停止進攻。職軍置之不理，進兵如故，八里橋一戰大敗；這是八月初七之事。

僧王是主將；主將請和，表示已無可戰之人，這張底牌洩露給對方，文宗「以戰迫和」的手法，失其作用，因而詔斥僧王「孟浪」，說「該大臣即罷兵息事，亦應迅速奏明，命載垣等給與照會，方合辦法；該大臣係主戰之人，豈可輕給議撫照會！」同時派恭王爲議和全權大臣，速與英法公使議商。

但實際上是一緩兵之計，硃諭恭王云：「現在撫局難成，人所共曉；派汝出名，與該夷照會，不過暫緩一步。」並具體指示不必露面，派恆祺等「往返面商」；如「撫仍不成，即在軍營後路督剿；若實在不支，即全身而退，速赴行在。」此是賦予恭王掩護撤退的任務；那知八里橋不守，聯軍將直薄京城，文宗不得不倉皇逃難了。

據吳相湘「晚清宮廷實紀」載：

初八日卯初召見惠王、恭王、惇王、怡王、鄭王及御前、軍機大臣等，已正遂從宮內後門出，詣安佑宮叩辭後登程。時朝中如瑞常等，伏地力爭諫阻，帝不應，命麾之出。六宮先行，惠王、怡王、鄭王、惇王，及尚書肅順等均扈蹕行。倉促間御膳及鋪蓋帳蓬具未帶，狀極狼狽。

是日酉初，行抵南石槽行宮，晚餐時以燒餅、老米膳、粳米粥充饑而已，翌日早膳始稍有肉食，據故宮博物院藏當時膳檔記其菜品云：「豬肉片白菜一品，紅白鴨羹一品，炖大蘿蔔一品，豬肉掛麵湯，老米膳，粳米粥等」。雖不及往日宮中之豐食，但以之與四十年後八國聯軍之後，慈禧太后、光緒帝倉皇西奔情狀較，則又勝過多多矣。

乘輿出奔，京中大亂。據當時翁同龢日記、御史劉毓楠日記、及吳可讀「罔極篇」的記載，約略可以考知實情：

八月初八日：早，聞齊化門接仗失利之報，聖駕倉皇北巡，隨行王大臣皆狼狽莫可名狀，若有數十萬夷兵在後追及者，然其實夷人此時尚遠。園中毫無警報，不知為何如此舉動？當皇上之將行也，貴妃力阻，言皇上在京，可以鎮懾一切，聖駕若行，則宗廟無主，恐為夷人踐毀。昔周室東遷，天子蒙塵，永為後世之羞，今若遽棄京城而去，辱莫甚焉。（吳）

按：「貴妃」者懿貴妃，即後來的慈禧太后。觀此可知慈禧當文宗在日，即已顯露其政治上的才識，宜乎爲肅順所忌。

八月十一日：前三日自初八日關閉後，至十一日始開順治一門，內外城移徙者，幾於門不能容，然小生意及手藝人雖已盡走，而大生意各行，尚未移動也。（吳）

恭王命將巴夏禮自刑部獄釋出，暫居高廟，供給豐美。（劉）

命恭親王專辦撫局，住海淀緣庵。

巴夏禮用大字名片，請恆祺至獄議事。恆祺與巴夏禮面議，令作書致額勒錦。

硃諭：文祥署步軍統領。文祥忠義奮發，周視九城，力任開倉放米；戶部侍郎寶鋆，亦力任開倉撥銀，人心稍定。（翁）

按：八月十一日的情況，爲恭王任事以後的表現，大局本可好轉，壞在英國人羅亨利的一言喪邦。僧格林沁在通州擒獲的洋人，總計卅九人之多，除巴夏禮外，有英國人廿五名；法國人十三名。

當時交涉的爭端是，英國公使額爾金限期八月十五日前釋放被捕人員，然後簽約；而恭王奉旨先簽約後放人，恭王乃採取一折衷辦法，命曾任粵海關監督的恆祺，與巴夏禮懇談，請巴夏禮致書額爾金，說明「恭王人甚明白，相待亦好，請暫緩攻城」；同時恭王照會額爾金，只要聯軍退至張家灣，被捕人員即可釋放。

巴夏禮相當合作，如言照辦；他的信連同恭王的照會，一起送達額爾金。那知羅亨利在巴夏禮的信上，用印度文注了一行：「此函係奉中國政府之命而寫」。這就變成了巴夏禮處於脅迫的情況之下，這封信的價值不但無用，而且發生了反效果，英方認爲可能是緩兵之計；因此額爾金照覆恭王，在巴夏禮等未釋回前，停止一切談判。

八月十六日：僧格林沁軍，退至齊化門外，糧餉不繼，蒙兵餓甚。刑部侍郎麟魁等捐餅數萬斤，以供軍糧，士氣仍不振作。時聯軍已進駐定福莊、慈雲寺等處。

八月二十日：同仁堂老藥鋪樂宏賓，及恆利木廠王海邀眾商等備牛五十隻、羊五百隻、梨果各三十盤並南酒等物，赴夷營求和，甫抵營即被搶去，受辱受驚，人人怨恨。（劉）

八月廿二日：僧王、瑞麟之兵俱潰奔散，夷兵聲言將焚燒圓明園。亥刻，夷兵即突至園，軍號鼓樂齊鳴，先伐樹株，隨將宮室、殿宇、翰林花園焚燒。道光帝妃嬪及內務府大臣文豐投福海死。（劉）

八月二十三日：見街上三五一堆，俱作耳語，街道慌亂之至。至午後忽西北火光燭天而起，闃傳夷人已撲海甸圓明園一帶矣。我兵數十萬，竟無一人敢當者，夷兵不過三百馬隊耳，如入無人之境，真是怪事。僧邸、勝帥兵已退德勝門外。（吳）

子夜，聯軍又燒德勝門角樓，復向西直門開炮。丑刻，恭王、桂良、文祥奔赴長辛店。許乃普、沈兆霖、許彭壽、潘祖蔭等值勤大臣、章京，在圓明園聞警，亦各自逃竄。

按：自八月廿二日起，圓明園只是被劫掠，並及清漪園、靜明園。英軍司令克蘭特，並將在圓明園所獲得的戰利品，公開拍賣，連同所劫得的現金，以三分之二歸士兵；三分之一歸將領。

至二十四日，恆祺將巴夏禮等八人，送回英國軍營。英法兩國司令照會恭王，限期八月廿九日交出北京安定門；及期照辦，並分兩批釋放洋人十一人，連前共為十九人；被捕共三十九人，而只釋放十九人者何？其餘二十人業已死去；自是獄中被虐致死。此二十條人命的賠償代價之一是，高宗畢生經營的一座圓明園，於九月初五，由英國公使額爾金下令焚燬，包括清漪、靜明、靜宜三園在內。

按：英法兩國駐華使節，當時的頭銜，均為「大使」；目的是要覲見文宗，展開最直接的交涉。此為額爾金何以要堅持面遞國書的緣故；依國際慣例，一國元首，拒見外國大使，自為不友好的明顯表示。

無奈當時中國自居於西洋文明的「化外」；根本沒有人懂此國際法。即後世治近代史者，亦常忽略此點，附帶表而出之。

恭王於九月初一回京，繼續和議，英法提出的條件，除賠償現銀外，關於懲罰性的措施，葛羅與額爾金有不同的意見，額爾金主張拆毀圓明園，並在天津立碑；葛羅不贊成立碑，亦不贊成拆圓明園，但卻主張可拆毀大內宮殿。

最後照額爾金的計畫行事，又改拆毀為焚燬；英軍司令亦如此主張，目的在湮沒其海盜式的卑鄙行爲。

圓明園大火延燒三日方止。文宗得報，大感刺激，本有嘔血之疾，至此益感不支；爲求逃避現實，益發縱情聲色。

而京中以和議已成，聯軍已退，紛請回鑾；文宗沒有面對現實的勇氣——沒有面對滿目瘡痍，外患暫止，內亂正烈，需要多方支應的勇氣，因而以各種理由推託，始終不肯回鑾。這樣拖延到第二年七月間，終於不起。

吳相湘在「晚清宮廷實紀」中撮敘其臨崩之前的生活情形云：

熱河號稱避暑山莊，然帝素不耐熱，六月中旬病復轉劇，七月初又稍痊；十四日仍傳諭：「如意洲花唱照舊」。十五日病又增，但仍治事如常，如意洲花唱亦照舊。翌日辰初「煙波致爽」早膳；早膳後傳鴨丁粳米粥；又傳午用羊肉片白菜……可見食慾尚佳，但已不耐繁囂，故傳諭：「如意洲承應戲不必了。」

未正，「煙波致爽」晚膳後，忽暈厥，囑內中諸侍臣緩散值；致晚甦轉，始定大計。十六日子初三刻，神情清楚，乃再召見御前諸臣，遂傳諭：「立皇長子載淳為皇太子。」又諭：「皇長子載淳現為皇太子，茲派載垣、端華、景壽、肅順、穆蔭、杜翰、匡源、焦佑瀛，盡心輔弼，贊裏一切政務。特諭。」隨侍諸臣聆悉後，當請帝用丹毫手諭，以昭慎重；但以手力已弱，不能執管，遂諭：「著寫來述旨。」故遺詔中有「承寫」字樣也。

十七日寅初，膳房仍「伺候上傳冰糖煨燕窩」，但未及用，卯時即崩。就御醫恭記脈案，知帝實患虛癆以致命也。

按：臨終侍側諸臣，即所謂「顧命八大臣」，載垣、端華、肅順，後來被稱爲「三凶」；穆蔭等四人則爲軍機大臣，景壽則爲額駙；恭王同母妹婿。以景壽爲顧命大臣，目的是希望平衡恭王不在顧命之列的缺陷。但不論如何，恭王未受顧命是件說不過去的事！在此以前，「兩六」不和，已爲朝士盡人皆知的事實，當文宗在熱河，自十年初冬和約已成。

開始，恭王除奏請回鑾以外，並曾數次要求至熱河覲見，造膝密陳，但肅順始終橫梗其間，最後一次由文宗硃批：「相見徒增傷感，不必來覲。」在旁觀者看來，帝王兄弟猜嫌之深，幾已到了無法調停的程度；及至遺詔頒行，恭王不在顧命之列，則連各省督撫監司，亦知「兩六」的衝突，遲早不免。

肅順何以要隔離文宗及恭王？其中最重要的一個因素是，肅順深知懿貴妃志不在小；一旦文宗駕崩，皇位轉於唯一的皇子載淳，其時年方六歲；而懿貴妃母以子貴，成爲太后，在這樣的情況之下，處理國事只有兩個辦法，一是垂簾聽政；二是採用「議政王」制度。女王臨朝，歷代皆視爲大忌；則採用議政王制度，清朝尚有先例可循。

果然如此，則不論議親議貴，議政王非恭王莫屬。如果恭王早到熱河，兄弟有見面之情，加以懿貴妃從中進言，此事必將實現。因此肅順必須設法隔離文宗與恭王；始終不讓他們見一面，示天下以手足參商，已極疏遠，則不受顧命，似無足奇。這是肅順的如意算盤，外界的觀感是否如此，就不暇深計了。

及至文宗駕崩，立即面臨肅順與懿貴妃爭權的局面。肅順早在文宗生前，對抑制懿貴妃便已下了工夫；相傳肅順曾密請文宗仿鉤弋夫人的故事，必要時留子去母；據說文宗曾親書密詔付皇后，大意謂懿貴妃將來會成爲皇太后，若有攬權等等不遵祖宗家法情事，皇后可召集大臣，出示密詔，廢掉懿貴妃。或傳此爲後來慈安太后暴崩的禍根；後當細談，此處不贅。

但肅順有心殺懿貴妃的威風，則徵象隨處可見，如七月十七日傳旨：「鍾粹宮皇后晉封皇太后」；十八日復又傳旨：「儲秀宮懿貴妃晉封皇太后」，兩宮晉封，有一日之差，即肅順有意爲之。

至於顧命八大臣的名義，稱爲「贊襄政務王大臣」，成爲一個超級的軍機處。照肅順的原意，一切政令皆由此而出，上諭呈覽，兩宮太后只鈐印，不得更動內容；奏章封呈御前，皇帝未過目前，任何人不得而知，此本爲清朝統御大權所在，而肅順意欲侵奪這一個「君權」，倡議章疏不呈內覽。凡此不但西太后，連東太后亦不能同意，最後折衷決定：

一、章疏呈覽：諭旨由贊襄政務王大臣擬定，經兩宮太后閱後，上用「御賞」；下用「同道堂」兩印，以爲憑信。「御賞」印由東太后收執；「同道堂」由西太后收執。

二、簡放大員由贊襄王大臣擬定名單，請懿旨裁決；其他如各省學政等，由軍機處就有資格人員糊名製簽，由小皇帝親掣。掣足後，再由各部堂官掣省分，以杜弊端。

這種體制，「輔政垂簾兼而有之」。但輔政權重，爲一不爭的事實；西太后當然不能滿意，因而極力向東宮太后勸說，應該垂簾聽政。

據說，東太后起初以垂簾非祖制，堅拒不允；隨後由於西太后舉出肅順種種跋扈的證據，特別是對宮內用度，苛刻過分，頗足以動人聽聞。西太后認爲肅順是在欺侮孤兒寡婦，惟有同心同德，合力對付，始克自保，終於將東太后說動了。

但是，憑深宮中兩個年輕寡婦，如何得能垂簾聽政？這裡便初度表現了西太后的政治手腕，決定與恭王合作。

以密旨交侍衛恆起帶進京，付與東太后之弟廣科，命他向恭王問計，透露出希望恭王擁戴兩宮垂簾；兩宮重用恭王以爲交換條件的意向。

當時在京大老，原有此議；因爲非如此不足以去肅順。大學士周祖培的西席李慈銘，並受委託，特檢歷代太后臨朝的故事，共八位，略加論述，命名「臨朝備考錄」，以爲勸進之具。朝臣之意如此，恭王之接受兩宮所開的條件，自是必然之事。

於是奏請赴行在，謁梓宮。肅順無由攔阻，恭王遂於七月二十五起程，八月初一日叩靈伏地痛哭不起。禮畢見太后，恭王爲避嫌疑，請與八大臣同謁；兩宮以此敘家禮，與贊襄政務不同，不許。於是恭王「獨對」一時許；但肅順有耳目在內廷，自不便深談；恭王僅力請從速回鑾，保證洋人不會爲難。

此時垂簾之議，分兩頭進行；在熱河，由軍機章京曹毓瑛策動。於此先要略略介紹軍機章京的規制，因爲自雍正七年設立軍機處以來，軍機章京在大政上發生決定性的作用，唯有「辛酉政變」一役，故不能不稍詳其職掌及辦事程序。

按：軍機章京滿漢各兩班。滿章京只有在乾隆朝用「清字」上諭，指授方略，方有用處，以後幾乎徒存其名，供奔走而已；漢章京則自嘉道以後，地位越來越重要，這裡所談，亦只限於漢章京。

兩班章京，稱爲頭班、二班；在大內輪日入値，每日清晨交班，每日皆有一人値宿。在圓明園、西苑等處，則五日一輪，稱爲「園班」；隨扈行在，則輪流派出，大約半年一期。

咸豐末年，兩班的領班，滿洲話叫「達拉密」，是曹毓瑛與焦佑瀛，毓瑛江蘇江陰人，道光十七年拔貢；佑瀛天津人，道光十九年舉人。論資格，曹勝於焦；而論得勢，則焦紅於曹。因爲焦佑瀛搭上了肅順的關係，所以肅順雖非軍機大臣，對軍機處卻能指揮如意，此雖由於穆蔭、匡源、杜翰無用，亦未嘗非焦佑瀛諂事肅順之故。

軍機章京，向來只聽命於軍機大臣；焦佑瀛的作風，失去立場，頗爲同列所不齒，加以南北派別的關係，所以曹毓瑛與焦佑瀛勢如水火。

咸豐十一年十月，文宗想提拔一個「達拉密」在「軍機大臣上學習行走」，論資歷應該曹毓瑛居先，但他很見機，知道就是爬上去了，亦是吃力不討好，不能久於其位，因而自甘退讓，由焦佑瀛以太常寺少卿升補。本來詔旨多出於焦佑瀛之手，現在當上了軍機大臣，且居顧命之末，越發當仁不讓，唯肅順之命是從了。

當文宗賓天時，軍機處係由曹毓瑛的一班，在熱河輪值；但京中亦仍有人，彼此用套格密札通消息。這批密札後爲商務印書館的涵芬樓所收藏，一部分刊於東方雜誌第九卷第一、二號，頗可考見當時情事，如有一札云：

十六午後暈厥，囑內中緩散，至晚甦醒，始定大計，子初三刻見時傳諭清楚。……八位共矢報效，極為和衷，大異以前局面。兩印均大行所賜，母后用（御賞）印，（印起）。上用同道堂印（印訖）。

凡應用硃筆者，用此代之，述旨亦均用之，以杜弊端。諸事母后頗有主見，垂簾輔政蓋兼見之；自顧命後，至今十餘日，所行均愜人意。風聞兩宮不甚愜治，所爭在禮節細故，似易於調停也。……六兄（恭王為道光帝六子）來，頗覺隆重，單起請見談之許久，同輩亦極尊重之。

此函爲八月初所作。「八位」指八顧命。至恭王到熱河情形，見另一札：

恭邸今日大早到，適趕上殷奠禮，伏地大慟，聲徹殿陛，旁人無不下淚；蓋自十七以後，未聞有如此傷心者。祭後，太后召見，恭邸請與內廷偕見，不許，遂獨對，約一時許方出。「宮燈」輩遂頗有懼心，見恭未當不肅然改容，連日頗為斂戢。……看連日諸務未定，尚有懼心。能常如此未當不佳，久則露出本相耳！自十七以後，八位見面不過二三次。時亦甚暫，今則見面一時許，足見自有主宰，一時不發也好！

「宮燈」指肅順；以「肅」字形如宮燈。此函始作於八月初一，觀「今日大早到」可知；但書札未終，後又續寫，故有「連日」等字樣。由此可見恭王自有威儀，肅順輩不能不忌憚。

又一札則為曹毓瑛所作：

元聖在此，在內見一面……坐談一時許，頗有所陳，並自陳不能久待苦衷，渠勸稍安，且必俟進城再說云云。……元聖日內即回（初七日動身）……歸事內催甚急，元聖日內見面，擬了一套話說，必不能過遲也！

「元聖」指恭王，尚書「湯誥」：「事求元聖，與之戮力」。明言兩宮尋求恭王的合作。又白居易詩：「元聖生乘運，忠賢出應期」，可知用「元聖」一典，表明了擁護之意。當恭王在熱河時，曹毓瑛曾秘密進見，並有所建議；恭王持重，答以「且俟進城再說。」所謂「進城」，實為「進京」。

八月初十，恭王啓程回京時，京中已發動垂簾之議，一馬當先，首上請垂簾一疏的是山東道御史董元醇，此人是咸豐二年翰林；十年改御史，河南洛陽人，後來不知何故，改名元章。咸豐二年會試，四總裁之首是協辦大學士周祖培，是故董元醇上奏，即非座主周祖培的授意，亦必為知有「臨朝備考錄」一稿，有意迎合老師之意。原疏如此：

竊以事貴從權，理宜守經；何謂從權？現值天下多事之秋，皇帝陛下以沖齡踐阼，所賴一切政務，皇太后宵旰思慮，斟酌盡善，此誠國家之福也！臣以為即宜明降諭旨，宣示中外，使海內咸知皇上聖躬雖幼，皇太后暫時權理朝政，左右不能干預，庶人心益知敬畏，而文武臣工俱不敢稍肆其蒙蔽之術，後數年後皇上能親裁政務，再躬理萬幾，以天下養，不亦善乎？雖我朝向無太后垂簾之儀，而審時度勢，不得不為此通權達變之舉，此所謂事貴所權也！

此一段「從權」爲兩宮太后打先鋒；下一段「守經」則更爲恭王張目：

何謂守經？自古帝王，莫不以親親尊賢為急務，此千古不易之經也。現時贊襄政務，雖有王大臣軍機大臣諸人，臣以為當更於親王中簡派一二人，令其同心輔弼一切事務，俾各盡心籌劃，再求皇太后、皇上裁斷施行，庶親賢並用；既無專擅之患，亦無偏任之嫌。

至朝夕納誨，輔翼聖德，則當於大臣中擇其治理素優者一二人，俾充師傅之任，逐日進講經典，以擴充聖聰，庶於古今治亂興衰之道，可以詳悉，而聖德日增其高深。此所謂理宜守經也。

語中帶刺，自爲八顧命所不能堪，上此疏的結果，可想而知，據密札透露：

> 玄宰摺請明降垂簾旨，或另簡親王一二輔政，發之太早，擬旨痛駁，皆桂翁手筆。遞上，摺旨具留；又叫有兩時許，老鄭等始出，仍未帶下，但覺怒甚；次早乃發下。探知是日見面大爭，老杜尤肆挺撞：有「若聽信人言，臣不能奉命」語，太后氣得手顫。發下後，怡等笑聲徹遠近。此事不久大變，八人斷難免禍，其在回城乎？密之，密之。

此函多隱語及軍機專用的術語，釋之如下：

一、「玄宰」指董元醇；以董其昌的別號切姓。

二、「桂翁」謂焦佑瀛；焦字桂樵。

三、「叫」者「叫起」的簡略；「叫起」即宣召入殿。

四、「老鄭」謂鄭親王端華。

五、「帶下」，軍機擬旨上呈，宣召面示可否，或有更動。將原擬之旨交軍機，即是「帶下」。

六、「老杜」謂八顧命之一的軍機大臣杜翰。

另有八月十三日，不詳發信人姓名一札，記述尤詳：

千里草上書，初十日未下，此處叫人上去要，仍留看；夸蘭達下來說：「西邊留閱」！

心台冷笑一聲。十一日叫，見面說：「寫旨下來」，叫寫明發痛駁。夫差擬稿尚平和；麻翁另作，諸君大讚，（「是誠何心，尤不可行」等語，原底無之）遂繕遞上，良久未發下（他事皆發下）並原件亦留。另叫起，耳君怒形於色，上去見面，約一刻許下來，（聞見面語頗負氣）仍未發下，云「留著明日再說」。

十二日上去，未叫起，發下早事等件，心台等不開視（決意擱車）云：「不定是誰來看」。日將中，上不得已，將摺及擬旨發下照抄，乃照常辦事，言笑如初。如二四者可謂混蛋矣。

夫今日之事，必不得已仍是垂簾。（溫公魏公不能禁止垂簾，諸公竟欲加而上之矣）！可以遠禍，可以求安；必欲獨攬其權，是誠何心！鄙意如不發下，將此摺淹了，諸君之禍尚淺。固請不發，擱車之後，不得已而發下，亦不見聽，徒覺多事耳！昔人言霍氏之禍萌於驂乘，吾謂諸公之禍，肇於擱車矣。高明以為何如。……聞西邊執不肯下，定要臨朝；後來東邊轉彎，雖未卜其意云何，大約是姑且將就；果如此行，吾不知死所矣！（八月十三日）

此札仍須注解：

一、「千里草」指董元醇。

二、「夸蘭達」滿洲話；屬於奏事太監這一類身分的小官。

三、「西邊」指西太后。

四、「心台」合之為怡；謂怡親王載垣。

五、「寫旨下來」應為「寫旨上來」之誤。

六、軍機處所擬上諭分兩種，一名「廷寄」，直接寄達，非當事人莫曉；一名「明發」，咨內閣撰擬冠冕堂皇的上諭，公開發佈。

七、「夫差」指吳兆麟，杭州人，道光二十二年進士。

八、「麻翁」指焦佑瀛。

九、「耳君」，吳相湘謂指怡親王載垣，不然；指鄭親王端華。

十、「二四」得八，指八顧命。

十一、「溫公、魏公」指北宋賢相司馬光、韓琦。真宗崩、仁宗即位，章敬太后垂簾；神宗崩，哲宗即位，宣仁太皇太后垂簾，韓琦、司馬光均未反對。

十二、「淹」，奏摺留中不發，軍機術語，謂之「淹」了。

十三、「擱車」，御者下閘不行，謂之「擱車」；猶言「煞車」。當時怡王不看奏摺，政務擱置；兩宮不能直接指揮六部辦事，故爲極厲害的要挾，人臣而出以脅制的行爲，必不可留；所以密札中有「諸公之禍，肇於擱車」的話。

至於「擬旨痛駁」，出於焦佑瀛的手筆；此諭促成近支親貴的團結，出現極大的反效果；全文如下：

御史董元醇奏，敬陳管見一摺，據稱皇太后權理朝政，應請明降諭旨，並贊襄政務王大臣外，再簡派親王一二人同心輔弼，及請擇師傅以培德業，嚴飭督府將帥以資整頓等語。

我朝聖聖相承，向無皇太后垂簾聽政之理，朕以冲齡仰受皇考大行皇帝付託之重，御極之初，何敢更易祖宗舊制？且皇考特派怡親王載垣等贊襄政務，一切事件，應行降旨者，經該王大臣等繕擬進呈後，必經朕鈐用圖章始行頒發，係屬中外咸知。其臣工章奏應行批答者，亦必擬進呈覽，再行發還。

該御史奏請皇太后暫時權理朝政，甚屬非是！又據請於親王中簡派一二人令其輔弼一切事務，伏念皇考於七月十六日子刻，召載垣等八人令其盡心輔弼；朕仰體聖心，自有深意，又何敢顯違遺訓，輕易增添。

該王大臣等受皇考顧命，輔弼朕躬，如有蒙蔽專擅之弊，在廷諸臣，無難指實參奏；朕亦必重治其罪。該御史必欲於親王中令行簡派，是誠何心？所奏尤不可行。以上兩端，關係甚重，非臣下所得妄議。

至朝夕納誨一節，皇考業經派編修李鴻藻充朕師傅，該御史請於大臣擇一二人俾充師傅之處，亦毋庸議。其各直省督撫及各路統兵大臣，業經朕明降諭旨，令其共矢公忠。嚴申軍律，諒內外文武臣工，必能不負委任，以仰副皇考在天之靈，無俟朕諄諄訓誡也，欽此！

「是誠何心」一語，實在有些過分，以致惹得醇王大怒。醇郡王行七，他的福晉是西太后的胞妹；在「辛酉政變」中，醇郡王多少亦發生了作用，但此時連恭王亦不能不謹慎，醇王自更無能爲力。

八月十三，西太后迫不得已將原摺及上引上諭發下後，「二四」照常辦事。當時的第一件大事還不是御極頒恩詔，而是決定年號，以便鑄造制錢；年號早在七月二十六日，便已決定，並明詔頒佈爲「祺祥」二字；接著趕鑄樣錢，正面漢文：「祺祥重寶」，又大又重，相當漂亮。

所以如此者，當時的惡性通貨膨脹，情況相當嚴重；穩定人心最好的辦法是，趕鑄制錢應市，但文宗已崩，不能再鑄「咸豐通寶」，嗣君年號未定，則又不能開爐，因而以定年號爲急。及至八月中旬，頒上諭：「依欽天監所擇吉日，於十月初九日甲子卯時，舉行登極頒詔鉅典後」，朝士頗肆譏評。

如李慈銘就這樣議論：

竊按天子崩，太子於柩前即位，古今不易之禮，國不可一日無君也。未有大行在殯，曠位幾三月始行踐阼之禮者。天子所至為家，君所在即位所在；匪特木蘭行闕，密邇郊畿，即遠在萬里之外，受終正位，亦無有敢為異議者。

方今沖人在上，諸大臣皆不識一字，大行崩逝之次日，即奉嗣子下詔稱「上諭」，稱「朕」，稱皇后為皇太后；夫既未即位也，猶太子也；春秋之法，未逾年尚稱子，何況六齡之幼孤，未履九五之尊位，則詔何自出，名何自尊？此真貽笑萬古者矣。

按：此言未即位而行君權爲不當，甚合邏輯；應如宋哲宗柩前即位，亦爲正論，但其時禮臣均在京師，欲檢世祖崩逝，聖祖如何嗣位的成例，亦不可得，事實上有缺失，應該是可原諒的。

李慈銘又論年號云：

國朝即位改元，向由大學士及軍機大臣，各擬數號呈進，天子擇而用之；今茲未告即位，先議改元，已為奇事，而元號又用「祺祥」二字，無論文義不順，且「祺」字古無用者；「祥」字惟宋少帝「祥興」用之，嗣子幼沖，自不知所檢擇，而廷臣亦無有言者，豈真國威所劫乎？不學之弊，一至於此，嗚呼，國家可無讀書人哉！

李慈銘當時已卓露聲名，伉直敢言，文采動人；在清議中擁有一部分力量，他的言論如此，當然對肅順一派不利。但八月十三日以後，肅派由上風轉入下風之始，爲勝保突然抵達行在。

提起此人，在「辛酉政變」中，扮的是武二花的腳色，值得一談。此人籍隸滿洲鑲白旗，姓瓜爾佳氏，舉人出身，考授順天府教授後，不知以何因緣，轉爲東宮官屬的「贊善」，成了翰林，大考二等擢侍講；又居然升到國子監祭酒，歷資而爲內閣學士，成了二品大員。勝保筆下很來得，屢屢上書言事。

洪秀全犯武昌時，疏陳辦賊方略，大爲文宗賞識，派往河南交欽差大臣琦善差遣，由此轉文入武；打仗另有一套專門跟對方妥協，表面上招撫的功夫；加以善於諱敗爲勝，所以名氣甚大，而勝保亦就自命不凡，不可一世；曾經刻了兩方閒章，一方是：「十五入泮宮、二十入詞林、三十爲大將」；一方是「我戰則克」，因爲他的號叫「克齋」。然而有個外號，叫做「敗保」。

英法聯軍內犯時，近畿集中的旗兵，達十三萬之多，由僧王統率，而以勝保參贊，及至僧王一敗再敗，逕自與敵將言和，大忤文宗之意，改以勝保節制各軍。和議告成，全師而退，對恭王當然是尊敬；這一次到熱河叩謁梓宮，實際上是受恭王之託，來探風色。

事先勝保已曾揚言，將領兵「清君側」；因而到熱河後，肅順等人頗爲忌憚，但勝保無非擁兵自重，得以左右逢源，決不肯輕舉妄動；同時與醇王等秘密接觸後，認爲在熱河難有作爲，只要一回了鑾，不怕肅順不就範。就探風色這個任務來說，他是達到了。

到了九月初，「三凶」犯了一個極大的錯誤，九月初四原有一道上諭：「端華調補工部尚書，並補授步軍統領，行在步軍統領，亦著端華暫行署理。」這本來是自己封自己的官；名義上是軍機處的建議，而實際上出於「三凶」的指使，既已照准，謝恩便是。偏偏假惺惺作態，以致弄巧成拙。

據說「三凶」爲了「丑表功」，連袂晉見，自陳差務繁忙，請求減少差使。意思是指溫語慰留，甚至交部議敘，藉以造成深受兩宮倚重的虛假印象；不道九月初一已上封號的慈禧太后，准如所請，面諭「載垣著開鑾儀衛上虞備用處差；端華著開步軍統領缺；肅順著開管理理藩院，並嚮導處事務。」

步軍統領下轄左右翼兩總兵，如隆科多言：「一呼可集兩萬兵」，負拱衛京畿的重任；交出這一份軍權，可說注定了將成階下囚的命運。此外載垣與肅順所撤去的差使，亦頗為重要。鑾儀衛掌管儀仗車駕，如果發動宮廷政變，首先要將鑾儀衛抓在手裡，才能擺得出場面，示臣民以天命所在。肅順的兩個差使管理理藩院得與蒙古王公打交道；嚮導處掌營地度建，凡巡幸為打前站的人員，開去此兩差，肅順對回鑾時沿途的情況以及蒙古王公的動態，即無所知。以後在途為醇王所擒，未始不由此故。

九月二十三日啓鑾時，慈安太后貼身已藏著一份上諭，全文是：

上年海疆不靖，京師戒嚴，總由在事之王大臣等，籌畫乖方所致，載垣等復不能靜心和議，徒誘獲英國使臣，以塞己責，以致失信於各國；淀園被擾，我皇考巡幸熱河，實聖心不得已之苦衷也。

嗣經總理各國事務衙門王大臣等，將各國應辦事宜，妥為經理，都城內外，安謐如常，皇考屢召王大臣議回鑾之旨，而載垣、端華、肅順朋比為奸，總以外國情形反覆，力排眾議。

皇考宵旰勤勞，更兼口外嚴寒，以致聖體違和，竟於本年七月十七日龍馭上賓，朕呼地搶天，五內如焚，追思載垣等從前蒙蔽之罪，非朕一人痛恨，實天下臣民所痛恨者也。

按：此將文宗賓天之故，歸罪於「三凶」，有此最大的一款罪狀；是定下了一個議罪的基調，「三凶」非死不可了。

朕御極之初，即欲重治其罪，惟思伊等係顧命之臣，故暫行寬免，以觀後效；孰意八月十一日，朕召見載垣等八人，因御史董元醇敬陳管見一摺，內稱皇太后暫時權理朝政，俟數年後，朕能親裁庶務，再行歸政；又請於親王中簡派一二人，令其輔政；又請於大臣中簡派一二人充朕師傅之任，以上三端，深合朕意，雖我朝向無皇太后垂簾之儀，朕受皇考大行皇帝付託之重，惟以國計民生為念，豈能拘守常例？此所謂事貴從權，特面諭載垣等著照所請傳旨。

該王大臣奏對時，嘵嘵置辯，已無人臣之禮，擬旨時又陽奉陰違，擅自改寫作為朕旨頒行，是誠何心？且載垣等每以不敢專擅為詞，此非專擅之實蹟乎？總因朕沖歲，皇太后不能深悉國事，任伊等欺蒙，能盡欺天下乎？

此皆伊等辜負皇考深恩，若再事姑容，何以仰對在天之靈？又何以服天下公論？載垣、端華、肅順者即解任。景壽、穆蔭、匡源、杜翰、焦佑瀛著退出軍機處。派恭親王會同大學士六部九卿翰詹科道將伊等應得之咎，分別輕重，按律秉公具奏。至皇太后應如何垂簾之儀，一併會議具奏。特諭。

按：焦佑瀛原擬駁董元醇的上諭，有「是誠何心」一語，醇王對此耿耿於懷，故而針鋒相對，襲用原文。此「是誠何心」無異責「三凶」矯詔之罪；有此一款大罪，更是非死不可了。

這道上諭在慈安太后身上藏了九天；這九天的行程，可以頭一天爲例，錄敬事房檔案，並略作解說如下：

九月廿三日：是日請駕後，至梓宮前奠酒，辰時目送梓宮出麗正門畢，隨皇太后乘轎至喀拉河屯傳膳。少坐，等梓宮至蘆殿；升服，上在喀喇河屯乘轎至梓宮前奠奶茶。

按：梓宮即帝后靈櫬；麗正門爲熱河行宮正門。此言一早由小皇帝奠酒後，梓宮啓行；然後隨兩宮由間道至喀拉河屯行宮用膳。梓宮不入行宮；另擇空曠之處，搭蓋蘆席棚停靈，稱之爲「蘆殿」。

小皇帝換素服乘轎至蘆殿上祭。以下敘奠奶茶禮節及以後的情形：

用黃磁碗，首領馬呈遞在萬歲爺手，向上舉，首領遞過奶茶，站起，在旁站立，等萬歲爺行一叩禮畢，首領馬請奶茶至殿外，跪略畢，隨外邊伺候奠酒；奠畢，仍還喀喇河屯。

按：宮中太監、宮女稱在位之帝爲「萬歲爺」，先帝則以年號，如「嘉慶爺」、「道光爺」等。奠奶茶後，繼以奠酒，即爲上祭，祭畢仍還行宮。至翌日仍是一早祭後，送梓宮啓行；間道趕至下一行宮，等候梓宮到蘆殿，如前一日行事。

九月廿九日未正一刻，兩宮太后及小皇帝乘黑布轎到達京師德勝門；留京王公大臣、文武官員，素服跪接。兩宮太后召見恭親王及大學士桂良、周祖培、賈楨，以及唯一留京辦理軍機處事務的戶部左侍郎文祥；他在前一年十二月間，奉旨兼署步軍統領；端華既已奏請開缺，文祥便自然而然地仍舊兼署了步軍統領，控制著整個京畿的治安。

預擬的上諭，就在這一次召見中宣示。其時載垣、端華已獲得信息，趕進宮去，當面抗議：「太后不應召見外臣。」

慈禧在熱河受夠了「三凶」的氣；尤其是明知文宗的病只是拖日子，唯一的皇子，不久將登大位；她已是「準皇太后」的身分，而絲毫不加尊重，與慈安之間，有著明顯的差別待遇；慈禧對嫡庶之分，最爲敏感，所以耿耿於懷，其憾莫釋。這時新仇舊恨，一齊發作，立即又口授第二道上諭：

前因載垣、端華、肅順等三人，種種跋扈不臣，朕於熱河行宮，命醇郡王奕譞繕就諭旨，將載垣等三人解任。玆於本日特旨召見恭親王及大學士桂良、周祖培、軍機大臣戶部左侍郎文祥；乃載垣等肆言不應召見外臣，擅行攔阻。其肆無忌憚，何所底止！前旨僅予解任，實不足以蔽辜，著恭親王奕訢、桂良、周祖培、文祥即行傳旨：將載垣、肅順、端華革去爵職拏問，交宗人府會同大學士九卿翰詹科道，嚴行議罪。

載垣、端華之被拿問，是臨時起意；但逮捕肅順，則爲預定的計劃，特派肅順護送梓宮，先有隔離之意；再派醇王亦隨梓宮進京，即是爲了對付肅順，所以九月三十日，在頒發前引上諭的同時，頒發一道密旨，命睿親王仁壽、醇郡王奕譞，「將肅順即行拿問，押解來京。」

其實梓宮已到密雲，半夜裡肅順方擁兩妾高臥，醇王帶著侍衛到下榻的旅舍中，悄悄動手。肅順大肆咆哮，但已無及。其時醇王廿二歲，自以爲是辦了一件了不得的大事，每每誇耀於子侄。

肅順爲鄭親王端華之侄，所以被捕到京，亦監禁於宗人府，相見之下，彼此抱怨，肅順表示：「早從吾言，何有今日？」他們是否曾有過甚麼不利於慈禧太后的計畫，就不得而知了。

十月初五在內閣集議，由於「三凶」爲顧命之臣，所以罪名久議不決，最後由於刑部尚書趙光的堅持，定議凌遲；奏上奉旨：

據該王大臣等奏稱：載垣、端華、肅順跋扈不臣，均屬罪大惡極，於國法無可寬宥，並無異辭。朕念載垣等均屬宗人，遽以身罹重罪，悉應棄市，能無淚下？惟載垣等前後一切專擅跋扈情形，實屬謀危社稷，皆列祖列宗之罪人，非獨欺凌朕躬為有罪也。

在載垣等未當不自恃為顧命大臣，縱使作惡多端，定邀寬宥；豈知贊襄政務，皇考並無此諭，若不重治其罪，何以仰副皇考付託之重，亦何以飭法紀而示萬世？即照該王大臣所擬，均即凌遲處死，實屬情真罪當。

惟國家本有議貴議親之條，尚可從量末減，姑於萬無可貸之中，免其肆市，載垣、端華均著加恩賜令自盡；即派肅親王華豐，刑部尚書綿森迅即前往宗人府傳旨，令其自盡，此為國體起見，非朕之有私於載垣、端華也。

至肅順之悖逆狂謬，較載垣等尤甚，亟應凌遲處死，以中國法而快人心，惟朕心究有所不忍，肅順著加恩改為斬立決，即派睿親王仁壽、刑部右侍郎載齡前往監視行刑，以為大逆不道者戒。

「辛酉政變」至此可說已告成功。此爲近代史上第一件大事，其影響之重大，無可評估。兩宮垂簾至光緒初年約二十年間，雖號稱同光中興，但慈禧無論對清朝的社稷，或者我們以現代的觀點，就她對國家民族來說，都是罪浮於功；洪楊與捻匪之必滅，與慈禧並無關係；易言之，非慈禧裁斷統馭之功，因爲肅順對曾左胡及能幹而肯任事的漢大臣，都是充分支持的；恭王亦然，因此，不論他們誰當政，湘軍與淮軍皆可克竟全功。

王湘綺於同治十三年作「獨行謠」云：

祖制重顧命，姜姒不佐周。

這是很正確的評斷；姜姒雖賢，亦不佐周，以女主臨朝，實在是件不幸之事；而造成此一不幸者，慈禧並無責任，因爲以她的性格，一定會出於垂簾一途，這是文宗、肅順、恭王都知道的事。我認爲應對此不幸之事負責者，第一是文宗；第二是「三凶」；第三是恭王。

「獨行謠」於前引詩下又有句云：

誰與「同道」章？翻怪垂簾疏。不能召親賢，自刎據天圖，戮之費一紙，曾不驚殿廬。「祺祥」改「同治」，御坐屏波離。

波離即玻璃。此言兩宮垂簾，咎在文宗；而最大的錯誤還不在以「同道堂」圖章賜慈禧，而在「不能召親賢」，八顧命中無論如何不能不列恭王。當然，「三凶」排拒太過，自誤誤國，罪亦不輕。

至於恭王之咎，不應不爲肅順緩頰；以肅順之才，收服其人後，可資爲助手。如能爲之力爭免死，則肅順感於救命之恩，傾心推服，亦是可預見之事。

「三凶」手握大權，隔絕內外，而「辛酉政變」之能輕易成功者，一方面固由「三凶」之自誤；另一方面更當重視慈禧與恭王臨大事的態度，慈禧女流而無婦人之仁；恭王親貴而能辱身苦志，這才是「辛酉政變」能夠成功的主要原因。

薛福成「庸庵筆記」談恭王初至熱河情事云：

恭親王先見三奸，卑遜特甚，肅順頗蔑視之，以為彼何能為，不足畏也。兩宮皇太后欲召見恭親王，三奸力阻之，侍郎杜翰昌言於眾，謂叔嫂當避嫌疑，且先帝賓天，皇太后居喪，尤不宜召見親王。

肅順撫掌稱善曰：「是真不愧杜文正公之子矣。」然究迫於公論，而太后召見恭親王之意亦甚決，太監數輩傳旨出宮，恭親王乃請端華同進見，端華目視肅順，肅順笑曰：「老六，汝與兩宮叔嫂耳，何必我輩陪哉！」

王乃得一人獨進見，兩宮皆涕泣而道三奸之侵侮，因密商誅三奸之策，並召鴻臚寺少卿曹毓瑛密擬拿問各旨，以備到京師發，而三奸不知也。次日，王即請訓回京，以釋三奸之忌，兼程而行，州縣備尖宿處，皆不敢輕居，懼三奸之行刺也。及抵京，密甚，無一人知者。

恭王，慈禧以外，在宮中另有兩人，於「辛酉政變」之能成功，亦頗具關係，一個是慈安太后，姓鈕祜祿氏，廣西右江道穆陽阿之女，事文宗潛邸，咸豐二年封貞嬪，進貞貴妃，立爲皇后。

當文宗崩時，慈安年廿五歲，慈禧則爲廿七歲，雖長於慈安兩歲，而兩宮並尊後，以姐妹相稱，呼慈安爲「姐姐」；當時天下公論，稱「東宮優於德；西宮優於才」，東宮之德在於「粥粥若無能」，故能與慈禧串演「雙簧」，而使肅順疏於防範；「庸庵筆記」云：

慈安太后以咸豐初年正位中宮，當時已有聖明之頌。顯皇帝萬歲之暇，偶以遊宴自娛，聞中宮婉言規諫，未嘗不從；外省軍報及廷臣奏疏寢閣者，聞中宮一言，未嘗不立即省覽；妃嬪偶遭遣責，皆以中宮調停，旋蒙恩眷。

顯皇帝幸熱河，逾年龍馭上賓，當是時肅順專大政，暴橫不可制，太后與慈禧皇太后俯巨缸而言，計議甚密，於是羈縻肅順，外示委任，而急召恭親王至熱河，與王密謀兩宮及皇上奉梓宮先發，俾肅順部署後事，既至京師，則降旨解肅順大學士之任，旋革職拿問，遂誅之。肅順素蓄異謀，以皇太后渾厚易制，故忍而少行，不意其先發制之，臨刑時頗自悔恨云。

由此可知密札中的所謂「東邊轉彎」，原是預先籌畫好的。

再一個是慈禧所信任的太監安德海，小名「小安子」。兩宮密議的步驟，交恭王執行，先由安德海進京密傳，故恭王至熱河後，坦然請「三囚」一起進見；及至「獨對」時，除悼傷文宗，及力請回鑾外，亦不及他語。

因爲宮內有肅順的耳目，如總管太監袁添喜、王喜慶；太監杜雙奎、張保桂、劉二壽等，後來均因交結肅順獲重罪；知名者已有五人，不知名者更不知凡幾？兩宮及恭王不能不格外謹愼。

事實上意見早經溝通，所以曹毓瑛密謁有所陳述時，恭王只答以「回京再說」；凡此聲色不動的表現，使得「三凶」確信兩宮無能為力，恭王有所忌憚，即有舉動，亦在到京以後；而凡有舉措，逃不過軍機一關。而「攔車」一著，足以制服兩宮，不意到京即遇雷霆之威；肅順更想不到「中途遇伏」，是則安德海直可謂之「辛酉政變」中的關鍵人物。

至於兩宮與恭王通消息，要做得聲色不露，能夠瞞過「三凶」，頗為不易；安德海能夠達成密使的任務，有各種傳說，比較合理可信的是，慈禧行了一條苦肉計，借細故將安德海重責，遣送回京，罰當苦差。安德海是慈禧親信的太監，故非如此，不足以遮「三凶」的耳目。

回鑾後，自然要為文宗大事治喪；十二月上尊謚，廟號曰「顯」。文宗資質勝過父祖，惜在體弱，即位後內憂外患交迫，因而寄情酒色，益形斲喪；以三十一歲的有為之年，一瞑不視。

「清史稿」論曰：

> 文宗遭陽九之運，躬明夷之會。外強要盟；內亂競作，奄忽一紀，遂無一日之安！而能任賢擢材，洞觀肆應，賦民首杜煩苛；治軍慎持馭索，輔弼充位，悉出廟算。嚮使假年御宇，安有後來之伏患哉？

這是不算過分的頌讚。所謂「後來之伏患」，即指慈禧弄權，終於斷送大清天下。

十一、穆宗——同治皇帝

穆宗名載淳，咸豐六年三月廿三日生於西六宮的儲秀宮，「清宮述聞」引「清稗類鈔」作注云：

孝欽后初入宮時，封蘭貴人，後封懿嬪，再進懿妃，穆宗誕生九月時，孝欽后猶為妃也；承文宗特恩，賜回家省親一次，先有太監至其家，告以某時駕到，屆時太監及侍衛，群擁黃轎而至，其母率家人親戚，排列院中，入內堂，太監請妃降輿，登堂升座，除母及長輩外，皆跪地叩頭，排筵宴，母陪座於下，蓋以妃為皇子之母也。

按：慈禧母家在東城方家園，父名惠徵，官至安徽徽寧池太廣道，時當道光末年，洪楊起事，惠徵守土無方，革職留任，旋即病歿；遺妻一、子女各二，慈禧居長。官場間有句話，叫做：「太太死了壓斷街，老爺死了沒人抬。」何況又是革員，因而身後蕭條，幾於無人過問。

慈禧奉母率弟妹盤靈回京時，淒涼萬狀；一路上眞是以淚洗面。那知路過清江浦時，忽有縣官致送一份極重的奠儀；慈禧姐妹，感激涕零，相誓若有得意的一天，必當重報。這個縣官名叫吳棠，後來官至四川總督，有個很別緻的外號，叫做「一品肉」。

吳棠是安徽盱眙人，時任清河知縣，清河即清江浦，亦即淮陰；此處爲運河樞紐之地，縣官送往迎來，應酬甚繁，當時他近送的一分奠儀，受者本非惠徵的遺族，爲僕人所誤投；接到謝帖一看，才知道錯了。

奠儀無追回之理，想起漂母與韓信的故事，索性將錯就錯，具衣冠到船上去行禮弔唁，慰問遺屬；慈禧姐妹，益發銘諸心版，感激不盡。

按：吳棠之受慈禧賞識，據費行簡「近代名人小傳」謂：吳棠原爲惠徵的幕友，「徵沒，虧權款，棠爲籌措，家屬乃得行。後以舉人大挑知縣，數司河工，擢知府」云云，殊有未諦；「清史稿」本傳：

吳棠，字仲宣……道光十五年舉人，大挑知縣，分南河、補桃源、調清河、署邳州。咸豐三年，洪軍陷揚州，時圖北竄，棠招集鄉勇，分設七十二局，合數萬人，聯絡鄰近十餘縣，合力防禦，有聲江淮間，丁母憂，士民攀留，河道總督楊以增疏請令治喪百日後，仍署清河。太常寺少卿王茂蔭疏薦，詔詢以增，亦以治績上，特命以同知直隸州即補，賜花翎。

經歷甚明。至咸豐十年補淮徐道；十一年十一月擢升江寧藩司，署理漕督；由道員一躍而爲總督，事在兩宮垂簾以後，亦即慈禧報恩的開始。

穆宗即位於慈禧生日前一天的十月初九；年號廢棄「祺祥」不用，改稱「同治」。這個年號的涵義很廣，既可謂兩宮同治；更可謂兩宮與親貴同治；亦可謂滿漢同治，具有大團結的意味。

即位之前第一件大事是改組政府，在恭王主持下，軍機處出現了一張嶄新的名單：

加授議政王在軍極處行走，和碩恭親王奕訢；
太子太保文華殿大學士桂良；
戶部尚書沈兆霖；
戶部右侍郎寶鋆；
戶部左侍郎文祥；
鴻臚寺少卿曹毓瑛。

恭王爲軍機領班，以下兩滿兩漢四大臣，象徵了滿漢協力同治的局面；由此形成了一個制度，即軍機處由親貴爲領袖，軍機大臣兩滿兩漢；兩漢中在籍貫上南北各一，因而又形成了所謂「南北之爭」。

這個缺席維持到光緒末年改新官制，大致不變，尤其是兩漢中保持南北的均勢以及「忌滿六人」這兩點。

「清朝野史大觀」第五輯「清代述異」中有一條：

自雍正七年設立軍機處以後，必以大學士、尚書、侍郎之幹略優長，默契宸衷者為大臣，承寫諭旨，籌商大政，蓋猶唐宋之入「中書同平章事」；明之「入閣預機務」也。

不入軍機，則雖位居大學士，不得謂之真相；顧聞樞廷裡外各一室，本不甚宏敞，大臣如滿六人，坐位固嫌逼窄，相傳必有人利者。遠者不能盡知，姑就同治以來言之。

按：此文以下所舉之例多屬光緒朝之事，留待後文再談。這裡所要強調的事，軍機大臣的員額，多則意見紛歧；少則諮詢不足，以五人爲限，是個很適當的數字。

恭親王另外還主持了一個現代史上，關係最重大的機構，就是「總理各國事務衙門」。中國自秦漢以來，外交上有多次改制；而最重要的是這一次，應該特別作一個介紹。

清朝除理藩院專管藩屬外，外交事務本由會同四譯館辦理，初制會同、四譯爲兩館，會同官隸屬禮部主客司，掌管外國使節的食宿招待；四譯館則隸屬於翰林院，職司語文翻譯，乾隆十三年合併爲會同四譯館，以禮部郎中一人，兼鴻臚寺少卿銜，提督館事。

但嚴格而言，清朝自開國至英法聯軍內犯時爲止，並不承認有如現代解釋的外交，因爲以天朝大國自居，任何外國皆不以平等地位相視，道光朝發生了實質上很嚴重的外交糾紛，而仍以地方事件視之，交由兩江或直隸總督以欽差的名義處理。

文宗之不願接受英國大使額爾金的呈遞國書，即因不原承認英國爲敵體；而英國之必欲其大使照國際禮節親遞國書者，爲了湔雪馬戛爾尼向高宗屈膝之恥。

此事發生於乾隆五十七年，英國所遣正使伯爵馬戛爾尼，於是年八月初十，高宗萬壽前謁見於熱河圍場萬樹園黃幄中，先不願下跪，強之止屈一膝，及至殿上不覺雙跪俯伏，清朝制藝名家管世銘有詩云：「一到殿廷齊膝地，天威能使萬心降」；世銘時爲軍機章京，隨扈行在，親見其事，詩爲紀實。

英國引此爲奇恥，必欲洗刷；文宗則以同爲英使，前則屈膝，今則折腰，慚將來無以見其曾祖於地下，因而不惜北狩以避，且嚴禁同氣連枝的恭王與英使相見。爲此禮節細故，釀成鉅禍；中國人好虛文的積習，眞是害死人。

恭王明達，深知非以同等地位視外國，不足以言外交，因而於咸豐十年十二月初三與桂良及文祥，聯名奏請設立「總理各國事務衙門」，專責處理「各國事件」。這個衙門簡稱「總署」；又以接管了會同四譯館的業務，所以又稱譯署。

總署之設立，爲文祥一手所策畫，原奏擬呈「章程六條」，第一條釐定總署的規則云：

以王大臣領之；軍機大臣，承書諭旨，非兼領其事恐有歧誤，請一併兼管。並請另給公所，以便辦公，兼備與各國接見，其應設司員，擬於內閣部院軍機處各司員章京內，滿漢各挑取八員：輪班入值，一切均仿軍機處辦理，以專責成。俟軍務肅清，外國事務較簡，即行裁撤，仍歸軍機處辦理，以符舊制。

於此可見，總署設立之原意，爲另設一專辦「各國事務」的軍機處。所謂「各國事務」，最主要的是通商；章程第二條云：

南北口岸，請分設大臣，以期易顧也。查道光年間通商之初，祇有廣州、廈門、寧波、上海，設立欽差大臣一員，現在新定條約，北則奉天之牛莊，直隸之天津，山東之登州；南則廣州之粵海、潮州、瓊州、福建之福州、廈門、台灣、淡水，並長江之鎮江、九江、漢口；地方遼闊，南北相去七八千里。

仍令其歸五口欽差大臣辦理，不獨呼應不靈，各國所不願從。且天津一口，距京甚近。各國在津通商，若無大員駐津商辦，尤恐諸多窒礙。擬請於牛莊、天津、登州三口，設立辦理通商大臣，駐紮天津，轉管三口事務。

直隸為畿輔重鎮，督臣控制地方，不能專駐天津；而藩臬兩司，各有專職，亦未便兼理其事，擬做照兩淮等處之例，將長蘆鹽政裁撤，歸直隸總督管理，其鹽政衙署養廉，即撥給通商大臣，不必令議添設，以節經費。

舊管關稅，一併歸通商大臣兼管，分晰造報。並請頒給辦理三口通商大臣關防一顆。無庸加欽差字樣。仍准酌帶司員數員，以資襄辦。遇有要事，准其會通三省督撫、府尹，商同辦理。庶於呼應較靈。

而通商的主要貨品，即是引起戰爭的鴉片，當時名爲「洋藥」；開禁收稅情形，據清史稿「食貨志」載：

咸豐七年，閩浙總督王懿德等始有軍需緊要，暫時從權，量予抽捐之請，朝旨允行。八年，與法定約，向來洋藥不准通商，現稍寬其禁，聽商貿易，每百斤納稅銀三十兩，只在口銷售；離口即屬中國貨物，准華商運往內地，法商不得護送。嗣與各國定約皆如之。

九年，上以洋藥未定稅前，地方官多有私收情弊，現既議定稅章，自應一律遵辦。上海為各商薈萃之區，尤宜及早奉行，不得以多報少，藉肥私囊。兩江總督何桂清，請減輕洋藥稅，下廷議，尋議洋藥稅則，各省關均照辦，江蘇何得獨異。所徵稅銀，每三月報斛，不准留支。

至洋藥釐捐，與關稅有別，原定銀二十兩，毋庸再加十兩。惟不得以洋稅抵作釐捐。允之。雲貴總督張亮基言，滇省向無洋藥，上命先將所產土藥，分別徵收稅釐，不得以洋藥混土藥。

十一年，上海新行洋藥稅章程，而普魯斯領事密迪樂，以洋商既定進口稅，重徵華商，有礙洋商貿易。上曰：「洋商進口，華商出口，兩稅各不相礙。」不允其請。時稅務局赫德言，洋藥抽稅，今昔情形不同，收稅愈重，則走漏愈甚，上以其言可採，下所司酌議施行。

鴉片收稅，在同光年間成爲政府稅入的主要項目，確數無從計算；根據清史稿「食貨志」簡略不全的記載，爲之作一概略清算，已頗可觀。

按：鴉片分爲進口及土產兩種，稱爲「洋藥」、「土藥」，洋藥來自印度，每個大如足球，俗稱「大土」或「人頭土」，在煙土中等級最高。土藥則產於雲南者稱爲「雲土」；產於四川者稱爲「川土」，質地較次。又有「西口土」、「北口土」等。

洋藥自印度先運香港，輸入中國以江海關爲主要入口，每箱百斤，徵正稅三十兩，釐金八十兩，合共一百一十兩；至光緒末年增至每百斤三百六十兩，姑以前後通扯，折衷計算爲每百斤徵稅二百二十兩，每年行銷約九萬箱，計九百萬斤，徵稅釐銀共一千九百八十萬兩。土藥則先徵四十兩，後來加徵二百三十兩；銷數無考，但絕非小數，有一友於勝利後在雲南當縣長，據說地方大豪示意，每年可餽贈煙土三萬兩，勿再需索，即此一端，可想而知。

進口洋藥類中，又有「莫啡鴉」一名，即海洛因，俗稱「白麵」，每兩徵稅銀三兩，進口數字無考。

此外不論洋土藥，行銷皆須照章請票，即是營業許可證。票分兩種，一爲「行票」，每票限十斤以下，每斤捐銀二錢；一爲「坐票」煙膏店不論資本大小，年捐二十兩，換票一次，類似如今舞廳、酒家的許可年費。

全國煙膏店不知幾許，但由煙土的消耗量略作計算，吸食者之眾，殊足驚人；今以每年消耗「洋藥」九萬箱計，合計得九百萬斤，每斤十六兩，共一億四千四百萬兩，由土成膏，八折計算，猶得一億一千五百萬兩。

癮君子日吸一錢，年吸三十六兩，已得三百餘萬人，而土藥不計在內，估計至少有一千萬人，而以中年人爲主，國勢何得不弱？

在總署設立之初，還有件很重要的任務，說起來是個極大的諷刺，即是請「洋將洋兵助剿」，而以英法爲主，本爲死敵，忽成義友。當總署初設時，即奉交摺片四件，皆論洋將洋兵助剿之事；此四摺片出自曾國藩、袁甲三、薛煥。

據恭王等奏復云：

袁甲三於利益之間，辯論最為明晰，誠如聖諭，自係正論。曾國藩酌量軍情緩急，並控御外夷之方，因時制宜，實為詳備。薛煥則意在傾覆逆之巢穴，水陸並進，急收成效，與曾國藩所見，大同小異。

按：請援於國際，當洪楊未破金陵以前，即已發動，首倡者爲江蘇巡撫楊文定，未允所請；及至洪楊破金陵，而小刀會劉麗川在上海起事，當時英、法、美三國已決定保護其在上海的僑民安全及商業利益，所以由法國派兵打敗了劉麗川。

至咸豐十年春夏之交，出現了很微妙的情況，朝廷正與英、法相抗，而上海由四明公所董事，專營對我貿易的「大記」老板楊坊，及蘇松太道吳煦，雇美國退伍軍人華爾，招募了呂宋人一百名，組成了一支洋槍隊；並以法思爾德、白齊文爲副。

而兩江總督何桂清，則有一極好的構想，即將與英法的衝突，及邀洋將洋兵助剿兩事，合在一起解決。茲據郭廷以「近代中國史事日誌」，以當時有關情況，排比如下，自可見其演變的眞相：

咸豐十年四月十七日：

何桂清在上海晤英使普魯斯商和好，並請助剿，無成。（按：何桂清於兩天後革職，曾國藩繼督兩江。）

四月十九日：

命江蘇布政使薛煥署欽差大臣，辦理五口通商事宜。

五月初一日：

以薛煥為江蘇巡撫。並詔，不准何桂清等向英法借兵；命薛煥告知英法使臣，毋庸再議，即其情願入江相助，亦當婉拒。

五月初八：

何桂清等奏，請安撫夷人，堅其和議，俯如所請，勸其助順剿賊，詔毋庸議，並命薛煥向額爾金、葛羅開導操縱。

五月十五：

命薛煥與吳煦，雇募呂宋洋勇百名遣回，勿使夷人得以藉口（洋勇即華爾之洋槍隊，以呂宋係英人黨與，俄使亦有募勇助剿之議。）

五月廿三：

再命薛煥開導夷商，阻額爾金等北來，並裁撤夷勇，作為商雇並非官雇。

五月廿八：

華爾等克松江、攻青浦。（按：攻青浦不利，為李秀成所敗，失軍械頗多。）

七月初二：

李秀成進至徐家匯，逼上海西南兩門，江蘇巡撫薛煥借英法軍千二百人固守，焚附城民房。

七月初三：

李秀成軍三面包圍上海，焚江海關，進逼法租界，為英法軍所敗。

七月初四：

李秀成再攻上海，逼進英租界，復為英軍所敗。

經此一仗，李秀成撤圍，上海得以確保，亦即保住了最重要的一個餉源及對外的出口。以後江蘇士紳向曾國藩乞師；李鴻章「用滬平吳」，得建大功，皆得力於這一仗；倘或上海落入洪楊第一人物李秀成之手，東南半壁的形勢改觀，歷史或者又是不一樣寫法了。

但同爲洋將，恭王與桂良、文祥等的看法不同，曾奏中引曾國藩的原奏說：

曾國藩奏稱，米夷質性醇厚，於中國時思效順，而於英佛並非團結之黨，應暗杜俄夷市德米夷之心，使其毫無疑忌，或可輸忱暱就各等語。查道光年間，英夷在廣東犯順時，該夷與佛蘭西，均欽遵諭旨，不敢違法販賣鴉片。

迄至二十二年，英夷在江寧換約，該夷始於二十四年，懇請一體辦理。咸豐三年，該夷請以兵船助剿金陵。撫臣楊文定，據以入告。嗣因向榮以為不可，未經允進。是米夷之於中國，與英佛情有不同。

所謂「米夷」即指美國人，當時採用日本的譯名，稱美爲「米」；稱法爲「佛」。中美的傳統友誼，確與他國不同；最具體的表徵是華爾的事蹟；「清史稿」卷四百三十六，爲客卿專傳，以華爾冠首。

華爾爲紐約人，退伍後不知犯了甚麼罪，逃到上海爲美國領事所拘。蘇松太道吳煦爲之緩頰，因而感恩爲吳煦所用；本傳：

咸豐十年，洪軍陷松江，煦令募西兵數十為前驅，華人數百，半西服、半常裝從其後，華爾誡曰：「有進無止；止者暫！」敵迎戰，槍炮雨下，令伏，無一傷者。俄突起轟擊之，百二十槍齊發；凡三發，斃敵數百。敵敗入成，躡之同入，巷戰，斬黃衣敵數人，餘遁走，遂復松江，華爾亦被創。

先是煦與華爾約，城克，罄敵所有以予；至是入敵館，空無所得，以五千金酬之，令守松江。又募練洋槍隊五百，服裝、器械、步伐皆效西入。同治元年，洪軍又犯松江、富林、塘橋。眾數萬直逼城下，華爾以五百人禦之；被圍，乃分其眾為數圓陣；陣五重，人四響；最內者平立，以次遞俯，槍皆外指，華爾居中，吹角一響，眾應，三發，死敵數百，逐北辰山，再被創，力疾與戰，敵始退，遂會諸軍擣敵營，殺守門者，爭先入毀之。是役也，以寡敵眾，稱奇捷。

這段記載，在研究中國戰史或軍制史的學者，可能不會注意；其中有一層不平凡的意義，即中國武器中的所謂「火器」，雖早在明成祖時，就有了紅衣大炮，而在清初已有長槍，且受教於西洋教士，精通天算的聖祖，能以幾何原理計算彈道及彈著點，但「火器」效用的發揮，基本上仍靠個人的武藝。

華爾則是將近代戰術，亦即是個人不必精通射擊，只要聽從指揮，便能集結火力，充分發揮打擊力量，達到壓制敵人的效果。

這在現代來看，是個士兵都懂的道理，而在當時，卻是戰術上的突破；湘軍、淮軍能克奏膚功，得力於洋兵助剿者少，獲益於洋將所引進的，有關戰術及指揮上的新觀念者多。至同治元年九月廿六日，根據總署建議，頒發一道上諭：

逆賊竄擾東南，蔓延滬上、寧波等海口，官兵暫假洋人訓練，原以保衛地方，業於天津、上海等處，先後辦理；近來寧波亦已照辦。惟以洋人訓練，即以洋人統帶，是既膺教習之任，並分將帥之權，莫若選擇員弁令其學習外國兵法，於學成後自行訓練中國勇丁。

以上爲總署的原奏；上諭中規定的辦法是：

著曾國藩、薛煥、李鴻章、左宗棠商酌於都司以下武弁中，擇其才堪造就，酌挑一二十員，令其在上海、寧波，學習外國兵法，以副將參將大員統之，會同外國教練之官，勤保訓練。

其練習勤惰，即責成統帶之員，留心稽查，分別懲勸；練成之後，即令各該員弁，轉傳兵勇，以資得力。如新練之將弁，數月後得有成效，即可將上海、寧波等處學習外國兵法勇丁交其統帶。

此外並規定廣州、福州各處，亦應照此辦理；於旗營、綠營揀選可造之材，加以訓練，諄諄叮囑：「斷不可惜目前之小費」。此爲中國軍事現代化的第一步；可惜的是這一步跨得不大。

話雖如此，如無當政的恭王，就沒有專辦洋務的總署；如無總署，中國與西方文明背道而馳，距離將越來越遠。

總署另一項開明的舉措是設立「同文館」，教授洋文。在議定總署章程六條中，第五條即言此事；於同治元年七月開館，聘英人包爾騰爲教習，初期僅學生十人，但風氣已開，於啓迪民智的關係甚大。

總署章程爲文祥一手所策畫，而於設立同文館一事，尤爲注重，他的本意是由習西洋語言文字開始，進而引進天算等等基本科學，以爲富強之基，眼光相當遠大；可爲頑固的保守派所阻撓，空有抱負。但仍對曾國藩、李鴻章等有力疆臣，發生了良好的影響。在我的看法，如有所謂「同光中興」，首先要介紹的，不是曾左胡李，而是文祥。

文祥字博川，世居盛京，姓瓜爾佳氏，隸屬滿州正紅旗，與恭王的老丈人桂良同旗同族；他之得蒙賞識，自與桂良的吸引有關。

不過他本人的出身亦不錯，道光廿五年的進士，筆下明敏通達，較之好些有名無實的旗下翰林，高明多多，其丰采在「清朝野史大觀」中有一段記載，頗令人嚮往：

蔡毅若觀察名錫勇，言幼年入廣東同文館肄習英文，嗣經選送京師同文館肄業，偕同學入都，至館門首剛下車卸裝，見一長髯老翁，歡喜迎入，慰勞備至，遂帶同至館舍，遍導引觀，每至一處，則告之曰：「此齋舍也。」「此講堂也。」「此飯廳也。」指示殆遍，其貌溫然，其言藹然，諸生但知為長者，而不知為何人。後詢諸生曰：「午餐未？」諸生答曰：「未餐。」老翁即傳呼提調官，旋見一紅頂花翎者旁立，貌甚恭；諸生始知適才所見之老翁，乃文文忠也。

文祥謚文忠。清朝謚文忠共十人，多傑出之士，如林則徐、胡林翼、李鴻章、榮祿等，文祥亦其中之一。

同治朝的軍機大臣，除恭王掌樞外，始終保持兩滿兩漢的局面；兩滿則始終爲文祥與寶鋆；寶鋆爲恭王的密友，交情密至彼此在大庭廣眾間開玩笑的程度，他之得長在樞庭，其故可知；恭王之所倚恃者，實爲文祥。

而文祥體弱，有時不勝煩劇，則又倚恃與李鴻藻、榮祿對立的沈桂芬。清朝漢大臣一直有南北之爭，但旋起旋消；直到同光兩朝，方始壁壘分明，長期對峙，影響和戰大計，至爲深刻，此則與文祥的支持沈桂芬，有很大的關係。

恭王最爲人所稱道者，雖與肅順爲敵，但對肅順的政策、路線，毫不存成見，善則留，惡則去；決不似一般政爭中人亡政息，全盤否定的習見形態。如肅順全力支持曾國藩，當肅順垮台後，頗有人爲曾國藩危，亦爲國事危，怕曾以肅黨的嫌疑而奪其兵權；結果是恭王反進一步支持曾國藩。

咸豐十一年十月十八日，亦就是小皇帝嗣位的第十天，有一道上諭：

諭欽差大臣兩江總督曾國藩，著統江蘇、安徽、江西三省，並浙江全省軍務，所有四省巡撫提督以下各官，悉歸節制。浙江軍務著杭州將軍瑞昌幫辦；並著曾國藩速飭太常寺卿左宗棠，赴浙江剿辦賊匪；浙省提鎮以下各官，均歸左宗棠調遣。

這道上諭，保證了曾國藩暢行其志。一總督而節制四省；以及駐防將軍爲總督幫辦軍務，在清朝都是前所未見之事。

尤其難能可貴的是，漢人大老中，反有以曾國藩兵權太重而深懷憂慮者，薛福成「庸庵筆記」有一條云：

相國某公者，累掌文柄，門下士私相標榜，推為儒宗，以學問淹雅重負望，一時考據詞章之士，與講許氏學者，翕然稱之。道光季年，以尚書入為軍機大臣，與首相穆彰阿共事，無齟齬；咸豐初遂為首相。

粵賊之據武昌漢陽也，進陷岳州以逼長沙，曾文正公以丁憂侍郎起鄉兵，逐賊出湖南境，進克武、漢、黃諸郡，肅清湖北。

捷書方至，文宗顯皇帝喜形於色，謂軍機大臣曰：「不意曾國藩一書生，乃能建此奇功。」某公對曰：「曾國藩以侍郎在籍，猶匹夫耳，匹夫居閭里，一呼蹶起，從之者萬餘人，恐非國家福也。」文宗默然變色者久之。由是曾公不獲大行其志者七八年。

此「相國某公」謂祁寯藻，嘉慶十九年進士，官至體仁閣大學士；他是山西壽陽人，同治初年所稱爲「壽陽相國」者，就是他。

與曾國藩賢相對不肖的是，他的前任何桂清；何字根雲，雲南昆明人，道光十五年乙未翰林，與先高祖信臣公同年。這一榜很有名，逸聞多多；其中之一是，何桂清與廣東順德的羅惇衍入翰林時，皆爲十七八歲的少年。

何桂清於咸豐七年繼怡良總督兩江，得任此缺，出於他的同年彭蘊章的保薦。薛福成「書昆明何帥失陷蘇常事」云：

兵部尚書總督兩江昆明何桂清，字根雲，家世微甚。入翰林，循資八遷而至侍郎，督學江蘇；值粵寇傲擾江南北，頗屬幕客草疏陳兵事，糾劾疆吏之退縮僨事者，持論多侃侃；文宗奇其才氣，改官浙江巡撫，年未四十也。

撫浙數年，通判徐徵忮其同官王有齡之驟遷道員，訐告巡撫奬薦不公。何帥奏陳顛末，語稍亢激，天子責之，引疾罷歸，已首途矣，適缺兩江總督；上諭軍機大臣：「此官以籌餉為命脈，孰能勝任者？」大學士彭蘊章奏稱：「何桂清在浙江，餉徽州全軍數萬人，未嘗缺乏。」上韙其言，彭相亦傾心推轂。

按：何桂清的家世出身，與洪楊殉難的浙江巡撫王有齡有密切關係。陳代卿「愼節齋文存」

記：

浙江巡撫王壯烈公有齡，幼隨父觀察浙江……至天津，聞有星使何侍郎桂清赴南省查辦事件，乃當年同硯席友也。先是，王隨父任，初就傳，何父方司閽署中，有子幼慧，觀察喜之，命入塾與子伴讀，既長能文章，舉本省賢書，入都赴禮部試，遂不復見，不意邂逅於此。

此記爲薛文謂何桂清「家世微甚」作一注腳，但謬誤甚多。王有齡謚壯愍，非壯烈；王父名燮，道光七年以大挑知縣分發雲南，先後調署新平、昆明各縣，其時王有齡已十八歲，結婚生子，不可能與何桂清「同硯席」。

又，王燮官至甘肅平涼知府，亦非道員（觀察）。筆者幼時聞長輩言，何、王確有極密切的關係，何桂清受王家父子提攜之恩極深；何父本非雲南人，何桂清係冒籍應試，因字根雲，以示不忘本，於雲南「同鄉」亦頗照應，故無訐其冒籍者。

但何桂清後因失陷蘇常，逮京交廷議議罪時，刑部尚書趙光力主按疆臣失地律論大辟，其奏疏中有警句：「不殺何桂清，何以謝江南百萬生靈？」傳誦一時。趙爲昆明人，與何爲「小同鄉」，何不顧鄉誼如此？論者謂，何冒籍雲南，而失蘇常爲雲南人蒙羞；此所以趙光必欲殺其人。

薛文又云：

何帥復力薦王有齡籌餉精敏，擢江蘇布政使，由是總督藩司呼吸一氣，攬巡撫徵餉察吏之柄。有齡益發舒，巡撫趙德轍不能事事，移疾去。

按：江蘇有兩藩司（布政使），一稱江寧布政使，駐江寧，歸江督節制；下轄江、淮、揚、徐四府，海、通二州；一稱江蘇布政使，駐蘇州，歸江蘇巡撫節制；下轄蘇、松、常、鎮四府及太倉州、海門廳。

其時江寧已成「天京」，何桂清駐節常州，乃侵蘇撫之權，而直接指揮江蘇藩司；王有齡亦恃何桂清的奧援，無巡撫在眼中。趙德轍不堪求去；繼任者爲徐有壬，而王以待趙者待徐，「上院」時與巡撫平起平坐，侃侃而談，目無長官；因此而鬧過一個笑話。

據說，徐有壬對王有齡的作風，無法忍受，但因後台很硬，參他不動，只好另想辦法來打擊。

有一天上院時，王有齡謁見，高談闊論之餘，命隨從聽差裝水煙來吸；徐有壬一見，大聲阻止：「不行、不行！」王有齡方在錯愕之際，徐有壬已提出解釋：「二品以上，見長官時，才能吸水煙；二品以下只能吸旱煙。」這是個不成文法，原不必認眞；而徐有壬倉促間以此抵制，王有齡銳氣爲之一挫，以後便斂跡得多了。

薛文又云：

未幾，幫辦提督軍務張忠武公國樑攻克鎮江，何帥以籌餉功加太子少保。咸豐十年春正月，張公總統諸軍，攻克九洑州，何帥又以籌餉功，加太子太保。當是時，何帥渥承眷倚，慷慨談兵，訐謨輻湊，聲譽翔洽，與湖北巡撫胡文忠公林翼相上下，天下稱「何胡兩宮保」云。

張國樑亦就是平劇「鐵公雞」中的張嘉祥，克復江浦九洑州，事在咸豐十年正月；進而克復沿江的上關與下關，完成了對「天京」的包圍形態，與江寧將軍欽差大臣和春深溝高壘，作久困洪軍之計。

其時金田起事「六王」中，「南王」馮雲山、「西王」蕭朝貴，未到金陵，即已陣亡；「東王」楊秀清、「北王」韋昌輝，自相殘殺而偕亡；「翼王」石達開心灰意冷，遠走西南，只剩下一個光桿兒的「天王」洪秀全，由新崛起的「忠王」李秀成，與洪秀全族弟「干王」洪仁玕主持全局。

李秀成確是人才，他在金陵被圍之前，便已看得很清楚，官軍精銳，齊集金陵，即所謂「江南大營」，而餉源則在蘇杭，不如輕兵間道襲蘇杭；杭州告急，蘇州亦必震動，江南大營爲保餉源，必分兵以救，那時便可乘暇蹈隙，回師反攻，大營一破，蘇杭必下。果然，李秀成這條圍趙救燕之計，竟收奇功。當時的戰況，據「近代中國史事日誌」及其他資料，摘錄如下：

咸豐十年正月初六，李秀成自金陵奪圍赴蕪湖。

正月十九，李秀成領軍自蕪湖攻皖南，旋占涇縣、寧國。

二月初三，李秀成占廣德州，進攻浙江。

二月初三，李秀成及侍王李世賢進占浙江長興。

二月十四，英王「四眼狗」陳玉成自安慶回師攻滁州、全椒，以為牽制。

二月十五，李秀成進兵杭州，李世賢攻湖州。

二月十八，總兵張玉良領江南大營兵五分之二援浙。

二月十九，李秀成攻杭州。

二月廿七，李秀成破杭州，巡撫羅遵殿殉難；將軍瑞昌退保滿城。

三月初三，張玉良兵抵杭州；李秀成以戰略目標已達成，恐歸路被斷，棄杭州西走。

三月十二，命欽差大臣和春兼辦浙江軍務，並以王有齡升調浙江巡撫。

三月十四，李秀成仍回皖南廣德。

三月十八，李秀成在安徽建平，召開軍事會議，商「天京」解圍之策。

這時李秀成的戰略，已開始見效。首先發生問題的是軍餉支絀；薛福成記：

先是，金陵大營兵勇七八萬人，月支餉銀五十萬兩，皆取辦於蘇、松、常、太及浙江之杭、嘉、湖、寧、紹諸郡。兩江總督駐常州，專主餉事，未嘗缺乏，故能支持八年之久。及和、張兩帥益募壯勇，增築長圍，需餉有加；浙江告警，大營分兵馳救，驟加行費，浙江自顧不暇，餉亦不繼，糧臺收款驟絀，月短二、三十萬金。何帥馳告和、張二帥，請自後閱四十五日發一月餉。

是時頓兵日久，將卒雖習戰事，實已驕佚，酗酒狎妓、酣嬉無度，月支足餉，尚不敷用，及驟聞減餉事，則恨恨有如失。翼長提督王浚為和帥所倚，把持軍政，藉勢侵剋，眾情蓄憾，互相傳播，賊若來攻，吾輩堅勿出戰，任大帥、翼長自為之。

按：綠營向有剋扣情事；發餉稱爲「關餉」，故有「十關」、「九關」等名目；所謂「十關」即一年只發十個月餉，如四十五日作一個月算，合之則爲「八關」。在大敵當前的火線，非閒常戍守可比；所減過多，即無王浚的把持侵剋，亦足以影響士氣。

至於建平會議商定的戰略，則是分道援「天京」，目的在分散官軍的實力，製造空隙，加以利用，茲續記戰況如下：

三月廿一，「輔王」楊輔清占江蘇高淳。

三月廿三，李世賢占江蘇溧陽。

三月廿八，楊輔清占江蘇溧水。

閏三月初三，李世賢占金壇、句容；楊輔清占秣陵關。

閏三月初四，陳玉成自全椒出兵援「天京」。

閏三月初七，東路李秀成、李世賢等，自句容逼淳化鎮，猛攻江南大營，敗張國樑。

閏三月初九，太平軍南路、西路援軍，逼近金陵外圍。

閏三月十二，太平軍十道並進（高陽按：兵分五路，每路分左右翼，故稱十道），合撲江南大營。

這一次近代史上的所謂「天京大會戰」，爲洪楊最輝煌的一次戰役，但「天京」二次解圍，亦不過多延長了四年的生命；另一方面如左宗棠所說的，非經此大淌刷，不能獲得新的開展，旗人督師的傳統；以及嘉道間復盛又轉衰的綠營，都隨和春與張國樑之死，而告實質上的終結，此後才是曾左吳李與湘淮兩軍的時代。此役戰況激烈，黃鴻壽所著「清史紀事本末」卷五十一，撮敘生動，引錄如下：

張國樑自八年二月，偪金陵而軍，至是增築長圍，意謂光復在指顧間，將士驕蹇，營規廢弛。時存餉尚三十萬，督師和春以不破城，不發餉激軍，軍屢譁；不為動；提督張國樑跪諫，繼以泣，不聽，於是軍心攜貳。

時敵帥李秀成集諸鎮兵入援，分僕圍師；城中亦自十三門出兵夾擊，刁斗聲聞數十里，旌旗若長虹亙天。

是日微雨，敵軍蜂湧入，勢若奔潮，國樑不能禦；退守丹陽，敵師踵至，國樑拒戰，創甚，躍馬渡河，馬蹶，死亂流中。和春受傷，遁常州，嘔血死；江南圍師三百餘營，悉夷為平地。

秀成以國樑忠勇，覓其屍，禮葬之，復逐北奔牛鎮，破營二十餘座。值張玉良自杭州率師回救，迎戰常州，大敗，常州遂失，總督何桂清遁上海，旋革職逮問。

秀成追玉良至無錫，自將銳卒三千登惠泉山，玉良軍見之，四十餘營，不戰自潰；潰軍遁入蘇州，沿途大掠，蘇民深恨之，而迎秀成，遂入無錫，進薄蘇州，道員李文炳、阿海等以城降，巡撫徐有壬等死之，玉良遁杭州。秀成傳檄郡縣，皆定。

李秀成及他的族弟李世賢占領蘇州，改名「蘇福省」，時爲四月十三；自閏三月十二「十道並進」，至此僅一個月，逐北七百里，拔城六十餘，李秀成信爲人傑。

江南大營的崩潰，何桂清擁兵不救，亦有關係，薛福成記：

張玉良全軍至常州，中途疊接和帥檄調援大營，及抵常州，和帥連馳羽書令箭調之，何帥曰：「彼不知我欲守常州耶？」和帥復調馬德昭往援，亦不許。……前後到郡兵勇二萬數千人。王有齡莅官浙江，何帥如失左右手，有齡由驛日發一書，為何帥規畫甚備，戒勿離常州一步。且曰：「艱難之秋，萬目睽睽，瞻大帥為進退，一搖足則眾心瓦解，事不可為矣。」有齡蓋洞見何帥癥結而鍼砭之也。

是時常州無賊，何帥飛帥報捷，奏陳常、鎮軍情，凡常州、宜興、鎮江、丹陽、金壇為五路，共需兵若干，統歸張玉良節制，自任力保蘇常，辭氣甚壯。何帥意在擁眾自衛，蓋已置金陵大營於度外矣。

按：江南大營之潰，起自士兵向王浚索餉不得，劫掠市肆，各營自亂；王浚一見風色不妙，率部先遁，以致和春亦不得不逃。

其時張國樑所部尚未動搖，只以主帥一走，牽動陣腳，不能不退保鎮江。何桂清恐怕和、張嚴劾，致書慰勞，請移守丹陽，隨即出奏，丹陽以上軍務，和春、張國樑負責；常州軍務，由他和張良玉爲主，佈置稍定，進圖溧陽，實際上是空話；他的打算是張國樑爲有名的勇將，總可以撐持一段時期，以俟局勢逐漸好轉。

那知兵敗如山倒，丹陽一役，張國樑陣亡；王浚亦不得逃生，他以湖北提督，充欽差大臣翼長；此爲湘軍以前的軍制，凡是大兵團或特殊重要的部隊，如拱衛京畿，由步軍統領統率的巡捕五營，皆設翼長，左右各一，以提督或總兵充任，左右兩翼，合之主帥所親統的中軍，即爲「三軍」。

和春的兩翼長，張國樑以幫辦軍務，獨當一面，地位如副司令；王浚則總攬軍務，類如參謀長，亦即後來的「營務處總辦」。

江南大營之一敗塗地，王浚為罪魁禍首，但以死於戰役之故，得賜祭葬及世職，謚勤勇。當時帶兵官剋扣軍餉，凌虐小民，無所不為；吃敗仗亦不要緊，只要到吃敗仗而瞞不過時，能不作偷生之想，一切罪過，皆可遮蓋。

何桂清之畢命於西市，就在偷生之一念；不及其死，受辱已甚，「東華錄」載當時之上諭云：

兩江總督何桂清奏：「金陵全省皆潰，丹陽已失，欽差大臣和春退至常州，軍務應歸督辦；而蘇州尚無準備，故臣赴蘇駐劄，以繫民望。乃撫臣徐有壬屢次拒絕，並傳諭總督衙門之人，不准入城。臣在滸墅關兩日，未見一官。又赴常熟，覓糧臺委員，亦不知所在。」得旨：「聞風先逃，民望何在？該大臣既抵常州，有兵有將，聲勢自應更壯，何畏葸若此！」

又批：「試問覓一糧臺委員，顧總督之事耶？」

按「得旨」之旨，為軍機所擬；「又批」之批，則為硃筆，但何桂清的死因，猶不在「聞風先逃」，而是逃得太卑鄙、太荒唐。薛福成記：

何帥聞丹陽失守，大驚，總理糧臺前按察使查文經希何帥意，挈諸司道薛煥等，聯銜稟請退保蘇州。何帥得稟牘大喜，即拜疏言和軍已至常州，軍務仍歸督辦，臣即駐蘇州，籌餉接濟。

何桂清要覓的糧臺委員，即是查文經。觀原奏「兩日未見一官」之語，可知查文經等人，早已捲公款逃散；若無何桂清先逃，後官又何能自便？由此可知，查文經與諸道上此稟牘，無非犧牲何桂清，爲自己開一條生路。舊日官僚手段，可怕如此！

薛福成又記：

紳民耆老數百人，即夕執香赴轅門跪請留常。文經諭之，不散；執鞭之士出扶之，猶不退；何帥怒，遽令開洋槍縱擊，死者十九人。

此十九人之死，亦注定了何桂清的必死；而蘇常百姓致憤於何者，猶不止此；薛文續記：

先是，何帥親遣親軍護送其父及兩妾至通州，特張榜禁遷徙，並派兵嚴查諸城門。紳民曰：「彼置吾輩死地，自示不走，無非便其獨走之私，毋寧留之，俾與吾輩同死。」

夏四月，乙丑朔，紳民復相遮留，聲勢益洶洶，何帥懼，微服由間道脫走，步行出東門，上馬，遇知府平翰在城外巡徼，疑其追己也，手洋槍擬翰以嚇之，翰退辟；乃怒馬絕塵馳去。從者待十里外，攜舟運河，遂率親兵五百赴蘇州。查文經以護運餉銀為辭，先一日登舟，城中文武皆奔散。

按：第一次出走，即爲前一日之事；蘇常糜爛之際，何桂清已逃至上海，其時薛煥新任三口通商大臣，極力活動英法出兵蘇常，但無結果。何桂清則託庇於薛煥，匿居上海租界，偷生苟活了兩年。

薛福成另有一篇「書兩江總督何桂清之獄」云：

總督何桂清棄常州也，巡撫徐節愍公嚴劾之，上命褫職逮問，乃由常州奔上海；屢以激團練，購內應，謀復蘇州為名，遷延兩年，竟不就逮。江蘇巡撫薛煥、浙江巡撫王有齡，皆桂清舊時屬吏，夙所薦達者也，頗力庇桂清，合疏奏請棄瑕錄用，俾奪後效，以贖前罪，詔不許。薛煥奏稱嘉興軍營將士，請桂清馳往督勦，俟克復蘇州，再赴京伏罪，亦不許。言路論劾不已，給事中郭祥瑞、御史卞寶第兩疏，尤懇摯明切，海內交口傳誦。同治元年夏四月，逮入刑部獄。

是時蘇常紳民憾桂清尤甚，總辦秋審處刑部直隸司郎中余光倬，常州人也，實司定讞，引「封疆大吏失守城池，斬監候秋後處決」律，謂桂清擊殺執香跪留父老十九人，忍心害理，罪當加重，擬斬立決。

此眞是冤家路狹，偏遇常州人總辦秋審。按：刑部秋審處簡資深司官八人爲總辦，號稱「八大聖人」，因爲權威極大，雖堂官不能左右；凡各省勾決案，以及奉旨逮問繫「詔獄」的「欽命要犯」，皆由秋審處定罪。

爰書既上，詔大學士、六部、九卿、翰詹科道會議；支持刑部者，佔了絕大多數。在廷議中，少數想救何桂清的人，以大學士祁雋藻爲首，單銜上摺，所持理由是：

刑部原奏稱：偏查刑律，如臨城先退，棄城而逃，失陷城寨等條，均罪至斬候而止。明知舍此本律，不能改引，又云情罪較重，擬以斬決，是為擬加非律，非臣下所得擅請。

所謂「擬加非律」，即不依本律，另定刑罰之意，不獨非「臣下所得擅請」，即在上者亦不宜出此，否則即成暴君。嗣君新立，兩宮垂廉，而以額外的嚴刑峻法作爲統治手段，將大失民心。「救何派」看準這一弱點，所以抓住這個題目大做文章，據薛福成記，上疏中救何桂清者共十七人：

工部尚書萬青藜、通政使王拯、順天府尹石贊清、府丞林壽圖、九卿彭祖賢、倪杰、給事中唐壬森、御史高延祜、陳廷經、許其光、李培等，或一人自為一疏，或數人合具一疏，其餘五人則余忘之矣。王拯、林壽圖之疏，最愎橫無理；祁公之疏，尤令人不敢指駁。

按：祁㑺藻之疏，「令人不敢指駁」者，以援引仁宗「成憲」爲言：

嘉慶年間，歷奉諭旨，引律斷獄，不得於律外又稱「不足蔽辜」及「從重」字樣。

話雖如此，言官中雖不敢說成憲可違，但對祁㑺藻的作爲，大起反感者，頗不乏人，御史卞寶第即上疏相糾。

大旨謂：

道光年間提督余步雲；咸豐年間巡撫青麐，皆以失陷封疆伏法，彼時祁雋藻為軍機大臣，不聞有言，何獨於何桂清護惜若此？

此是誅心之論，聞者爲快。但朝廷卻大感爲難，因爲何桂清遷延兩年，方始被逮到京，其間有言職而上疏力論應明正典刑者，不知凡幾？這件案子被「炒熱」了，如果雷聲大、雨點小，足以影響士氣。

同時何桂清提出查文經、薛煥等人的「司道公稟」後，廷寄交曾國藩查核，曾國藩覆奏云：

蘇常失陷，卷宗無存，司道請移之稟，無庸深究。疆吏以城守為大節，不宜以僚屬一言為進止；大臣以心跡定罪狀，不必以公稟有無為權衡。

曾國藩節制四省軍務，疆吏如因「司道公稟」即可棄城之例一開，又如何申明約束？因此，政府認爲何桂清非殺不可。但本律以外，加重爲斬立決，則有違成憲，且予人以新君爲政嚴酷的印象，亦斷不可行。幾經斟酌，所採取的措施，兼籌並顧，相當高明。

首先是維持成憲，但點破祁雋藻等人的用心，上諭中說：

何桂清以總督大員，駐紮常州，當丹陽失守，賊氛緊偪，節節退避，以致蘇松常各府州，相繼淪陷，且於革職拿問後，藉故逗留兩載，延不赴部，苟且偷生，罔顧法紀，跡其罪狀昭著，若文宗顯皇帝當日因其情浮於罪，將其正法軍前，中外臣民，當無異議。惟現已拿解來京，且疊經廷臣等會同刑部，定擬罪名，自應按律科斷，即不必於律外施刑，以昭公允。何桂清著仍照本律，改為斬監候，歸入朝審情實，秋後處決。此係為查照定律，詳慎用刑起見，非謂何桂清情有可原，將來可從末減，致蹈輕減也。

錄引這道上諭，我將它分爲三段，第一段言何桂清「情浮於罪」，早就該死了。第二段維持成憲，但先作指示，將來秋審歸入「情實」。第三段爲對申救者預先警告，不必希望將來可從末減。

按：祁雋藻等人的手法是，先由斬立決爭取到本律斬監候；然後在秋審案內，再活動減輕。上諭即針對此輩用心而發。話雖如此，申救者仍未絕望，因這年建元，須恩詔，開恩科，停止勾決，何桂清即令歸入「情實」，亦可不死。

向例勾決自冬至前六十日開始，按省分道路遠近，逐省辦理；勾至朝審則爲冬至前十日。這年因爲停勾，冬至前六十日，並無動作；那知過了慈禧太后萬壽，冬至前五日，還是頒發了處決何桂清的上諭；第一段云：

向來停止勾決年分，遇有情罪重大之犯，例由刑部開具事由，另行奏聞，請旨正法；乾隆年間，疊奉諭旨，如三十六年係停勾年分，而官犯王錱等，罪無可逭，即予正法，成案可稽。

按：乾隆三十六年太后八旬萬壽，慶典極其隆重；是年並有上諭；「凡立決之犯，若遇省刑之年，即予停刑」，則官犯王錱正法，必有不得已之故。「東華錄」乾隆三十六年，無勾決的記載；此處所謂「成案可稽」，必指軍機處的檔案，辛苦覓得此一前例，敘入上諭，即爲停勾年分處決要犯找根據，以杜救何桂清者之口。

本日刑部具題，朝審「情實」官犯一本內，已革兩江總督何桂清一犯，自常州節節退避，輾轉逃生，至蘇常等郡，全行淪陷。迨奉文宗顯皇帝嚴旨，拿解來京，猶敢避匿遷延，遲至兩年始行到部。

朝廷刑賞，一秉大公，因廷臣會議，互有異同，酌中定議，將該犯比照帶兵大員，失陷城寨本律，予以斬監候，秋後處決，已屬法外之仁。今已秋後居期，若因停勾之年，再行停緩，致情罪重大之犯，久稽顯戮，何以肅刑章而示炯戒；且何以謝死事諸臣，暨江南億萬被害生靈於地下？

何桂清著即行處決，派大學士管理刑部周祖培；刑部尚書綿森即日監視行刑。嗣後如遇停勾年分，仍著刑部遵照向來成案，將情罪重大之犯，另行奏明請旨。

第二段末後又綴數語，亦仍是表明依法辦理，並非特爲何桂清破例。但「肅刑章」之外殺何桂清最大的原因，是爲了激勵民心士氣。

同治元年是戰局好轉的一年，但亦是最危險的一年；各處用兵，頗爲吃力，由「近代中國史事日誌」中可以很清楚地看出來：

七月廿五日：命欽差大臣僧格林沁，統轄山東、河南全省軍務，並調度直隸、山西及蒙、亳、徐、宿防兵。

按：捻匪猖獗，命僧格林沁專責防剿。

同日：命欽差大臣勝保赴陝西督辦軍務。（原注：時勝保在河洛剿捻，陝西回亂猖獗，多隆河在湖北隨棗一帶佈置，為捻匪牽制，因命勝保由北路入陝，解省城圍。）

同日：陝回攻破西安附近之天村堡，屠居民萬餘。

七月二十八日：「慕王」譚紹光主將蔡元隆進攻上海，占法華鎮、靜安寺。

八月三日：李鴻章督黃翼升、李鶴章、程學啟、郭松林及洋將華爾，與譚紹光、蔡元隆劇戰於上海七寶、北新涇、虹橋、吳淞江一帶，卻之。

八月九日：曾國藩奏，江南疾疫大作，鮑超營中，病者萬餘，死者日數十人。曾國荃金陵營中，病者亦逾萬數。左宗棠軍，病者過半。

八月二十一日：「忠王」李秀成自蘇州西援「天京」。

八月二十五日：「戴王」黃呈忠、「首王」范汝增，再占浙江餘姚、慈谿，進向寧波。

八月二十六日：陝西東路回敗勝保於華陰，車輛軍火失大半。西路回撲攻省城，與提督雷正綰相持。

閏八月二十日：「忠王」李秀成自蘇州經溧水、秣陵關援「天京」，與江蘇布政使曾國荃、道員曾貞幹，開始在雨花台一帶大戰。

閏八月二十一日：曾國藩以各軍癘疫繁興，死亡相繼，一身不足支危局，奏請簡派親信大臣，馳赴江南會辦軍務。

曾國藩不是喜歡惺惺作態的人，由他的奏請，可以想見太平軍、捻匪、回亂交相侵擾，局勢凶險的艱苦情況；此外江西、湖南、貴州又鬧「教案」；直隸、山東、河南接壤之地，白蓮教蠢動；石達開則自雲南入川，打算另闢天地，總之烽火處處，朝廷無法照應得到，全賴疆臣維持，將士用命，非殺失土大員，不足以激勵士氣。

江南則李秀成解「天京」之圍不成，「曾九帥」頓兵石頭城下，堅持不去，而餉用浩繁，全賴劫後百姓支持，亦當誅戮失陷蘇常的封疆大吏一抒民氣，方能有爲。凡此政治上必須「借人頭」的作用，注定了何桂清活不過同治元年。

何桂清在江督任內，以籌餉爲專責；握糧臺之全權，而籌餉發餉，在當時是一筆糊塗帳，全看主帥的良心。

何桂清個人尚不聞如何貪瀆，但京官中得好處的，頗不乏人；凡是力救何桂清的那班人，除了少數幾個人以外，大部分的操守都不敢令人放心，則平時常受何桂清的餽贈，可想而知。

「得人錢財，與人消災」，災既不能消，便只有為何桂清報仇，此輩認定何桂清死於余光倬之手，以後找到一個機會，將余光倬牽涉在一件罪案中，先撤銷御史記名，復又撤銷很難得的「京察一等」，竟而閒廢終身。

同治元年所以會出現烽火四起的危險局勢，因素甚多，其中之一是胡林翼之死。「中興名臣」盛稱「曾左胡」，實際上應為曾胡左，甚至為胡曾左；胡林翼死於文宗崩後不久的八月廿六日。十一月間曾國藩奏陳胡林翼事蹟，請付史館立傳；雖為個人生平，實繫大局轉移，玆分段引錄如下：

林翼初任鄂撫，當武漢兩次失陷，湖北大半淪沒，林翼坐困金口、洪山一帶，不特兵餉俱無，亦且無官無幕。後克復武昌，恢復黃州，論者謂鄂撫可息肩矣；林翼不為自固之計，越境攻九江；分兵救瑞州，督撫之以全力援鄰封，自湖北始。

按：太平軍自廣西出湖南後，於咸豐二年十一月，自岳州分水陸兩路入湖北，一路勢如破竹；三年正月初，自武昌長驅東下，破廣濟、破九江、破安慶、於二月十九攻入江寧，建立偽號，分別命將「西征」、「北伐」，九江、安慶、漢陽、漢口，再次淪陷，胡林翼即於此時以貴州知府身分，率黔勇援鄂，積軍功升至湖北藩司。

五年三月署巡撫，坐困武昌對岸的金口，前有大敵，後有土匪，食盡掘草根佐糧，乞貸各處，十不應一；而胡林翼能維持士氣於不墜，七月間，乃得由金口渡江，克復漢口，復以全力援江西，即所以固湖北。

曾國藩、胡林翼用兵，皆能以兵要地理爲著眼點，不自囿於行政區域，爲能平洪楊的關鍵性因素。

九江相持年餘，中間石達開自江西窺鄂；陳玉成自皖北犯鄂者三，林翼終不撤九江之危以回援，卒復九江，為東南一大轉機。

按：湘軍水師有「外江」、「內湖」之別。九江淪陷，「外江」、「內湖」兩水師，阻絕三年之久，咸豐七年重九日，外江水師楊載福；內湖水師李續賓、彭玉麟攻克湖口，兩支水師復合。此役爲彭玉麟成名之始，謂「彭郎奪得小姑回」，即指湖口小姑山。按制湖口，「江」「湖」會師，乃得於八年四月，合力克復九江、湖北、江西、安徽三省暢通無阻，始能全面向「天京」推進，故謂之爲「東南一大轉機」。

功甫蔵，即以全力圖皖北。李續賓覆軍三河，林翼居母喪，聞信急起赴鄂；論者謂良將新逝，元氣未復，但保我圍，不宜兼顧鄰封，林翼不然，即派重兵越三千里解湖南寶慶之圍。

按：九江既克，則必進取安慶，此爲歷代以金陵爲目標的用兵不易之道。正當定議分路進攻時，胡林翼丁母憂；廷寄照墨絰從軍例，穿孝百日，賞銀經理喪事；百日後仍署理巡撫。如扶柩回籍，賞假兩月。此爲七月間事；迨至十月初，經營皖北的李續賓爲李秀成、陳玉成大敗於三河，陣亡者除李續賓外，還有曾國藩的胞弟國華。胡林翼正回原籍葬母，聞訊自益陽原籍假回任；時在十一月中。

其時朝廷正困於外交問題，外患方亟，內顧不暇；而與洪秀全反目，打算獨樹一幟的石達開，拼全力攻湖南寶慶，胡林翼派荊宜施道李續宜赴援；續宜爲李續賓之弟，就此時來說，他的部隊是所謂「哀師」；胡林翼善於「將將」，特意給李續宜一個爲兄報仇的機會，而李續宜亦未負所望，大破石軍，迫使向廣西逃竄，胡、曾乃定議四路東征。

這是官軍對洪楊第一次制定了反攻的作戰計畫；四路爲：

南路：由曾國藩主持，沿江東下，以「天京」爲目標。

中路：由滿州名將多隆阿主持，進攻安徽太湖、潛山。

北路：由胡林翼親自主持，進攻皖北英山、霍山一帶。

後路：調回援寶慶的李續宜一軍，駐防於河南商州、固始一帶。

這一個在湖北東面展開的扇面形攻勢，消極的目的，即在防衛湖北；如踢足球的原則，「進攻爲最好的防禦」，將戰事帶到對方的區域，才能使湖北保持眞正的「肅清」，撫民籌餉，始有著手之處。

援湘之師未反，復議大舉圖皖，繪圖數十紙，分致臣與官文及諸路將領，遂定攻安慶之策，親主太湖督剿。本年回援鄂省，病中寄書，縷陳勿撤皖圍，力剿援賊之策，故安慶之克，臣推林翼首功。

按：安慶克復於咸豐十一年八月初一；胡林翼以首功賞太子太保銜、騎都尉世職。此爲胡林翼最後一次立功；以下，曾國藩敘其平生行誼，首言馭將；

近世將才，湖北最多，如塔齊布、羅澤南、李續賓、都興阿、多隆阿、李續宜、楊載福、彭玉麟、鮑超等，林翼均以國土相待，或分資財，惠其家室；或寄珍饈，慰其父母。前敵諸軍，求餉求援，急變經營，夜以繼日。自七年來，捷報皆不具奏。奏則盛稱諸將功而己不與，惟兢兢以扶植忠良為務，外省稱楚帥和協如骨肉，而於林翼之苦心調度，或不盡知。此臣自愧昔之不逮，又慮後此之難繼者也。

按；所謂「將才湖北最多」，非謂所舉諸人爲楚產，而是爲將於楚。羅澤南、二李爲曾國藩小同鄉；楊載福即楊岳斌，湖南善化；彭玉麟則衡陽；即鮑超亦非湖北而是四川奉節人。至於塔、都、多等人，則爲旗人；以旗將而能甘心爲胡林翼所用，尤足徵其人格感召之不可及。以下言理財：

軍興各省慮餉，湖北三次失陷，百物蕩然，自荊州捐鹽；各府抽釐，稍足自存。林翼綜核之才，冠絕一時，每於理財之中，暗寓察吏之法。三年，部議漕米變價。州縣照舊浮收，加至數倍，上下交困；林翼於七年創議減漕，嚴裁冗費，先帝嘉其不顧情面，袪百年之積弊，統計每年為民間省錢糧百四十餘萬串；為帑項增四十二萬兩；節省提存銀三十一萬餘兩。

利國利民，不利中飽之蠹，向來衙門陋規，革除淨盡；州縣亦不准借催科政抽之名，為猾吏肥私之地。各卡委員時勤訓課，謂「取民贍軍，使商賈同仇，即以教忠；多入少出，使局員潔己，即以興廉。」湖北瘠區，養兵六萬，月費至四十萬之多，而商民不敝，吏治日懋，皆其精心默運之所致也。

合理財、察吏爲一，則除胡林翼外，曾國藩亦差有此能耐；至於左宗棠與李鴻章，則以理財、察吏爲兩事，左宗棠間或猶得兼顧，李鴻章則察吏即不能理財，理財即不能察吏，中興名臣高下，於此一端可見。

胡林翼在理財、察吏上，有個很得力的助手，即是爲慈禧太后稱之爲「丹翁」的閻敬銘。他是陝西朝邑人，道光二十五年翰林，散館後，分戶部以主事用；山西人善理財，而出於山西的「票號」制度，最嚴公私之辨。

閻敬銘在戶部當司官，以山西票號夥計自視，不可干以私，無欲則剛，所以戶部的書辦，嚴憚「閻老爺」。

胡林翼就因爲他有此名聲，奏調到湖北，委以「總辦湖北前敵後路糧臺兼理營務」；保薦的奏疏中，有「閻敬銘氣貌不揚而心雄萬夫」之語，傳誦一時。

就閻敬銘而言，眞所謂「以貌取人，失之子羽」，他的儀表，已近乎委瑣，身不滿五尺，二目一高一低。當未中進士時，曾依例請「大挑」。這是爲久試不第的舉人所籌的一條出路，欽派王公挑選，一等派知縣，二等派教職；地方官須重威儀，所以挑選的第一個條件是「貌」，以「同」字臉、「田」字臉最吃香；上豐下銳的「甲」字臉、廣頤銳上的「由」字臉、上下皆尖的「申」字臉都比較吃虧。

閻敬銘在挑選時，剛剛就班，便有某親王厲聲喝道：「閻敬銘出去！」其人之形容可想而知。

但閻敬銘理財爲政，講求實際，故與胡林翼氣味相投。但欲求暢行其志，須長官充分授權及信任這一點，胡林翼雖看得到，卻不如閻敬銘透澈。

「庸庵文集」中「書益陽胡文忠公與遼陽官文恭公交驩事」云：

洎相遼陽文恭公官文總督湖廣時，官保益陽胡文忠公巡撫湖北……二公值湖北全境糜爛之餘，皆竭蹶經營……督撫相隔遠，往往以徵兵調餉，互有違言，僚吏意嚮，顯分彼此，牴牾益甚。

文恭於鉅細事不甚究心，多假手幕友家丁，諸所措注，文忠尤不謂然；既克武昌，威望日隆，文恭亦欲倚以為重，比由荊州移駐武昌，三往拜而文忠謝不見也。或為文恭說文忠曰：「公不欲削平巨寇耶？天下未有督撫不和而能辦大事者。且總督為人易良坦中，從善如流，公若善與之交，必能左右之；是公不啻兼為總督也。合督撫之權以辦賊，誰能禦為？」文忠亟往見文恭，推誠相結納，謝不敏焉。文恭有寵妾，拜胡太夫人為義母，兩家往來益密，餽問無虛日，二公之交亦益固。

此爲「文恭說文忠」者，非閻敬銘；其時閻敬銘還在戶部。胡林翼既納其言，採取的手段，頗富戲劇性；據說官文原配在旗，姨太太隨任，視如嫡室；一次姨太太做生日，完全照正妻的排場，藩司來拜生日，手本都已經遞進去了，才發覺總督是替姨太太做生日，勃然大怒，當時索回手本，原轎回衙。

官文的姨太太求榮取辱，正哭得傷心時，胡林翼來拜生日；明知有此糾紛，依舊登堂叩祝。在藩司那裡失去的面子，由巡撫找了回來，官文的姨太太之感激可知。生日以後，特爲去拜見胡太夫人；胡林翼早知她一定會來「謝步」，預先已有佈置，由胡太夫人收爲義女；與胡太太姑嫂相稱。

從此以後，事事讓胡林翼作主；而官文有所主張，他的姨太太總是這樣說：「你懂甚麼？你的才具還比得上胡大哥？你讓胡大哥作主；你做你現成的總督好了。」於是，官文欽差大臣，入閣拜相，皆由胡林翼奏捷時歸功於官文的結果。

官胡的交誼，一度發生裂痕，起因即在胡林翼丁憂時，官文的幕府慫勇官文聽已革總兵樊燮之訴，嚴劾左宗棠。此外還有好些事爲胡林翼所不滿；嫌隙將成而化解者爲閻敬銘。前引「庸庵文集」續敘云：

文恭有門丁，頗為姦利，奔競無恥者多緣以求進；文忠所素欲參劾者，文恭或薦之，得居要地；府中用財無訾省，不足則提用軍餉，耗費十餘萬金。文忠積不能平，獨居深念，若重有憂者。

當是時，今協朝邑閻公，以戶部員外郎總理糧臺，兼運籌帷幄，往謁文忠，請間言事，文忠屏人以督府告之曰：「方今籌餉如此艱難，而彼用如泥沙；進賢退不肖，大臣之職也，而彼動輒乖謬；今若不據實糾參，恐誤封疆事，為朝廷憂，吾子以為奚若？」

閻公對曰：「公誤矣！夫本朝二百年中，不輕以漢人專司兵柄，今者督撫及統兵大臣，滿漢並用，而焯有聲績者，常在漢人，固由氣運轉移，亦聖明大公無私，剗刮畦軫，不稍歧視之效也。然湖北居天下衝，為勁兵良將所萃，朝廷豈肯不以親信大臣臨之？夫督撫相劾，無論未必能勝，就獲勝，能保後來者必勝前人邪？而公復劾之邪？且使繼之者或勵清操、勤庶務，而不明遠略，未必不專己自是；彼官至督撫，亦欲自行其意，豈必盡能讓人？若是則掣肘滋甚，詎若今用事者胸無城見，依人而行。況以使相而握兵符，又隸旗籍，為朝廷所倚仗，每有大事，可借其言以得所請，今彼於軍事、餉事之大者，皆惟公言是聽，其失只在私費豪奢耳。然誠於天下事有濟，即歲捐十數金以供給之，未為失計。至其位置一二私人，可容者容之；不可容則以事劾去之，彼意氣素平，必無迕也。此等共事人，正求之不可必得者，公乃欲去之，何邪？」胡公擊案大喜曰：「吾子真經濟才也！微子言，吾幾誤矣。」由是，益與文恭交歡無間言。

閻敬銘在胡林翼幕府，不足兩年；當胡林翼下世前，已保至按察使，並已署任，一年多的工夫，六品主事擢升至監司大員，在身任者固然感激知遇，任事益銳；而在保薦者，奏請必准，感於朝廷信任之專，更有鞠躬盡瘁，死而後已之感。胡林翼病骨支離，而從不敢一日閒豫，竟以五十之年，遽邇謝世。其間接的死因，固以咯血肺疾，而直接的死因，則為偶然的一種刺激。

「庸庵文集」有「蓋臣憂國」一篇云：

有合肥人劉姓，嘗在胡文忠公麾下為戈什哈，既而退居鄉里。嘗言楚軍之圍安慶也，文忠曾往視師，策馬登龍山，瞻眄形勢，喜曰：「此處俯視安慶，如在釜底，賊雖強，不足懼也。」既而馳至江濱，忽見二洋船鼓輪西上，迅如奔馬、疾如飄風，文忠變色不語，勒馬回營，中途嘔血，幾至墜馬。文忠前已得疾，自是益篤，不數月薨於軍中。

蓋粵賊之必滅，文忠已有成算，及見洋人之勢方熾，則膏肓之症，著手為難，雖欲不憂而不可得矣。

閻丹初向在文忠幕府，每與文忠論及洋務，文忠輒搖手閉目，神色不怡者久之，曰：「此非吾輩所能知也！」噫，世變無窮，外患方棘，惟其慮之者深，故其視之益難，而不敢以輕心掉之，此文忠之所以為文忠也。

按：薛福成於光緒十五年至十九年，出使英、法、義、比四國，亦深諳洋務者。「藎臣憂國」一作，殆有感而發，胡林翼對洋人，慮之深，視之難，不敢掉以輕心；而李鴻章則適得其反，甚輕洋人，以爲可玩弄於股掌之上，豈知後來掉入俄國微德等人所設計的圈套，「啞巴吃黃蓮，有苦說不出」，賢良寺議和時，鬱怒傷肝，幾類狂易。

薛福成大概早就看出李鴻章辦洋務，權奇自喜，掉以輕心，遲早會吃大虧的，故有此作。其實，以我的看法，最懂得辦洋務的，應該是曾國藩；同治元年五月，英軍屢約李鴻章「協剿」嘉定，李鴻章致書曾國藩請教，得覆書云：

一、與洋人交際，其要有四語：曰言忠信；曰行篤敬；曰會防不會剿；曰先疏後親。忠者，無欺詐之心；信者，無欺詐之言；篤者，質厚；敬者，謙謹。此二語者，無論彼之或順或逆，我當常守此而勿失。至「會防不會剿」一語，鄙人有復奏一疏，暨復恭邸一書，言之頗詳，茲鈔呈台覽。先疏後親一語，則務求我之兵力足以自立，先獨剿一處，果其嚴肅奮勇，不為洋人所笑，然後與洋人相親，尚不為晚。本此數語以行，目下雖若斷斷不合，久之必可相合相安。

二、洋提督何伯與閣下會敘節略，均尚妥協。其必欲閣下派兵會剿者，意在覘楚師之強弱，察閣下之膽智耳。吾惟守忠信篤敬四字，不激其怒，或會或不會，仍由閣下作主。鄙意欲私打一二處，察其可用而後與之會剿，否則不可獻醜於洋人之前，尊意如何？

「忠信篤敬」，及「不激其怒」、「不爲洋人所笑」，爲辦弱勢外交最正確的原則。李鴻章初頗信服其「老師」；後來漸與一班西洋各國正規軍中淘汰下來的亡命之徒相親，以爲此輩伎倆不過爾爾，遂起狎侮之心。晚年復憶曾國藩之言，但悔之已遲。

曾國藩治軍，還有一項長處是注重紀律，早期因違紀而被殺的新兵，不計其數，故有「曾剃頭」的外號。但只殺竊鉤的小兵，不殺屠民的大將，何以服眾？此所以他主張殺何桂清。

翁同龢的長兄（行三）翁同書，當安徽巡撫時，失陷壽州，亦以曾國藩嚴劾，有旨拿問；翁父心存，焦憂致疾，因而去世，所以翁同龢對曾國藩終身不諒。

當何桂清伏法不久，另一個整飭軍紀的重大舉措是逮問勝保。此人之行徑，爲後來若干少有才而自命不凡的軍閥所效法；當時人記其作風如下：

勝性豪侈，聲色狗馬皆酷嗜，生平慕年羹堯之為人，故收局亦如此。勝每食必方丈，每肴必二器。食之甘則曰：「以此賜文案某。」蓋仿上方賜食之體也。然惟文案得與，他不得焉。

勝豪於飲，每食必傳文案一人侍宴，一日軍次同州境，忽謂文案諸員曰：「今午食韮黃甚佳；晚餐時與諸君共嘗之。」及就座詢韮黃，則棄其餘於臨潼矣。大怒，立斬庖人於席前，期明早必得；諸庖人大駭，飛馬往回二百餘里取以進。

勝之章奏往往自屬草，動輒「先皇帝曾獎臣以忠勇性成，赤心報國」，蓋指咸豐間，與英人戰八里橋事也。又曰：「古語有云：閫以外將軍治之，非朝廷所能遙制。」又曰：「周亞夫壁細柳時，軍中但聞將軍令，不聞夫子詔。」此三語時時用之，意以為太后婦人，同治幼稚，恐其掣肘耳。而不知致死之由即伏於此矣。

按：勝保以旗人而掌兵符，章奏照例應自稱「奴才」；稱「臣」即仿年羹堯之例。但此爲入陝平回時，始形跋扈，則以熱河叩謁梓宮，有勒兵觀變之意，自以爲有「清君側」之功，故不覺蹈年羹堯的覆轍。「清人筆記」敘其致死經過云：

入陝後，各省督撫交章劾勝，有劾其貪財好色者，有劾其按兵不動者，有劾其軍中降眾雜出，漫無紀律者，惟河南巡撫嚴樹森一疏最刻毒，略曰：「回捻癬疥之疾，粵寇亦不過支體之患，惟勝保為腹心大患。觀其平日章奏，不臣之心，已可概見。至其冒功侵餉，漁色害民，猶其餘事。」云云，相傳為桐城方宗誠手筆。

按：嚴樹森爲湖北巡撫，此云「河南」爲誤記。方宗誠字存之，方東樹從弟；其人不獨在「文苑傳」，亦可入吏傳。劾勝之疏，亦猶爲民除害，不得謂之「刻毒」。

同治元年十一月查辦勝保的密諭，連篇累牘，不下十餘道之多；從來將領犯眾怒，無有如勝保之甚者，皆因跋扈自大，復好逞詞鋒，動輒出語傷人之故。當他初入陝時，軍機處有人通消息給他，說朝廷將以陝西巡撫，或陝甘總督，擇一相授；戒其日內切勿上奏。因爲勝保奏疏中，往往有不中聽的話，容易觸怒慈禧。

勝保初守其戒，過了幾天沒有消息，便向幕友表示：「是或有變，不有不上言，細陳利害。」幕友交口相勸，勝保不聽，親自草奏，如此措詞：

凡治軍非本省大吏，則呼應不靈，即如官文、胡林翼、曾國藩、左宗棠等，皆以本省大吏治本省軍事，故事半而功倍。臣以客官辦西北軍務，協餉仰給於各省，又不能按數以濟；兵力不敷，又無從召募，以致事事竭蹶，難奏厥功。若欲使臣專顧西北，則非得一實缺封疆，不足集事。

此奏語近要挾，果不其然，大受申飭。朝廷決定查辦，即由此奏；密諭多隆阿處置，即由多隆阿代勝保為欽差大臣。「清人筆記」敘其經過云：

多隆阿至之日，勝方置酒高會，賓客滿座，有諜者報曰：「橋南，忽增營壘數十座，不知誰何？」蓋橋之北，為回逆所據也。須臾又報曰：「來者聞為將軍多隆阿也。」勝拂鬚沉吟曰：「定朝廷命多來受節制乎？若然，則不待營壘之成，即當入城進謁矣。姑飲酒，且聽之。」

按：「勝保以欽差大臣督辦陝西軍務，對河南陝西兩巡撫，皆用硃筆札文。幕友切諫，勝保自謂欽差大臣即以前的大將軍，大將軍行文督撫，照例用「札」，不以品級論。有此錯覺，故以爲多隆阿來受節制。幕友以其不可理喻，惟有各自爲計；續敘云：

有登城而望者，見連營十餘里，刁斗森嚴，燈火相屬，寂無人聲，歸而相謂曰：「事不妙矣！」有潛行整裝待發者。

甫黎明，忽報多將軍至；將軍下馬，昂然入中門，手舉黃封，高呼曰：「勝保接旨！」勝失色，即設香案跪聽宣讀；讀畢並問曰：「勝何遵旨否？」勝對曰：「遵旨。」多即命取關防至，驗畢交一弁捧之，謂從官曰：「奉旨查抄，除文武僚屬外，皆發封記簿。」勝再三懇；多曰：「與爾八駝行李，其餘皆簿錄之。」

勝保被逮的同時，好幾省奉旨查抄其家財。他帶兵多年，侵吞軍餉，設局抽釐；悖入既豐，復多內寵，所以長期駐兵之地，皆有公館；此時完全籍沒，財產分散予所部士兵，因爲勝保部下，向以「饑卒」著名，朝廷此舉，亦爲激勵士氣之一法。

幕客自然星散，逮問者，亦頗不乏人，皆爲助勝作惡者；中有金安清其人，名動公卿，而有文無行，多才失格，此爲曹振鏞、穆彰阿等人當國，所「培養」出來的「傑出」人物之一，足覘士習，不可不記。翁同龢日記，同治十三年二月十六日：

金梅生都轉安清，所著「蓄德錄」……此人才調無雙，而用世之心太熱，及任之事，又不潔清自好。先公初見之，嗟賞不已，再見則曰：「此熱客耳。」三兄在壽州，以皖餉委之，數年中僅報解數千，餘則以媚他帥，其行事大率類此。

所謂「三兄」指翁同書；「他帥」則勝保爲其中之一。

「清朝野史大觀」內「金梅生之鑽營」一條，刻畫其人，殊爲細致：

金安清字梅生，浙之嘉興人，少遊幕於南河，由佐雜起家，洊升至兩淮鹽運使，工詩古文詞，尤長於理財，聲色服玩之奉，窮奢極侈。當咸豐季年，江南全省淪陷，僅江北十餘州縣地，金以運使駐泰州督辦後路糧臺，設釐捐以供南北防軍，歲有盈餘……漕督吳棠密參營私舞弊四十餘款，奉旨革職查抄，此同治元年春間事，旋奉旨革職，永不敘用，遞解回籍，交地方官嚴加管束。

金則一肩行李，逕往本籍縣署投宿；縣令大異之，金曰：「我奉旨交爾束者，若不住署，何得謂嚴？」令知其無賴，歲致千金始免。

按：此記稍有未諦，金安清先爲漕督袁甲三所劾，交曾國藩查辦；覆奏爲之洗刷開脫，並請復職；以另有勝保案牽涉，歸案訊辦。至於刁難本縣縣官，必是有浮收劣跡，爲金所持，藉以需索。

「交地方官嚴加管束」，原有慣例，即每日赴縣署報到，翁同龢革職回籍後，即係如此；非可刷詞作難。

乃遊說於湘淮諸大帥求復用；謁曾文正七次不得見，人問之，文正曰：「我不敢見也。此人口若懸河，江南財政，瞭如指掌，一見必為所動，不如用其言，不用其人為妙。」同治壬申增淮南票鹽八十票，從金說也。曾忠襄撫浙時，金往說之，大為所惑，專摺奏保請起用，大加申斥；文正聞之嘆曰：「老九幾為其所累。」久之，鬱鬱死。

按：曾國荃於同治二年三月升任浙江巡撫，始終未曾到任，仍由左宗棠以閩浙總督兼署，至金陵克復後，於同治三年因病免職。金安清遊說曾國荃，當是圍金陵時之事。

金性淫蕩，婦女微有姿無不被污者，凡親黨之寡婦孤女就養於彼者，皆不能全其節。臣門如市，雜賓滿堂，河工鹽商之惡習，兼而有之。在泰州督餉時，軍書旁午，四面楚歌，金之宅，無日不歌舞宴會也

此與勝保可謂臭味相投；金安清媚勝保者，無微不至：

同治癸亥勝保逮問，簿錄時有奩具首飾百餘事，皆有「平安清吉」四字，或小篆，或八分，譬如鏡函，四角包以黃金，則鑿此四字以飾之。有人在勝保幕，見之不解；或告之曰：「此皆金梅生所獻，安清其名也；即所謂欲使賤名常達鈞聽之意。」始恍然，其工於媚術如此。然其古文胎息腐遷，詩詞則揣摩唐宋，即筆記小說，皆卓然成家，惜乎不以文章氣節取功名，而以側媚巧佞博富貴，其心術人品，與其文大相逕庭，此聖人所以必聽其言而觀其行乎？

道光士習，不甚重氣節，而專以側媚巧佞爲登龍之術；文似腐遷，唐詩宋詞，在金梅生即爲

媚人之道，若非如此，恐亦不能爲勝保所激賞。於此可知，賀長齡、林則徐等講究經世濟用的實學，於風水的轉移，人材的造就，實有極大的關係。嘉道年間讀書做學問，如仍似乾隆時代之閉塞禁錮，惟以逃避現實是尚，則必不能有同光的中興，可以斷言。

現在回頭再談勝保，出西安後，沿路被劫，先則姬妾，嗣則輜重；劫之者如德楞額等人，皆平時飽受勝保的骯髒氣，劫以洩憤。被逮到京，已是同治二年二月初。

繫獄半年之久，方始結案，其原因有三：一是勝保貪冒的罪名，牽涉甚廣，查證需時；二是平時受勝保好處的言官，紛紛上書申救；三是勝保部下，降眾雜出，有劇盜、有捻匪，亦有長毛，如對勝保處置不當，足以引起不良的連鎖反應。而後來勝保之被誅，主要的原因，亦由宋景詩、苗沛霖等等降而復反之故。

勝保雖作惡多端，但既非守土有責的封疆大吏，既不能律以失地喪師之罪；當時論律持平者，頗有此論調，本對勝保有利，但其人桀驁不馴，以致自速其死。「清人筆記」載其死因云：

至京繫刑部獄，奉旨嚴訊；訊其河南姦淫案，答曰：「有之，河內李棠階、商城周祖培兩家婦人，無分老幼皆淫之。」周大怒。其後賜帛之命，皆周成之也。是時周值樞府，李掌刑部。死之日，周監刑；勝曰：「勝保臨刑呼冤，代乞奏。」周曰：「聖意難回。」遂死之。

按：李棠階爲與曾國藩、倭仁講理學的朋友，素爲文宗所重；同治改元後，以慈安太后之命，起爲左都御史，旋入軍機，調禮部，此爲同治元年七、八月間事，所記謂「掌刑部」失實，但欽案定死罪，照例須「三法司全堂畫諾」；「三法司」者刑部、都察院、大理寺；「全堂」者，全體堂官之謂。

李棠階既爲台長，又爲軍機，對於勝保之處死，自有決定性的影響力；但李棠階曾手抄「湯文正公全書」，爲學平實，於朱陸無所偏徇，惟重克己，當不致以私忿而故重其罪。周祖培以體仁閣大學士管理刑部，故受命監刑；向例欽命犯臨刑呼冤者，必須代奏，雖百分之百無效，但可緩死須臾，而周祖培不爲代奏，可見冤毒之深。

按：同治二年七月賜勝保自盡之上諭，論勝保之罪，共分三段，第一段云：

苗沛霖性情陰鷙，曾諭勝保，察其就撫是否可靠？勝保極口保其無他，並乞恩施，且擅調其練眾入陝，迨諭旨不准，猶敢屢次抗辯，今苗沛霖已戕官據城，肆行背叛。宋景詩以反覆降匪，經勝保代為捏報戰功，保至參將，後又在陝擁眾東歸，亦已背叛。是今日苗宋二逆之糜餉勞師，皆勝保之養癰貽患所致。而勝保之黨護苗宋二逆，不得謂無挾制朝廷之心。

其第二段謂勝保其他貪冒不法之罪：

至勝保被參各款，前經僧格林沁覆奏，有派員查訪，並諮詢地方，所稱大略相同，勝保任情妄為，即此已可概見。勝保之貪污欺罔，實天下所共知，豈能憑其自行迴護之詞，信為竟無其事。

第三段則爲勝保自召催命符：

據勝保本日所遞訴呈內博引律例，妄欲將原參各員，治以誣告之罪，尤屬飾非亂是，膽大妄為，核其種種情罪，即立正刑誅，亦屬咎所應得，姑念其從前剿辦髮捻有年，尚有戰功足錄，勝保著從寬賜令自盡，即派周祖培、綿森前往督視。所有案內牽涉人犯，即著刑部分別提審，訊明奏結，以清積牘。

勝保的「訴呈」不可得見，但衡情度理，可資推論者：第一、勝保雖桀驁不馴，口出惡言，但繫獄既久，盛氣消折，而居然控原參各員誣告，自必持之有故。第二、上諭中說他的訴呈中「博引律例」；既有如許律例，可資援引，足見情事相當複雜。勝保有罪，毫無疑問；但其罪應不應至死，似猶待斟酌。第三、上諭中許其「剿辦髮捻有年，尚有戰功足錄」，則將功抵罪，稍從末減，似乎更無死罪了。

勝保的是非混淆，不易理清的原因，在於他以招撫爲主要手段的策略。建功在此，得罪亦在此。如苗沛霖的情形，即是最顯著的例證。孟心史「清代史」第五章第三節「太平軍」記云：

同治元年三月，（曾）國荃與弟貞幹，盡克皖境江北岸各隘，直破西梁山堅壘。四月，復南渡會彭玉麟水師，克太平府金柱關、東梁山蕪湖縣。於是金陵上游門戶盡闢。會皖北軍，將軍多隆阿克廬州，陳玉成走壽州投苗練沛霖；沛霖縛勝保軍前斬之。玉成號「四狗眼」，久踞皖北，屢突上游，為安慶解圍，卒不可得。至是，為苗練所賣。苗練者，苗沛霖以練起，既擁眾，反側於官軍與太平軍之間，本諸生，諸練目皆稱「先生」，久與陳玉成往來，玉成事急往投，遂為縛獻，因以為勝保功，而師事勝保。勝保暱之。為攻金陵去一後路患，未始非當時一功也。

按：陳玉成爲太平軍第一悍將，孟心史論「太平軍成敗及清之興衰關係」云：

李秀成亦籍粵西，與陳玉成皆為太平之後起用事者，咸豐三年，陷金陵，定為都，大封拜，時固未有秀成與玉成也。玉成有叔承鎔，為金田起時舊目；玉成以幼故，未任戰事。

至咸豐四年，向榮軍方駐攻金陵，太平諸將四出圖解圍，乃有玉成上犯武漢，秀成與其從弟傳賢犯江西、福建之舉。是時玉成為十八指揮，秀成為二十指揮，蓋偏裨耳。

六年，金陵內亂，楊秀清、韋昌輝相戕俱斃；蕭朝貴、馮雲山、洪大全俱早被擒殺，石達開又自離，秀成與玉成始用事，支持太平軍事最勤且久……！國藩訊得秀成親供四萬餘字，即於七月初六日斬之。當時隨摺奏報之親供，相傳已為國藩刪削，全真本尚在曾氏後人手，未肯問世。

李秀成親供手蹟，爲「湘鄉曾八本堂」所藏，民國五十一年由曾約農影印行世。曾國藩刪削之處，大多爲李秀成細道戰局眞相，形容官軍之短，如咸豐六年十月桐城之戰，據「近代中國史事日誌」謂：「地官副丞相李秀成與提督秦定三，在桐城連戰十餘日，不利。」而李秀成親供中，爲曾國藩刪去者，有如下數語：

每日交鋒，軍炮不息，那時清朝帥士，每日萬餘，與我見仗。我天朝帥士，不足三千，他營一百餘座，我止有一孤城，城外止營盤三座，力戰力敵，是以保固桐城。

又如咸豐六年五月，江南大營第一次崩潰時，據「東華錄」謂：「向榮等先後奏報，鎭江賊勢披猖，煙墩、九華兩山營盤全失，巡撫吉爾杭阿陣亡」；「清史列傳」本傳亦謂：「吉爾杭阿鏖戰五晝夜，猝中賊槍歿於陣」，而據李秀全親供，實爲兵敗被圍，逃生無路而自戕；原文爲：

那時張國樑在六合未回，當即領兵攻打高資，『是日攻破清營七個，餘四個大營，未及攻下』。吉帥由九華山領兵來救，『此營』當被天朝官兵逼吉帥逃入高資山中。『那時吉帥是夜逃出，入其高資營中，被我天朝官兵四困，內外不通。』吉帥自己用短洋炮當心門自行打死。清兵見主帥自死，各軍自亂，『此營當即失利與天朝帥手。』

以上雙引號內文字，爲曾國藩刪節，繕本如此。

那時張國樑在六合未回，當即領兵攻打高資。吉帥由九華山領兵來救，當被天朝官兵逼吉帥逃入高資山中。吉帥自己用短洋炮當心門自行打死。清兵主帥自死，各軍自亂。

兩相對照，除諱飾「破清營七個」外，戰況亦明顯不同，第一、吉爾杭阿所領一營，根本未戰，即整營被逼入高資山中；第二、吉爾杭阿失去鬥志而自戕，當時實力未損，應該突圍奮鬥，乃因「主帥自死」，「此營當即失利」。如果照實直陳，吉爾杭阿的卹典會被撤銷。這是曾國藩改李秀成親供的原因之一。

至於孟心史猜測曾國藩刪削李秀成親供，而眞本「未肯問世」，疑心「或其中有勸國藩勿忘種族之見，乘清之無能爲，爲漢族謀光復」，今檢閱眞本，適得其反；李秀成自告奮勇，願爲之收拾殘局，刪削之文中有如下一段：

先忠於秦，亦丈夫信義；楚肯容人，亦而死報，收復部軍，而酬高厚，餘兵不亂四方，民而安泰，一占清帝之恩；二占中堂、中丞（高陽：中丞指曾國荃）之德……見中堂、中丞大人量廣，故而直誌真情。我肯與中堂、中丞出力；凡是天國之人，無不收服。

親供至結尾，說得更爲具體：

今天國已亡，實大清皇上之福德，萬幸之至。我為洪姓之將，部眾將兵，皆是我轄，今見老中堂恩惠甚深；中丞大人智才愛眾，惜士恩良，我願將部下，兩岸陸續收齊，而酬高厚，我為此者，實見老中堂人愛，我雖不才，早至數年，而在部下，亦盡力圖酬。雖不才智，死力可為。願收齊人眾，盡義對大清皇上，以贖舊日有罪。

以下又有章程十條，大致爲：

一、恩赦兩廣之人。

二、先收我兒子爲先（按：李秀成次子榮發，年十六統兵萬人，戰輒勝，軍中稱奇童。見羅悖融著「太平天國戰紀」。）

三、收我堂弟李世賢爲首。

四、將聽王陳炳文收復。

五、查幼主。

六、派馬玉堂及趙金龍二人爲用。

七、要發一諭給我。

八、南京城內，不計是王是將；不計何處之人，停刀勿殺，赦其死罪，給票給資，放其他行。

九、收復天朝各將，善心撫卹。

十、出示各省，言金陵如此如此，今各眾不計何人，俱赦仍舊爲民。此是首要，今是用仁愛爲刀，而平定天下；不可以殺爲威。殺之不盡，仁義而服。

此外又開列「天朝之失誤者十」。曾國藩刪改爲九。此爲最有資格檢討太平天國者，所作的最權威的評論，茲分條引錄原文主注釋如下：

一誤，誤國之首，東王令李開芳、林鳳祥掃北敗亡之大誤。

按：咸豐三年秋，洪秀全，及「東王」楊秀清召集會議，擬圖河北；派「冬官正丞相」羅大綱，領兵掛帥，羅大綱以爲欲圖河北，必先定開封，「車駕」駐汴，方可渡河。不如先定南九省，無後顧之憂，然後三路出師，一出漢中，疾趨咸陽；一出安徽、河南，西向出藍關，使咸陽與金陵聯結；一出徐揚，席捲山東。然後由咸陽入山西，與山東之師會獵燕都。孤軍深入，犯險無援，不敢「奉詔」。又主張既都金陵，宜精練水師；並先用木筏封江。其時楊秀清專權，認爲羅大綱膽怯；命「地官正丞相」李開芳；「天官正丞相」林鳳祥以五萬之眾北犯。

渡黃河；行間道，時已隆冬，太平軍不習寒，耳鼻皆凍裂，而行軍止宿，升火取暖，耳鼻以凍裂潰爛者，十之六七。至天津附近，爲僧王及勝保夾擊，大敗。

二誤，因李開芳、林鳳祥掃北兵敗後，調丞相曾立昌、陳仕保、許十八去救，到臨清州之敗。

按：咸豐四年正月初，楊秀清命「夏官正丞相」黃生才、「副丞相」陳仕保；「冬官副丞相」許宗揚（即許十八）；「夏官又正丞相」曾立昌，自浦口取道安徽北援，攻占山東臨清州後，又以糧盡棄城，久戰師疲，南走時，沿途遭受襲擊，全軍覆沒。

三誤，因曾立昌等由臨清敗回，未能救李開芳、林鳳祥；封燕王秦日昌復帶兵去救，兵到舒城、楊家店敗回。（原注：楊家店清將，現今日久，不能記得姓名。）

按：楊家店在江西景德鎮附近，當係田家鎮之誤記。咸豐四年十月，湘軍陸師提督塔齊布、道員羅澤南、水師副將楊載福、同知彭玉麟，克復湖北武穴田家鎮，大敗「燕王」秦日綱（即秦日昌），燒太平軍船四千餘號，奪獲五百餘號。湘軍水師之名，自此大振。

四誤，不應發林紹璋去湘潭，此時林紹璋在湘潭，全軍敗盡。

湘潭之役，發生在咸豐四年四月。此役在平洪楊之亂的早期作戰中，關係之重大，匪言可喻。湘軍如無湘潭之捷，曾國藩必死無疑。

按：咸豐三年秋，太平軍分兵四出，「西征」軍由「翼王」石達開主持，兩路攻廬州得手後，合兵西向越過大別山脈，入湖北境，由英山南攻黃梅，渡江東占彭澤，西向則經黃州而第三次佔領漢陽，沿河南下攻克岳州，入洞庭湖；經湘陰由陸路占領寧鄉，長沙餉道中斷，城門盡閉，形勢頗爲危急。

其時太平軍分佈長沙西北兩面；復有東面自江西可威脅長沙，而湘軍初立，軍心未固，太平軍如徐徐逼進，長沙必陷無疑，長沙一陷，則守城的曾國藩，本爲藩司徐有壬、臬司陶恩培所惡，必會詳巡撫，請嚴劾革職，軍亦必因此夭折（按：此時尚無湘軍之名，稱爲「楚師」）。乃太平軍遣林紹璋以間道攻克長沙以南的湘潭，企圖完成北西南三面的大包圍，此爲一大錯著。

錯在湘潭既失，長沙已無出路，故官軍在所必爭。曾國藩幕友章壽麟所撰「銅官感舊圖自記」

敘親身經歷云：

咸豐四年，賊由武昌上犯岳州，官軍禦之羊樓峒失利，遂乘進偪長沙。四月賊據靖港，而別賊陷寧鄉、湘潭。湘潭荊南都會，軍實所資，時公（指國藩）方被命治軍於湘，乃命水陸諸將復湘潭，而自率留守軍擊靖港賊，戰於銅官渚；師敗，公投水。

曾國藩靖港投水被救，到後面再談；先敘湘潭之捷。此彼以塔齊布之功為首；此人是鑲黃旗漢軍，本姓陶。嘉道以後，八旗殘破，軍制不復如前之嚴，因而塔齊布轉入綠營，揀發湖南以都司用，隸提督鮑起豹部下；洪楊事起以守省城功，升為游擊署撫標中軍參將。曾國藩辦團練，看中塔齊布，奏稱「塔齊布短衣草履，日督麾下士卒演鴛鴦連環陣，對放槍炮、數伏數起，俾臨敵無畏心，悉成勁旅。其奮德耐勞，深得兵心，洵忠勇可大將。」

奏入賞副將銜。所謂「對放槍炮、數起數伏」，即是實戰演習；一百三十年前而有此種現代化的陸軍訓練方法，眞可謂先知先覺。國防部史政局編近代戰史，直該為此人立專章才是。

「清史列傳」塔齊布傳：

四年三月，粵匪自金陵溯江而上，越安慶武昌，再陷湖南岳州府；過洞庭以戈船遍布臨資口，遂由湘陰破寧鄉，間道襲湘潭縣。湘潭居長沙上遊，百貨所輳；既得湘潭，長沙將不攻自困。

塔齊布聞驚，即率守備周鳳山等，兼程前進，由陸路轉戰而前；師次高嶺，賊奄至，塔齊布手大旗麾軍縱擊（高陽按：平劇「鐵公雞」，張嘉祥耍大旗，實本此而來），斬僞先鋒元帥九人，賊敗潰，追奔數里至城下，賊大出犯。塔齊布伏兵山左右，設炮三重誘之，及賊逼，炮斃賊數百；賊大亂；伏起，夾擊之。賊奪路走，死傷枕藉，遂薄城闉，殪悍賊數百。

塔齊布橫予深入，幾中伏，跳而免。麾兵鏖戰，大破之城北，賊皆盡。總兵楊岳斌（高陽按：此時尚名楊載福）、知府彭玉麟、褚汝航復率水師會剿，焚城南賊舟數千；並焚市廛，使城外賊，無所棲止。火光燭天三日夜，賊屍蔽江下。四月，賊棄城夜遁，湘潭平。

林紹璋於三月廿七攻占湘潭，四月初五大敗，前後僅九天。當塔齊布力敵林紹璋時，曾國藩於四月初二，在靖港兵敗赴水自殺。靖港即臨資口，爲資水入湘之處；地有銅官山，亦稱銅官渚。

「銅官感舊圖題詠」，左宗棠序云：

文正聞賊趨湘潭，令署長沙協副將忠武塔齊布公等率陸軍（高陽按：塔齊布謚忠武）；楊千總岳斌、彭令玉麟等率水軍往援。偵賊悉銳攻湘潭，靖港守虛寨之賊非多，遂親率存營水陸各營擊之。

戰事失利，公麾從者他往，投湘自溺。隨行標兵三人，公叱其去。章君（壽麟）瞰公在舟時，書遺囑寄其家，已知公決以身殉也，匿舟後躍出援公起。公曾戒章君勿隨行，至是詰其何自來？答以適聞湘潭大捷，故輕舸走報耳。公徐詰戰狀，章君權詞以告，公意稍釋，回舟南湖港。其夜得軍報，水陸均大捷，殲悍賊甚多，焚餘之敗船斷槳，蔽流而下。湘潭人始信賊不足畏而氣一振。

又王湘綺「湘軍志」「曾軍篇」記湘潭危急時情事云：

長沙惴惴居賊中，人自以為必敗。國藩集眾謀守，皆曰：「入城坐困，宜親督戰。」或議先靖港，奪寇屯；或曰：「靖港敗，還城下，死地矣！宜悉兵攻湘潭，不利，保衡州；即省城陷，可再振也。」水師十營官皆至，推彭玉麟決所鄉（向）；定鄉（向）湘潭。五營先發，約明日國藩帥五營繼之。

按：由此可知，彭玉麟爲同官推重，因由其決趨向；而彭玉麟主張攻湘潭，並先率五營出發，適與塔齊布成水陸夾擊之局。如從先攻靖港之議，則左序中所謂「靖港守虛寨之賊非多」一語，吳汝綸已指其爲妄。

曾國藩奏報中謂「逆賊在炮台開炮」，而「水勇開炮轟擊」，則以「炮高船低，不能命中」，爲仰攻不利之勢，如十營皆往，不獨不能收湘潭助攻大捷之功，且新成水師，可能一戰而潰。是故湘潭之役，首功雖爲塔齊布，而彭玉麟之參謀亦自不可及。

夜半，長沙鄉團來請師曰：「靖港寇屯中數百人，不虞戰，可驅而走也。團丁特欲藉旗鼓以威賊，已作浮橋濟師，機不可失。」聞者皆踴躍；國藩憂湘潭久踞，思牽之，改令攻靖港。

庚午（四月初二）平旦至，水急風利，炮船迅過寇屯；寇炮發，船退不得上，纜而行，寇出小隊砍攬者，水師遂大亂。陸軍至者，合團丁攻寇；寇出，團遽反奔，官軍亦退，爭浮橋。橋以門扉床板，人多橋壞，死者百餘人。

國藩親仗劍督退者，立令旗岸上曰：「過旗者斬！」士皆繞從旗旁過，遂大奔。國藩憤，自投水中。

如上所記，曾國藩當時的心情，不僅一「憤」字，實亦羞亦懼。羞者二：以統帥而召部下定戰計，既已定策，不按原計畫而行，遽以團丁之請，輕率改計，其羞一；平時紙上談兵，及至親臨戰陣，既不知彼，亦不知己，指揮無力，其羞二。懼者，大敵當前，原已依彭玉麟之議：「悉兵攻湘潭」，五營已發，五營不至；如彭玉麟將成功之際，而後援不繼，功敗垂成，則應負全部責任，而此戰一敗，精銳盡失，未必尚能退保衡州，長沙一失，豈能再振？自不得不懼。加以眼見號令不行，威望盡失，於是一憤赴水。

徐一士「一士類稿」談「靖港之役與感舊圖」謂：

靖港之敗，國藩危甚。使無湘潭之捷，縱不身殉，必獲重咎而不能立足矣。

誠爲持平而論。又謂：

時雖革職，未解兵符，仍許單銜專摺奏事，塔齊布已貴，而承指揮如故，故國藩自靖港敗後。而其勢反振。

塔齊布雖貴而承指揮如故，雖由國藩知人善任；而未始非靖港兵敗，投水自殺有以感動部下，岳武穆「武將不怕死」之言，實爲軍人不易之金科玉律。

李秀成「天國十誤」又謂：

五誤，因東王、北王兩家相殺，此是大誤。

按：此爲習知之事，不必贅述。

六誤，翼王與主不和，君臣相忌。翼起猜心，將合朝好文武將兵帶去，此誤至大。

按：洪秀全、石達開之不和，世多同情石達開。石達開過江時，從者十餘萬人，至安慶約陳玉成、李秀成偕行，陳軍已發，爲李秀成所勸而止。如陳、李從石往西南別謀發展，則世事不可知。是故李秀成之忠於洪秀全，無異間接助清弭平大亂。薛福成「書石達開就擒事」，論石達開之用兵云：

> 粵賊石達開與洪秀全、楊秀清同起潯州之金田，偽稱翼王。踰嶺涉湖，乘勝循江而下，攻陷金陵。旋叛秀全不與通，糾黨踞江西八府，與曾文正公相持連年，既乃突入浙江，由福建、江西以擾湖南，聲勢震盪。
>
> 巡撫花縣駱文忠公，多調宿將，與力角於洞庭、衡山以南，僅驅出境。達開乃還騎廣西諸郡，仍繞湖南北，逕窺四川邊境，退入滇黔之交，奔突萬餘里，蹂躪數百城。厥性慣走邊地，避實蹈瑕，每為官軍所蹙，則潛伏山中，倏伺形便，飄然遠揚。自謂生長嶺嶠，善涉奇險，躡幽徑，恣其出沒，使官軍震眩失措，莫之能禦，然亦卒以此擒滅。

石達開於同治二年三月，由雲南入今西康越雋、冕寧一帶，想過大渡河北進，陷入隘口絕地，被圍匝月，糧盡投降，死年三十三，距起兵已十四年。擒石達開者四川總督駱秉章，字籲門，是洪秀全的小同鄉，籍隸廣東花縣；此人粥粥若無能，而有不可及的長處。湘軍志「川陝篇」云：

秉章薨，省城士民如喪私親，為巷淚罷市。其喪歸，號泣瞻慕者，所在千萬數，自胡林翼、曾國藩莫能及也。

王湘綺推崇其人，過於胡曾；左宗棠於人少所許可，而能與駱秉章相處九年，至爲難得，左於咸豐十一年致友書云：

籥門先生之撫吾湘，前後十載，德政既不勝書，武節亦非所短，事均有跡，可按而知。而其遺愛之尤溥者，無如剔漕弊、罷大錢兩事，其靖未形之亂，不動聲色而措湖湘如磐石之安，可謂明治體而識政要，非近世才臣所能及也。

宗棠以桑梓故，勉佐帷籌，九載於玆，形影相共，惟我知公，亦惟公知我；……外間論者每以龠公之才不勝其德為疑，豈知同時所嘆為有德者，固不如龠公；即稱為有才者，所成亦遠不之逮乎？

此函自是左棠對曾國藩有微嫌而發，但論其「靖未形之亂」，非身經其境者不能道。至於駱秉章在四川有此成就，則如官文之與胡林翼，成都將軍崇實之推誠相待，實爲一大關鍵。

崇實姓完顏氏，滅北宋的金人之後，崇實之父名麟慶，官南河總督，因致鉅富，一生宦跡，繪圖留傳，名為「鴻雪因緣圖記」。麟慶兩子，長崇實；次崇厚，即使俄辱國者，為當時外交上的大事件；亦政壇上的大風波。

崇實翰林出身，由駐藏大臣升授成都將軍時，駱秉章統兵入川，崇實為設糧臺於夔州，此為當時地方大吏間極少見之事；湘軍志「川陝篇」云：

崇實見蜀事日棘，度已材不足濟，虛心待秉章，頻上奏，欲假朝命以促之，且自言旦夕竭蹶，恐誤國事。當是時，封疆大吏雖見危敗知死，莫肯言己短，曾國藩所至見齮齕，秉章親遘之；至欲資餉地主，則撓詘百方，唯獨崇實懇懇推賢能，常若不及。秉章在道，頻奏訴餉匱，初不意四川能供其軍。此至，未入境，總督公文手書，殷勤通誠；遣官候問，冠蓋相望，悉發夔關稅銀資軍，湘軍喜過所望。

按：駱秉章未到任前，川督由崇實署理，故有「總督公文手書，殷勤通誠」之語。平洪楊的軍費，皆由地方自籌，「有土斯有財」，所以當時統兵大員，必須兼守土之職；而任封疆者，亦無不以自給自足為目標，對於客軍常抱歧視的態度，如崇實之不分畛域，確為難能可貴之事。

崇實自撰「惕庵年譜」，所敘與駱秉章交往的情形，如「冬夜代爲巡城」；「派人赴粵省爲駱老延醫」等等，具見風義。

駱秉章久病纏綿，兩年有餘而不開缺者，皆崇實爲之支持。同治六年冬，駱秉章歿於任上；崇實記云：

冬月……初七日，駱老猶過我面議防務，並請十二日代主鷹揚宴（按：武舉發榜後有鷹揚宴），孰知其過去即不能起床。迨十二日予往視，已言語不清。隨侍並無眷屬。予雖與之事事和衷，然究為其精神不振，不忍令其煩心，自本年三月後，名為銷假，而一切之事，皆予代辦。至是，老翁自料不起，即命仍將總督關防送歸予處。予力持大局，不能不先為接管。正擬出奏，而老翁即於是日溘逝，只族侄孫一人在側，真令旁觀不忍。因將其歷年政績，詳為奏明，並請格外加恩，於蜀湘兩省，建立專祠；督同司道親自棺殮。

按：駱秉章起居八座，眷屬竟未隨任，且只族侄孫一人在側，視其他地方大吏，一人得道，雞犬升天，「官親」滿坑滿谷者，賢不肖一望而知。崇實贊駱之爲人云：

予挽以一聯曰：「報國矢丹忱，古稱社稷之臣，身有千秋公不愧；騎箕歸碧落，氣引星辰而上，自營四海我何依？」總之，駱老為人，第一不可及曰情操，而才略尚在其次；最能推誠用人，前在湖南，幕中有左季高諸賢，則東蕩西除；初到川省，有劉霞仙亦能籌鉅款，滅大寇。後來幕中多不如前，加之神明已衰，幾至聲威稍減。

劉霞仙即劉蓉，爲四川藩司；亦湖南人。所謂「滅大寇」，即指擒石達開。又姚永樸、薛福成及崇實皆記駱秉章之歿，川人敬慕之深，巷淚野祭，門懸白布，至有以「如喪考妣」四字榜於門首。

姚永樸「舊聞隨筆」記：

左文襄公平回疆後，勳望益崇，一日謂人曰：「君視我何如駱文忠？」其人對曰：「不如也。」文襄曰：「何以知之？」曰：「到駱公幕府，人才有公；公幕府人才，乃不復有公，以此觀之，殆不如也。」文襄大笑曰：「誠如子言，誠如子言！」

七誤，主不信外臣，用其長兄、次兄為輔，此人未有才情，不能保國。

按：李秀成供詞中，先已談到洪秀全所信任之人，其次序爲：第一重用幼西王蕭有和；第二重用王長兄洪仁發、王次兄洪仁達；第三重用干王洪仁玕；第四重用其駙馬鍾姓、黃姓；第五重用英王陳玉成；第六方是秀成也。

蕭有和爲「西王」蕭朝貴之子，故稱「幼西王」。蕭朝貴爲洪秀全妹婿，則蕭有和爲洪秀全的外甥。照李秀成所言，洪秀全只信任親族，此可決其不能成大事；凡打天下而不能用天下之人者，縱得意於一時，決不能久長。又：信任李秀成猶在陳玉成之次，則世傳洪秀全猜忌李秀成，誠屬信而有徵。

八誤，主不問政事。

按：洪秀全在金陵兩次被圍後，作風與道光年間被英人所俘的兩廣總督葉名琛，頗爲相似，即所謂「不戰不和不守、不死不降不走」，凡李秀成建策，一概不從。同治元年，李鴻章攻蘇州之前，李秀成以爲坐困金陵非長策，請洪秀全「親征」江西、湖北，握上游天以號令天下，襟帶蘇浙，以利糧源。

此時太平軍猶在五六十萬人，事尚可爲，而洪秀全不從。及至蘇州爲李鴻章收復；左宗棠在浙江，節節進展，李秀成建議遷都，據羅撰「太平天國戰紀」云：

李秀成力請秀全曰：「今蘇州已失，杭州危困，陳炳文、汪海洋屢戰無功，處處糧缺，京都斷難久持。臣已智窮力盡，無以為謀，惟有力請親征，冀可挽回大局，陛下在外，猶能勝奪天際，若守危城，譬處籠中，以待食絕，萬不可也。」秀全不聽；秀成曰：「陛下若堅不行，則請太子與二殿下監軍，臣奉太子以徇諸君，尚可收拾人心，以圖進取。萬一京師不幸，臣奉幼主，以圖恢復，唐肅宗示靈武之事，尚可效也。」秀全不省。

此為同治二年年底之事。及至三年春，多陵城中絕糧已久，百姓餓死及自殺者，每天數百人；曾國荃則在城外設局收容難民，李秀成要求洪秀全放民出城，洪秀全不肯，此眞死有餘辜了。

十誤，封王太多，此是大誤。

此是李秀成用兵一大恨。洪秀全諸事不從，李秀成猶可獨斷獨行，「封王」太多，則由各自獨立，而各不相下，初則不受節制，繼則自相殘殺。曾國藩「金陵軍營官紳昭忠祠記」云：

當諸將屯駐秣陵，向公榮、張公國樑最符眾望，其餘智者竭謀，勇者殫力，亦豈不切齒圖力，思得當以報國？事會未至，窮天下之力而無如何。彼六七偽王者，各挾數十萬之眾，代興迭盛，橫行一時；而上游沿江千里，亦足轉輸盜糧，及賊勢將衰，諸酋次第僵斃，而廣封駮豎，至百餘王之多，權益分而勢益散。長江漸清，賊量浙匱；厥後楚軍圍金陵，兩載而告克。非前者果拙而後者果工也，時未可為，則聖哲亦終無成；時可為，則事半而功倍，皆天也。

金陵克復後，曾國藩深懼盈滿，故此記不敢居功，甚至不欲用「湘軍」之名，其意可知。但前則「六七僞王，各挾數十萬之眾」；後則廣封「百餘王之多」，且多爲「駭豎」，亦確能道出太平軍由盛轉衰，而終於敗亡的主因。

其間同治元年閏八月，金陵決戰一役，以湘軍三萬敵太平軍三十萬，戰守四十六日，竟不敗而勝，雖由曾國荃的韌性毅力過人，亦由太平軍在此役中的僞王達十三名之多，李秀成指揮不靈，故而無功。

按：王湘綺「湘軍志」敘此役定名「曾軍後篇」，其文簡潔異常：

（同治元年）閏八月，蘇常寇來攻曾國荃軍，多發西夷火器相燒擊，復穴地襲屯壘，連十晝夜不休。九月，浙江寇復來助攻。國藩急徵援兵，皆牽制不得赴。國荃以三萬人居圍中，城寇與援寇相環伺，士卒死傷勞敝，然罕摶戰，率恃炮聲相震駭，蓋寇將驕佚，亦自重其死，又烏合大眾，不知選將，比起初時衰矣。十月，寇解去。

王湘綺作「湘軍志」係應曾紀澤之邀，而爲曾國藩之遺命，自光緒三年起手，至七年告成，歷時四年，而僅得九萬餘字，可知苦心經營。及至王湘綺在四川於主講尊經書院時，刻板攜回湖南，印刷問世，引起軒然大波。

其時湖南士紳推郭嵩燾爲首，評此節云：

李有成以三十萬眾，困曾三萬人，摶戰四十餘日，用火藥轟炸其營壘，破其地道無數，極古今之惡戰。壬秋一意掩沒其勞，以數語淡淡了之，真令人氣沮。

旁觀者如此，當事人的憤慨可想而知，據說王湘綺於曾國荃任江督時，訪之於金陵，曾國荃出佩刀威嚇；傳聞之詞，無可究詰，但曾國荃視「湘軍志」爲謗書，而王定安撰「湘軍記」，多承曾國荃之意旨，則爲事實。

「湘軍記」大致爲「湘軍志」的改寫，而改寫得最徹底的，自然是「曾軍後篇」，連題目都已改作「圍攻金陵下篇」；自敘的文字，極其典雅：

向張既歿，朱維淪胥。帝曰：「汝藩，作督三吳；汝荃統師，布政於蘇。」乃整其旅，電掃風驅，北斷濡須，南櫟蕪湖，遂揃秣陵，連壁南都。洪酋恇聾，乃召其徒；其徒百萬，封豕訓狐，威毅笞之，如割如屠，忠仆侍顛，棄戈而噓，乃張九罭，周其四陆；雨徂寒署，乃焚厥居。帝嘉乃績，錫之券書，兄侯弟伯，析圭剖符，紫閣圖形，載之曲謨。作圍攻金陵下篇第九。

文中「向張」指向榮、張國樑；曾國荃當時的官銜是浙江布政使，遷就聲韻，故曰「布政於蘇」。忠指「忠王」李秀成；侍指「侍王」李世賢，九月初自浙來援，合秀成軍號稱八十萬，王定安用誇張的說法，就成了「其徒百萬」。威毅亦指曾國荃，他的威號是威毅伯。至於本文中，二王最大的不同，在湘綺謂「罕搏戰」而定安謂「軍興來未有如此之苦戰」。其敘苦戰云：

乃分圍師為三，以其二防城賊侵襲，國荃自其一當援寇。一夕簽小壘無數，障糧道以屬之江。賊益番休迭進，蜡傳環攻，累箱實土，以作櫓楯，挾西洋開花炮自空下擊，所觸皆摧。國荃留孱卒守棚，選健者日夜拒戰，更代眠食，常以火球大炮，燒賊無算，賊仍抵死弗退，軍士傷亡頗眾。己酉，部將倪桂節中炮殞。國荃左頰受槍傷，血漬重襟，猶裹創巡營。

所謂「火毬」，想來應該是手榴彈。又敘李世賢來援以後的戰況云：

國荃度浙寇新來氣盛，誡諸將厚集其陣，暇以待之。賊負板擔草土填壕，我軍拒壕發炮，賊屢卻，仍堅壁不出，相持兩晝夜。甲寅，乃發萬人，開壁擊之，軍士氣十倍，呼聲動天，當者無不摧靡，一日內破堅壘十三，殺八千人，援賊氣奪，乃益鑿地埋火藥。

辛酉，兩穴同發，土石飛躍如雨，大營牆坍，賊隊猛進，國荃督軍士露立牆外，環擲火毬，間有槍炮，賊前者既殪，後者復登。踰三時牆缺復，合殺悍寇數千。群賊乃謀晝息宵攻，輪進以疲我，連營周百里，其近者距官軍才二十丈，仍潛開隧道，乘雨夜轟之。國荃令各軍掘內壕，翼以外牆，破其地洞七，賊計始窘。

可是這樣一場「極古今之惡戰」，在李秀成供詞中，卻寫得極其簡略。但我細心尋繹，卻發現了一個深可玩味的事實，李秀成之被猜忌，起於奪獲蘇州以後。蘇州士紳先對李秀成採取激烈的排斥態度，面最後由於李有成的敢於正視現實，並作出了不尋常的、類似佛陀捨身飽虎的行徑；蘇州的縉紳先生，態度一變。

在此以後，即因洪秀全的「次兄」進讒，洪秀全對李秀成猜疑，竟至李秀成必須以母妻爲質，始得出金陵赴前線。

這兩件事聯在一起來看，顯然的，洪秀全兄弟認爲李秀成在蘇州收買人心，別有異謀。此外，李秀成改江穌省爲「蘇福省」，亦可能被視作將「獨立」的一個徵象。

李秀成自己並不諱言，在此期間，對洪秀全兄弟頗致不滿。因此，金陵第三次解圍不成一役，雖然出動了三十萬人馬，但李秀成並未力戰；即如王定安所描寫得如火如荼的九月「甲寅乃發萬人開壁擊之」這一仗，對壘者是來自浙江的李世賢；其總結則云：

是役也，李秀成率十三僞王赴援，李世賢繼之；楊輔清、黃文金圍鮑超於寧國；陳坤書出太平窺金柱關以困水師，悍酋萃一隅，我軍幾殆憊不振。曾國藩固以進攻金陵為非計，葉被圍則飛檄調蔣益澧、程學啟馳救；益澧在浙，學啟在縣，皆有故不得至。國荃孤軍居圍中，戰守四十六日，殺賊五萬，我軍亦傷亡五千，將士皮肉幾盡，軍界以來未有如此苦戰也。

對敵方主將李秀成的攻守之道，竟無可著墨，可見李秀成並未出死力相鬥；否則事所難言。又，「十三僞王」中並不包括「英王」陳玉成；此時陳玉成已爲苗沛霖出賣與勝保。陳玉成爲太平軍中第一悍將，如果此役有他，曾國荃恐亦未見得能討得便宜。

不過就形勢而言，太平軍此時確已由壓倒的優勢，轉變爲處處受牽制的局面。此則曾國藩知人善任之功，實無愧於封侯的上賞。如果不是李鴻章在江蘇；左宗棠在浙江，著著進展，曾國荃即無法在金陵城下堅持。

曾國藩以圍金陵爲非計，就戰略著眼，是正確的。因爲金陵城池周圍七十六里，爲中國第一大城；而且明太祖築金陵城時，得鉅富沈萬三之助，城牆用巨石堆砌，接縫處灌以糯米漿，堅固異常；曾國荃攻這樣一座難下的空城，除了餓死的老百姓以外，不能產生甚麼戰略上的利益。

尤其是李、左在江浙站住腳，陳玉成已死之後，曾國藩以多隆阿圖皖北；並親自指導鮑超圖皖南；加以水師居中策應，而京口有馮子材固守，如果撤曾國荃二萬之眾，四處合圍，捕捉李秀成的主力，好好打一場殲滅戰，則太平天國之亡，不待兩年之後了。

後來有各種跡象顯示，曾國荃蓄意想奪得攻破「天京」的首功。而在當時則爲中級以上將領，人盡皆知的事實；當蘇州克復，朝命督促西進攻常州爲金陵聲援甚急，而李鴻章按兵不動，即不欲分「九帥」之功。

曾國藩亦有信致其老弟，謂可命李鴻章相助，但垂成之功，恐國荃不願他人分享，故徵詢其意見。曾國荃自然辭謝。

據曾國藩幼女「崇德老人自撰年譜」，謂每經一次大戰役以後，曾國荃必遣親信回湘鄉，求田問舍；有一次造了一座大宅，違制用藍琉璃瓦，爲曾國藩勒令拆去。曾國藩以友愛助曾國荃成大功，當時頗爲招謗；國荃四十生日，曾國藩賦詩以寄云：

> 九載艱難下百城，漫天箕口復縱橫；今朝一酌黃花酒，始與阿連慶更生。

「阿連」用謝靈運、謝惠連之典。但曾國荃並無「下百城」之偉績，可知此詩爲曾國藩自寄無窮的感慨，「漫天箕口」之餘，竟「慶更生」，可知謗尤之烈，而大部分爲替曾國荃受過。

同治二年十月，太平軍反包圍的戰略，未能收功，一個游離的大部隊，本身並無有組織的後勤補給單位，糧食武器，猶可就地劫持，或自走私的官軍處補充；最成問題的是軍服，筆者幼時聞長輩談及族中一長老，每稱之爲「裁縫二太爺」，據說年少時曾爲「長毛」所擄，迫之學習裁縫，隨軍流轉；可知其軍服亦係各小單位自行設法解決；金陵三次解圍失敗，以素不習寒的兩廣子弟，「全軍都在西風裡，九月衣裳未剪裁」，何況時序入冬的十月，太平軍戰史謂因棉衣未備，撤兵而去，多少亦是實情。

及至李秀成一撤軍，守蘇州的「八王」暗通款曲於官軍，殺「慕王」譚紹光投降李鴻章；其時李部第一大程學啓，接收蘇州不數日，盡誅降將，此事掀起不小的風波，常勝軍指揮官戈登大憤，率部退崑山，以示與李鴻章決裂；亦有人以爲「八王」雖降，實力猶在，且蘇州人同情太平軍者多，殺之以絕後患，是果敢的作爲。

平心而論，殺之亦不爲過，但要看由甚麼人來殺？如果原是一丘之貉，以「軍匪」殺匪軍，豈得謂之事理之平？

中國自古有「殺降不祥」之說，後來程學啓攻嘉興時，中槍陣亡，論者以爲「殺降」之報。此亦不盡然，白崇禧當營長時就曾殺降，且所殺非數人；但官至上將，考令以終，後嗣有人，殊未見不祥。或者這就是我們說的要看由甚麼人來殺的道理吧！

李鴻章收復蘇州在十月二十四日；次年二月十四，左宗棠克復杭州。於是深信「鐵桶江山，爾不扶自有人扶」的洪秀全，仰藥自盡，時爲同治三年四月二十七日。

洪秀全自殺之前的二十天，李鴻章克復常州，屠太平軍七千人；至此，江蘇僅鎮江與金陵間百數十里之地未復，朝命一再促李鴻章以炮隊援曾國荃，而李鴻章蓄意讓功結好；曾國荃則以「所少不在兵而在餉」爲言，婉拒援師。其時他部下已擴充至五萬人；麾下十大將，官位以蕭孚泗爲首，實缺福建陸路提督，在綠營中已「官居極缺」。其次爲李臣典，實缺河南歸德鎭總兵，爲曾國荃的愛將。

此外亦多爲記名總兵，其中朱洪章原爲黔軍，貴州黎平人，由胡林翼帶至湖北輾轉入湘軍，在十將中頗爲孤立，因而破金陵的首功被奪。

此事時人多爲之不平，而以朱洪章雖略爭而即隱忍爲讓德可風。但時人避忌曾家貴盛，所敘未搔著癢處，李臣典登城雖非首功，而於曾國荃有極大功勞，固不能不以登城首功相許；朱洪章諒解「九帥」隱衷，因而隱忍。

後來曾國荃督兩江時，奏留朱洪章，酬以實缺，並爲朱洪章「從戎記略」作序，了無猜嫌，即由於曾對朱本無惡感；朱對曾諒其隱衷之故。

李岳瑞「春冰室野乘」記：

曾忠襄（按：曾國荃謚忠襄）之克秣陵也，大將李臣典、蕭孚泗咸膺上賞，錫封子男，而不知悉黔將朱洪章一人之功……洪章以黔人孤立其間，每有危險，輒以身當其衝，以此知名，忠襄益倚重之。初開地道於龍脖子，垂成而陷，健兒四百人殲焉，指洪章部下也。

二次地道成，忠襄集諸將問孰為先入者，眾皆默無言；洪章憤，願一人為前驅，從煙焰中躍上缺口，以矛援所部，肉薄蟻附而登，諸將從之入，城遂復。臣典於次日病瘁，忠襄好語慰洪章，使以首功讓臣典，而己次之；洪章慨然應諾。

乃捷報至安慶，文正主稿入奏，乃移其次第，以洪章為第四人，於是李蕭皆封子男，而洪章乃僅得輕車都尉，殊不平，謁忠襄語及之，忠襄笑而授以佩刀曰：「捷奏由吾兄主政，實幕客李鴻裔高下其手耳。公可手刃之。」洪章一笑而罷。

李岳瑞即爲朱洪章抱不平者，而所記殊有未諦。「春冰室野乘」敘事平允，此似祖曾國藩而惡李鴻裔，當由誤信人言。李記之誤，最有關係者，是說李臣典次日病卒，曾國荃要朱洪章讓功，即因李之死；易言之，李如不死，便無要求讓功的理由。但李臣典死於七月初二，曾國藩自安慶蒞金陵，猶及親見；曾國藩日記：

至信字營，見李臣典，該鎮為克城第一首功，日內大病，至為可憫。此為視疾時所及；李臣典病歿，復有記：

「聞李祥雲（李字祥雲）病故，沅弟（曾國荃字沅甫）傷感之至，蓋祥雲英勇異常，克復金陵，論功第一。」

據此則李鴻裔「高下其手」之說爲子虛；曾國荃是否說過「公可手刃」的話，亦成疑問。以常理而論，何人首功，曾國藩在後方，豈能妄爲論次？日記中兩見「第一」字樣，自然是據曾國荃所言。

據此又可知，李臣典既未死於破城的第二天，則曾國荃因此而要求朱洪章讓功之語，可決其必無。而李臣典首功，確爲曾國荃所報；那末問題的癥結，便在李臣典是否爲首功？如果不是，原因何在？

不過所謂首功，須視以何標準？若以首先登城爲首功，則李臣典瞠乎其後，首功確爲朱洪章。先登的事實爲曾國荃所承認，如題朱部叢碑石云：

同治三年閏六月十有六日，龍脖子地道告成火發，轟開城垣二十餘丈，磚石雨下，長勝煥字營首先登城，前隊奮勇死者四百餘名，同瘞於此。嗚呼慘矣！

當時部隊番號，取主將別號爲識，如鮑超字春霆，其部即名霆字營；朱洪章字煥文，故名煥字營。

又，曾國荃爲朱記「從戎記略」云：

余伯兄太傅文正公雅號知人，於諸將中獨偉視煥文。煥文忠勇性成，戰績半天下。甲子金陵之役，於槍炮叢中搶挖地道，誓死滅賊，從城缺首先衝入，因而削平大難，焜耀史編，厥功偉矣哉！

此則不僅承認朱洪章首先登城，且進而承認「因而削平大難」。朱洪章由幕客所撰的「從戎紀略」不免有誇張之處，甚至有失實之處，如言擒獲李秀成；擒李者蕭孚泗，因而獲封男爵；但歷敘先登的經過則不誤。

若以曾國荃序「紀略」之所言，以衡當時的處置，不啻自承有意委屈朱洪章。這與實況是有出入的。

按：曾國荃、曾國藩的軍報捷奏，並不以先登爲首功；且曾國荃最初並未抹煞朱洪章先登的事實，其攻克外城原奏云：

十五日李臣典地道告成，十六日午刻發火，衝開二十餘丈，當經朱洪章、劉連捷、伍維壽、張詩日、熊登武、陳壽武、蕭孚泗、彭毓橘、蕭慶衍率各大隊從倒口搶入城內。悍賊數千死護倒口，排列逆眾數萬，拾死抗拒。經朱洪章、劉連捷、伍維壽從中路大呼衝入，奮不顧身，鏖戰三時之久，賊乃大潰。

按：此奏由彭玉麟、楊岳斌、曾國荃會銜具奏，據「東華錄」知到京日期庚寅；是月庚午朔，則庚寅爲六月廿一，由十六至廿一，歷時僅五天，此可能是在火車未通以前，由金陵至北京最快的一項紀錄，所謂「紅旗報捷」，即指此而言。

此奏後面又有一段：

惟首逆洪酋等所居，築有偽城甚大，死黨不十萬人，經官軍四面環攻，尚未破入，大約一二日內，即能剿洗淨盡。

以後官文書中，別於「僞城」稱金陵城爲「外城」；難攻者外城，論功自應以此役爲準。曾國荃原奏所列，史料中稱之爲「先登九將」，李臣典根本不在其列；據其敘述，可知「先登九將」，共分三路，中路頭隊、二隊、三隊由朱洪章、劉連捷、伍維壽三人率領。中路在左、右兩路之先；朱洪章又在劉、伍二人之先，按記朱著「紀略」，若合符節。

到得六月二十九日，曾國藩推湖廣總督官文領銜會奏，開頭即言：「據曾國荃咨稱攻克金陵詳細情形」，於破外城一段所敘如此：

自黎明攻至午刻，李臣典報地道封築口門，安放引線，曾國荃懸不貲之賞，嚴退後之誅，遂傳令即刻發火，霹靂一聲，揭開城垣二十餘丈，武明良、伍維壽、朱洪章、譚國泰、劉連捷、張詩日、沈鴻賓、羅雨春、李臣典皆身先士卒，直衝倒口而入。

「從戎紀略」敘曾國荃在地道完成後調兵遺將云：

九帥調各營隊伍已齊，命章（朱洪章自稱）往問：何營頭敵，何營二敵？再三詢之，無人敢應。章曰：「我輩身受皇上厚恩，今日正當報效，請以職分定先後何如？」時蕭統領孚泗已補福建陸路提督，寂無一言。

次及李祥雲，已補河南歸德鎮；祥雲要章撥精兵一二千與之，章曰：「既撥我軍，不如我當頭隊。」眾乃隨聲鼓動。劉南雲乃言，願作二隊，餘依次派定，分為三路。當時相商，同到九帥前具軍令狀，畏縮不前者斬。章將各情復稟，九帥壯之，命章速準備，乃回營派頭隊四百名，二隊一千名，餘隊隨在後。各弁聞打頭敵，無不奮然自振，一以當百。

按：劉南雲即劉連捷。曾國荃克外城原奏，所報先登九將，朱洪章居首；後即劉連捷。與朱洪章所記相符。朱又記其先登之情形云：

信字李營官來，請示放火，章復轉至偽天保城，稟知九帥。九帥指章看曰：「城中賊如此之多，務須小心。」章稟曰：「只要轟得開，得入其穴，任他賊眾，勿怯也。」當是時，我各營隊伍亦齊，布列龍脖子崗上；章至，乃下令放火，只看火線燃過，霹靂一聲，煙塵迷失，磚石飛崩，軍士無不人人惴慄。章乃奮身向前，左手執旂，右手執刀，奮勇登城，大呼而進。各隊勇始紛忙齊上，賊三四百，由太平門出來抵章，爭先手刃數賊，各隊奮然並進，賊大潰。

據此，則點燃炸藥轟城，係朱洪章主持，可為首先登城的確證之一。及至九門皆破，朱洪章又敘：

章自督眾往攻偽天王府……時日已暝，章乃衝入偽王府，搜其黨而殲之；令將轅門緊閉，以兩營守之，餘皆分紮前後，封其府庫，以待九帥。

「封其府庫，以待九帥」八字中，大有文章，且留到後面再談；先介紹王湘綺「湘軍志曾軍後篇」中敘克復金陵的概述：

六月甲申地道成。乙酉，曾國荃令圍軍百營皆嚴備，別懸賞募敢死將士，待城破先入。於是李臣典等誓先登者九將。

按：曾國藩奏報中，亦有懸賞之語：今據「湘軍志」所言，懸賞者「待城破先入」，則先登者自應受上賞。朱洪章之先登，既為曾國荃所承認，則未膺五等之封，似乎委屈。只是所懸之賞為何，值得探索。

日午，地道火發，城崩二十餘丈；寇反燃火藥，下燒我軍。朱洪章等乘城缺登。

按：先言李臣典「誓先登」，乃立軍令狀時奮勇爭先；此敘實況，先登者爲朱洪章，敘次嚴謹，不愧史筆。

張詩日等城據北門；彭毓橘據東門；朱南桂、羅逢元等皆梯第登。寇散走，或出城，或還保子城。夜半縱火燒城中，因突圍出走。黃潢昌等露三龍廣山；袁大壯等循城南，遇逃寇要擊，斬誅數百。張定魁等追寇及湖熟，復俘斬數百人。城寇多自焚或投池中。

按：「夜半縱火燒城中」七字，亦可注意，觀前後文語氣，「縱火」乃官軍所爲。

洪秀全已前一月死，其子洪福年十八九，餘寇挾之走廣德。「洪福」刻印姓名下列「真王」二文；軍吏誤合二文為「瑱」奏，詔言「洪福瑱」者以此。

按：「洪福」一印爲正楷，下横列「眞王」二小字，以致成爲「洪福瑱」。

江寧既復，群寇出掠者皆瓦解。國藩上諸將功；以所俘寇將李秀成言洪福已死，於是浙江、江西諸軍方欲張寇勢，（按：此語不可通，疑有闕文），洪福又實不死。李秀成者，寇所倚渠首，初議生致闕；及後見俘寇皆跪拜秀成，慮生變，輒斬之，群言益譁爭指目曾國荃。國荃自悲艱苦負時謗。諸宿將如多隆阿、楊岳斌、彭玉麟、鮑超等欲告去，人輒疑與曾國荃不和。且言江寧滋貨，盡入軍中；左宗棠、沈葆楨每上奏，多譏江南軍。

曾國荃之視「湘軍志」爲謗書，猶不在對苦戰之輕描淡寫，而在「江南滋貨，盡入曾軍」八字。洪楊初起，聲勢極盛，逢長江上游裹脅而下，加以蹂躪東南財賦之區，所掠金銀財寶，不可勝計，不特「國庫」充盈，即一隅之地的「長毛」頭目，大致在富庶之地駐留稍久者，亦每於「打公館」之處埋藏金銀，洪楊亂平，常有劫後歸來者，忽成鉅富，即爲掘得藏鏹所致。所以在「天王府」中，如說只獲得幾枚僞璽，實在是令人難信之事。

「天王府」之必有奇珍異寶，可由李秀成被捕時的情況，推測而知。據說李秀成眼見大勢已去，挾洪福攜一書僮宵遁，洪福不善騎，中道相失。李秀成亦在方山迷路，憩息時，遇樵者八人；其中有人認識李秀成，詫異相問：「你不是忠王嗎？」李秀成坦然承認，表示如能引導他到浙江湖州，願以三萬兩銀子相酬謝。

於是八樵者領李秀成主僕下山；山下名爲澗西村，將李秀成藏在秘密處所，策劃如何逃往湖州。

八樵者中有個姓陶的，私下打算，以李秀成獻官請獎；怕其他七人不從，反爲所害。陶某想起有族人在李臣典營中，決定找此人去商量；路經鍾山蕭孚泗的營區，去訪一個素識火伕，歇腳，閒談中透露了李秀成的蹤跡。言者無意，聽者有心，火伕告訴親兵，親兵密陳蕭孚泗；蕭孚泗大喜過望，派一個能言會道的人跟陶某周旋，不讓他脫身，自己帶了一百多人，直奔澗西村搜索。

一搜果然捕獲李秀成主僕，都是兩臂滿纏金條；另外竹筐中還有貴重珍寶，盡爲蕭孚泗乾沒。

又因爲擒獲李秀成之功，封一等男，升官發財，四字俱全，照常理說，此皆拜陶某之賜，應重酬才是，而蕭孚泗不然，決定殺陶某滅口。

事機不密，爲火伕知悉後，自覺愧對陶某；私下相告，將陶某放走了。陶某一回去，無法交代；同夥七人先殺陶某，又計誘親兵與火伕到澗西村，私刑處死。據說此七人這樣做，並非因爲三萬兩銀子落空，而是爲李秀成復仇。又據說曾國藩知其事，召此七人來見，賞銀不受。

這一傳說，眞假無可究詰；但李秀成深得民心，所以曾國藩恐路途有變，不敢獻俘，則爲事實。

按：在同治二年下半年，局勢已相當明朗，太平天國之亡，只是遲早間事。朝廷開始籌畫江南的善後，一方面有撫輯流亡、重建城鄉的鉅款支出；另一方面又要減稅，至少不能加稅，收入減少，支出增加，何以應付？

而這個難題之解決，卻是持樂觀的態度；從恭王到戶部書辦，抱的想法完全相同，金陵一破，沒收敵產，正好移作此項用途。那知破城之後，繳交朝廷唯一値錢的只是一顆金印；有人說此金印爲僞璽，未便收藏，如無「太平天國」及「天王」字樣，說不定連金印亦不會呈繳。

是故「江南滋貨，盡入曾軍」，決非厚誣。値得探討的是，如何入於曾軍；何人所爲？曾國藩據曾國荃咨文所作的奏報，始終未言，何人攻入「天王府」；更未言接收「天王府」的經過，只說：

三更進，偽天王府及各王府同時火起，煙焰蔽空，洪逆率悍黨千餘人衝出偽殿前南門，竄至民房；袁大升等率隊腰截，斬七百餘名，奪獲洪酋僭用偽玉璽二方，金印一方。

其意若謂，太平天國諸僞王，三更時分，同時放火突圍。僞天王府既已焚燬，金銀財寶自然不必說了。而事實上這把火是入城的湘軍自己放的；目的當然在滅跡。

首先要指出的是，僞天王府在日落時分即爲朱洪章所攻入；前引「從戎紀略」中，朱洪章自言日暝衝入僞天王府，搜其黨而殲，緊閉轅門，以兩營把守，餘眾分紥前後，「封其府庫，以待九帥」。證明曾國藩所奏，三更時「洪逆」「悍黨千餘人衝出僞殿前南門」之語，與事實不符。

其次，最靠得住的說法是李秀成的供詞。他說：

破城之時……我由太平門敗轉，直到朝門，幼主已先走到朝門，及天主兩個小子並到，向前問計。斯時，我亦無法，獨帶幼主一人，其餘不能提理。幼主又無馬坐，將我戰騎，交與其坐，我騎不力之騎，直到我家，辭我母親、我胞弟與侄，合室流涕。辭別帶主而上清涼（山）避勢，斯時亦有數千餘人……

是日將夜，尋思無計，欲衝北門而出，九帥之軍重屯，又無法處。隨行之文武將兵，自亂如麻，合眾流涕而無法處。不得已，四更之候，捨死領頭衝鋒，由九帥攻倒城牆（缺口）而出。

據此則知李秀成攜洪福出亡以前，有類似寧武關周遇吉別母的一段情節，而在天黑時已先避往清涼山，與朱洪章所記相合，即入夜後，僞天王府已完全占領，則曾國藩所奏「洪逆」於午夜後衝出云云，全非事實。

洪福及各僞王早已各自逃散，一部份則隨李秀成行動，僞天王府及各僞王府半夜一齊起火，不言可知，這把火是湘軍所放。目的在滅跡；劫掠搜括既盡，不能留下空房子，徒存形跡，一火而焚之是最乾淨的辦法。

然則僞天王府那把火是誰放的呢？回答是李臣典。「封其府庫，以待九帥」，而「九帥」命李臣典接管。「江南滋貨，盡入曾軍」，此方爲李臣典的「首功」。

李臣典封爵，竟不及於生前拜受王命，李於破城的第二天得病，七月初病歿；得病之由，惟朱孔彰「中興將帥別傳」所記得實，爲「不謹」，過於興奮的情緒中，縱慾太過所致。

現在再交待洪福。據李秀成供詞，從地道缺口衝出後，洪福死於亂軍中，這是故意掩護的說法。

郭廷以所撰「太平天國戰史」云：

天京陷落前數月，江浙太平軍紛紛西趨，謀就食江西。其中以侍王李世賢、康王汪海洋兩隊為大。幼主逃出天京後，與干王洪仁玕南走浙皖、會湖州太平軍殘部追蹤前往，擬合李世賢北入湖北，再合陳得才等奪取荊襄，連窺西安。及抵贛東，世賢已入廣東。九月初，洪仁玕被擒於廣昌，二十五日幼主（洪天貴福）被擒於石城。

按：前記李秀成被擒之前，願以三萬兩銀子的重賞，請人嚮導往湖州，可知原來的打算是會合湖州的黃文金，再謀西竄。

「干王」洪仁玕及「卹王」洪仁政，在亂軍中尋獲洪福，即照原定計畫與黃文金自湖州至皖南廣德；在此時官軍四處圍剿，洪仁玕等逃命要緊，已談不到進取的方略，其流竄的途徑，是由廣德越寧國，出浙江昌化，復入皖南績溪，再向浙江遂安、開化入江西廣信，經過鉛山、瀘溪、向雲際關、竄光澤而至石城。

「清人筆記」中所說：「諸寇處處相僞以福瑱；官軍亦處處相驚以福瑱」，原來此時以金陵雖克，「幼主」未獲，已掀起很大的風波；曾國藩為此而與沈葆楨失和，左宗棠亦從旁推波助瀾，曾氏兄弟大感狼狽。

平心而論，曾左失和，如談起因，則曲在曾而不在左。左宗棠於七月初五獲悉洪福蹤跡，其時正奏報在湖州苦戰情形，因據以入告；原奏中說：

昨接孝豐守軍飛報，據金陵逃出難民供：偽幼主洪福瑱於六月十一日由東壩逃至廣德；二十六日堵逆黃文金迎其入湖州府城。查湖郡守賊黃文金、楊輔清、李遠繼等，皆積年逋寇，賊數之多，約計尚十餘萬，此次互相勾結，本有拼命相持之意，玆復藉偽幼主為名，號召賊黨，則其勢不遽他竄可知。

且江西兵力漸集，李世賢、汪海洋諸逆，如不得逞於江西，則遁入浙閩，復與湖州踞逆相首尾，亦未可知。臣惟有與曾國藩、楊岳斌、李鴻章、沈葆楨、慎以圖之，以冀稍紓宸廑。

「僞幼主」雖只十五六歲，但確爲太平軍可資以號召一塊招牌，朝廷鑒於順、康年間「朱三太子」的往事，對這一點非常敏感；也相當緊張。如果當時曾國藩告捷的奏摺中，有一句「僞幼主」可能已在逃的話，恐怕曾氏兄弟封侯封伯的恩命，尚復有待。

因此，左宗棠的據實陳奏，爲曾國荃及其部下視作有意搗蛋，是可想而知的事。當然，左宗棠此舉，大不利於曾氏兄弟，亦爲事實。

軍機處批覆左宗棠的廷寄中說：

洪福瑱諒即洪福嗥；昨據曾國藩奏：「洪福瑱積薪自焚」。茫無實據，他已逃出偽宮。李秀成供，曾經挾之出城後始分散，其為逃亡，似已無疑義。湖熟防軍所報斬殺淨盡之說，全不可靠，著曾國藩查明。此外究有逸出若干，並將防範不力之員弁，從重參辦。

如「茫無實據」、「全不可靠」等語，就朝廷一向禮遇曾國藩的情形來說，已是極重的話，更使曾國藩棘手的是，「將防範不力之員弁，從重參辦」的指示。用「員弁」字樣，是爲曾國荃留面子，但曾國藩要參，就得從曾國荃參起，因爲就事論事，在理論上讓「僞幼主」逃走，是極其嚴重的過失。

破城只是手段，行此手段的目的是要「掃穴犁庭」，擒獲「僞幼主」，明正典刑，正式宣佈「太平天國」已不復存在。是則「僞幼主」在逃，即目的並未完全達到。再追究「僞幼主」之逃，是由破城的缺口衝出；缺口何以無人防守？則以破城的各路兵馬，發橫財的發橫財，找女人的找女人。這樣追問下，是件不得了的事；以致於曾國藩都有些動意氣了。

另一方面，左宗棠既奉「令其激勵各軍，許以重賞，果能一鼓攻拔，將洪逆及堵逆等悉數殲除，則東南全就肅清，朝廷必當破格施恩。若遷延日久，或令他竄，亦必重治其罪，不能因前曾立功，稍縱寬貸」這一恩威並重的朝命，自然與他的部下，爲了跟破金陵的曾軍爭勝，打得相當起勁，而在捷奏中，強調確實及「僞幼主」有遠逸之勢，對曾國藩都構成很難堪的刺激。

如敘陣斬「堵王」黃文金及其弟「昭王」黃文英的情形說：

堵逆黃文金經各營追剿，轟傷身死，各處稟報，與賊供無異詞。臣見飭昌化守將參將劉光明，赴白牛橋掘屍剉梟，以昭確實。

又有一段說洪福將出洋：

據金陵同逃之賊供稱，幼逆逃去時，將頭髮燙捲，裝扮洋人，布圖混竄，已密飭諸軍留心物色，不令漏網。其輔逆楊輔清，前在湖州薙發，潛赴上海，臣得此耗，已密致江蘇撫臣，飭屬搜捕矣。

果如所云，則洪福創造了一個紀錄，爲中國男子燙髮的第一人。洪福出洋之議，並非子虛；「清人筆記」中有詳細的記載：

初，洪秀全曾遣洪仁玕使美，考察外事。曾忠襄將克江寧，仁玕挾福瑱赴廣德，遂為黃文金迎入湖州；仁玕、福瑱胞叔也。時浙軍攻湖州，大勢亟亟，旦夕且破；仁玕謀於黃文金、黃文英、李遠繼、譚體元、楊輔清等，欲令福瑱他適，以存洪氏一線之胤，為他日恢復之漸，而知國中決不能容身，乃創避入美洲之議。

眾均贊成；文金欲挾仁玕往，仁玕不可曰：「美洲識我者多，恐機事不密。輔王堅忍有急智，盍以屬之。且東王與天王共首事，不可令漸滅無後。」眾又從之；輔王為楊輔清，秀清弟也。

仁玕有一西友，即前導之遊美者，尚在左右，金石交也。仁玕以福瑱屬之，資以財賄，涕泣而別。時福瑱年僅十六也。間關道路，屢瀕於險，卒達上海而至美洲，輔清實從，遂為三合會開幕之始祖。三水共合者，洪也。齊福天者，即洪福齊天，隱指洪福瑱也。

按：洪秀全之前，早有「三合會」，取天時、地利、人和合一之意；且洪秀全奉耶和華爲天父，與純出於中國秘密社會傳統，與佛教有淵源的洪門，格格不入。

金田起事時，不過利用「三合會」而已。洪門文獻記載甚明，可知上引傳說的後半段爲齊東野語，但當時有洪福逃往外國的計畫，則非子虛，所以朝廷大爲緊張；曾國藩亦大爲不安，加速了急流勇退的計畫。

計畫分兩點，一是金陵全軍五萬人，裁撤一半，只須發給欠餉，不必另給回鄉盤費；二是裁撤的一半，由曾國荃親自率領，「部勒南歸」。奏摺中說：「曾國荃克城之後，困憊殊甚，徹夜不寐，有似怔忡之症，據稱心血過虧，意欲奏請回籍，調理病軀」；率裁撤之勇南歸，是附帶的任務。

此奏見於宮門鈔的日期爲七月廿六；爲左宗棠奏報洪福蹤跡發現以後的二十天。當時曾左胡李，於彼此相關的措施，出奏之後，都抄副本咨送；所以曾國藩對裁湘軍的計畫，雖早定於收復金陵之前，而爲曾國荃告病，則是預料左宗棠此奏到京，朝廷或有譴責曾國荃的措施，見機而作，云「克城之後，困憊殊甚」，是提醒朝廷，曾國荃之疾由勤勞王事而來；謂「意欲」不過有此打算，並非堅決求去，此爲以退爲進的試探之意，亦殊顯然。是則朝廷溫旨慰留，原在意中。

可是以後搞成非解任不可的局面，其原因有二，亦可分兩方面來看，一是曾國藩雖盡量謙退，功成不居；而曾軍驕矜不可一世，以攻破金陵爲不世之功，放言無忌，很容易引起誤會。

曾國藩幼女曾紀芬的「崇德老人自訂年譜」云：

文正在軍未嘗自營居室，惟咸豐中於家起書屋，號曰：「思雲館」。湘俗構新屋，必誦上樑文，工匠無知，乃以湘鄉土音為之頌曰：「兩江總督太細，要到南京做皇帝。」湘語謂「小」為「細」也。其時鄉愚無知，可見一斑。

忠襄公每克一名城，奏一凱戰，必請假還家一次，頗以求田問舍自晦。文正則向不肯置田宅。澄侯公於咸豐五年代買衡陽之田，又同治六年修富厚堂屋，費七千緡，皆為文正所責。文正、忠襄所自處不同，而無矜伐功名之意則一。

說曾國荃「以求田問舍自晦」，可謂善於措詞。但求田問舍之餘，又有鄉愚「要到南京做皇帝」的讕言，則不能不想到「功高震主」這句話，爲免猜忌，自以暫退爲明哲保身之計。

其次是曾國藩、曾國荃對左宗棠反擊，覆奏洪福下落時，認爲左宗棠所言並無實據；又指責左軍克復杭卅時，太平軍逸出十萬之眾。於是左宗棠反駁曾國藩「欺誣」，在九月初六「截剿竄賊大勝，全浙肅清」的奏摺中，另片陳奏所獲「僞幼主」自金陵逃出的證據云：

須據部將黃少春送到所獲幼逆六月二十四日給偽首王范汝增黃綢偽詔，則幼逆由金陵竄出，實無可疑。閱所鈐偽璽，上方橫列「太平天國」四字，下方橫列「玉璽」兩字，左刻「天下太平」；右刻「萬方來朝」；中刻「皇上帝基督帶瑱」，瑱字玉旁刻作王字，折視則「真王」二字，雖鄙塞可笑，然非一時倉卒所造，亦無可疑。逆種既已至浙境，臣有所聞，豈敢匿不入奏？見在幼逆未獲、臣無可冒之功；將來幼逆不獲，臣豈有難辭之咎。

按：曾國藩原奏不得見；據左此奏，則必曾國藩指責左宗棠造作「僞幼王」逃至湖州之言，有冒功之嫌。「無可冒之功、有難辭之咎」，針鋒相對，頗爲尖刻。

以下又辨浙江逸出之賊：

頃准曾國藩鈔送一月二十九日覆奏洪福瑱下落一片內稱，杭州克復時，偽康王汪海洋，偽聽王陳炳文兩股十萬之眾，全數逸出，未聞糾參，此次逸出數百人，亦應暫緩參辦。

臣竊有所未喻也，當臣軍肅清浙東時，軍威頗壯，杭城守賊無多，本可速克，此因皖南賊勢鴟張，不得已調劉典分軍赴皖助剿，而臣駐嚴州以資兼顧。其攻富陽及杭城者，僅蔣益澧一軍，及水師數營，又正疾疫繁興之時，兵力更薄；此杭一失，首逆陳炳文、汪海洋紛紛踴至，賊數始多。

自富陽克後，賊悉力守杭城、餘杭，維時臣戰餘杭；蔣益澧戰杭州，屢次破壘獲勝，臣奏兩城賊勢窘蹙，並未以賊數眾多為言，每與交戰，逆賊多不過一萬數千而止。疊次奏報甚詳，猶堪覆按。其所以遲久而後克復者，實由杭餘兩城中間相距六十里，我軍未能合圍，賊占地勢，攻守難易之懸殊也。

按：當時占杭州的太平軍，爲「聽王」陳炳文所部；同治三年正月陳炳文準備投降，但對象爲在江蘇的李鴻章，遣其族兄陳大桂到上海跟李鴻章接頭。李鴻章轉咨左宗棠，結果碰了個釘子。

左宗棠認爲「越境助剿則可；受降則不可」；請李鴻章飭陳大桂回浙江向左軍接頭。陳炳文向李鴻章接洽投降，原是詐術，一看狡謀敗露，翻然變計；而原來埋伏杭州城內準備作內應的人，聽說陳炳文有投降之說，行跡不謹，以致爲陳炳文逐一捕殺。陳炳文亦負嵎頑抗，二月廿一日起幾番激戰，據王定安「湘軍記」，證實左宗棠所言「每與交戰，逆賊多不過一萬數千人」。

二月廿六日夜五更，陳炳文開武林門逃竄；二月廿四日卯時，蔣益澧進城，正式克復杭州。五更爲凌晨四時，在十二時辰爲寅；至卯僅一時辰之隔，亦即現代計時方式的兩小時。在此短短時間之內，以一城門而能容十人逸出，實在大成疑問；所以左宗棠據此駁謂：

曾國藩稱杭城克復，十萬之眾，全數逸出，果何據乎？兩城之賊，於二月二十三日五更竄出，陳炳文啟杭州武林門而竄德清；汪海洋出餘杭東門而竄武康，官軍皆於黎明時入城。臣前此奏報克復兩城時，業經詳細陳明，並無一字稍涉含糊。夫以片時之久，一門之狹，而謂賊眾十萬，從此逸出，殆無是理，此固不待辨而自明者也。

以下論湖州「賊數之眾」的由來；舉出鮑超鈔送陳炳文所屬諸頭目，「姓名多非杭州舊有之賊」為證。接下來便是措詞頗為犀利的譏責：

至云杭城全數出竄，未聞糾參，尤不可解。金陵早已合圍，而杭餘並未能合圍也；金陵報殺賊淨盡，杭州報首逆實已竄出也。臣欲糾參，亦烏得而糾參之乎？

此言已合圍始發生逸出不逸出的問題，既未合圍，則彼此來去自如，無所謂逸出不逸出。且「金陵報殺賊淨盡」，雖則一人逸出，亦為欺罔；杭州克復，既報首逆竄出，則為據實陳奏，部將既未誑報，即無責任可言，左宗棠又何從糾參？這是指責曾國藩受欺於先，庇護於後，應糾參、可糾參而放棄職責。

以下復又攻曾國藩之失云：

至若廣德有賊不攻，寧國無賊不守，致各大股逆賊，往來自如，毫無阻遏，臣屢以為言，而曾國藩漠然不復介意。前因幼逆漏出，臣復商請調兵以攻廣德，或因厭其絮聒遂激為此論，亦未可知。然因數而疏可也；因意見之蔽，遂發為欺誣之詞，似有未可。

平心而論，廣德爲全浙門戶；皖南倘不在意，左宗棠在浙江所受的壓力甚大。曾國藩當時以江督受命節制五省軍務，所握兵權爲清朝開國以來所未有；而曾國藩的將將之才，亦爲兩宋以來所罕見，只是方寸之間，尚未能廓然大公，對於局勢的掌握、兵餉的調度，大致以曾國荃爲第一優先；李鴻章其次；楊岳斌、鮑超、彭玉麟又次；而對左宗棠、沈葆楨多少有「漠然不復介意」之勢。左、沈與曾國藩不協，實有由來。

最後還有一段聲明，明其不得不附此奏片的原因：

臣因軍事最尚質實，故不得不辨。至此後公事，均仍和衷商辦；臣斷不敢稍存意見，自重愆尤。

此表示他是對事不對人，朝廷當時不患百孔千瘡，不能料理；只患功臣意見不和，所以對左宗棠這一段聲明，深表嘉許，廷寄中對他的附片如此批覆：

另片奏洪幼逆入浙各情，覽奏均悉。朝廷於有功諸臣，不欲苛求細故；該督於洪幼逆入浙則據情入告；於其出境則派兵跟追，均屬正辦。所稱此後公事，仍與曾國藩和衷商辦，不敢稍存意見，尤得大臣之體，深堪嘉尚。朝廷所望於該督者，至大且遠；該督其益加勉，庶為一代名臣，以副厚望。

此諭「不欲苛求細故」乃安撫曾氏兄弟；後半段對左宗棠的慰勉，相許甚至，已微示將有封爵之賞。

按：咸同之際的章奏，居滿清入關在後兩百七十年之冠，敘事說理，明白曉暢；於委婉曲折之處，情理周至。廷寄亦復如此，故上下極少隔閡；視嘉道年間的官文書，每每浮詞滿紙，拖沓吞吐，下有不達之情，上有難言之隱，予人的感覺，截然不同。其主要原因有二：第一、曾、胡、李皆爲翰林，左宗棠雖爲舉人，但腹中詩書，猶勝於李鴻章。此外湘軍將領，雖以軍功起家，但秀才出身者，頗不乏人；軍報章奏，親自改削，甚至親自動手，頗爲認眞。風氣所至，縱或目不識丁，猶非胸無點墨；能重視官文書，則官文書的水準自然就會提高。

其次是，自世宗以至宣宗諸帝，都有師心自用之處，宣宗尤甚。因此，軍機擬旨，不能就事論事，每須用曲筆遊詞，微諷其意。

而在同光之際，兩宮於軍務，悉憑公議；恭王、文祥則不存成見，惟以協和內外爲重。是故秉筆的軍機大臣或章京，得能暢所欲言。大致詔令章奏，其詞和，其氣壯者，爲盛運將臨之兆；其詞曲，其氣弱者，每爲亂世之徵，此亦文運關乎世運之一端。

曾左恩怨，事所難言。當咸豐四年曾國藩克復岳州時，左宗棠以同知直隸州知州的銜頭，在駱秉章幕府；曾國藩擬爲之請獎知府及花翎，左宗棠致書劉蓉力辭；自言：

鄙人二十年來，所嘗留心必自信可稱職者，惟知縣一官。同知較知縣，則貴而無位，高而無民，實非素願。知府則近民而民不之親；近官而官不之畏，官職愈大，責任愈重，而報稱為難，不可為也。此上惟督撫握一省大權，殊可展布，此又非一蹴所能得者。

由此可見，左宗棠志在督撫；所謂知縣一官可稱職，意在強調原作有實權之官而已。乃自謂「非一蹴所能得者」，竟於七年之後的同治元年正月，由太常寺卿督辦浙江軍務而簡放爲巡撫；二年四月更上層樓，擢任閩浙總督，這個飛黃騰達的機會，可以說是曾國藩給他的。就此而言，曾左交惡，似乎左宗棠不無負義之嫌；但左宗棠卻不是受職公庭、拜恩私室的那種人，自以爲公私分明，而按其行誼，確是如此。

光緒八年左宗棠覆友人書云：

弟與文正論交最早，彼此推誠許與，天下所共知；晚歲凶終隙末，亦天下所共見。然文正逝後，待文正之子若弟及其親友，無異文正之生存也，閣下以為然否耶？

這是左宗棠自承晚歲交誼不終；但「隙末」者小事，而洪福下落爲一大事，絕音問之故，爲左宗棠不堪曾國藩公文中的盛氣凌人，覆文云：

昔富將軍咨唐義渠中丞云：「貴部院實屬調度乖方之至。」貴部堂博學多師，不僅取則古人，亦且效法時賢，其於富將軍可謂深造有得，後先輝映，實深佩服。相應咨覆。

唐義渠即唐訓方；富將軍者富明阿。官文書中出以此種嬉笑之詞，如北方俗語所謂「罵人不帶髒字」者，輕侮之極，因而左宗棠大怒，遂絕音問。這是傳聞之詞；但曾國藩月旦人物，好以類似之人與事作譬，又文書中，皮裏陽秋，不中繩墨者，亦常有之，則此咨出以詼諧，並以跋扈之富明阿擬左宗棠，是很可能的事。

曾國藩於同治十一年二月，歿於江督任上；左宗棠與其子孝威家書中謂：

曾侯之喪，吾甚悲之，不但時局可慮，且交遊情誼，亦難恝然也。已致賻四百金，輓聯云：「知人之明，謀國之忠，自愧不如元輔；同心若金，攻錯若石，相期無負平生。」蓋亦道實語。……君臣朋友之間，居心宜直，用情宜厚，從前彼此爭論，每拜疏後即錄稿咨送，可謂鉏去陵谷，絕無城府，至玆感傷不暇之時，乃復負氣耶？「知人之明，謀國之忠」兩語，亦久見章奏，非始毀今譽，兒當知我心也。

按：左曾於同治三年絕交後，常恐曾國藩扼其餉源，但西征籌餉，曾國藩始終支持；並遣劉松山一軍相助，左宗棠深爲得力，於曾歿後，在奏摺中稱頌曾國藩「晚年識拔劉松山於偏稗，尤爲卓識。」

輓聯中「知人之明，謀國之忠，自愧不如元輔」，即知劉松山及爲西征籌餉而言。以下又示兒以「用情宜厚」之道：

喪過湘干時，爾宜赴弔，以敬父執。牲醴肴饌，自不可少，更能作誄哀之，申吾不盡之意，尤是道理。明楊武陵與黃石齋先生不協，石齋先生劾其奪情，本持正論。後謫戍黔中，行過枉渚，懼其家報復，微服而行。

武陵之子長蒼聞之，亟往起居，怡然致敬，呈詩云：「乃者吾翁真拜賜，異時夫子直非沽，爽猶有意疑公旦，奚卻由來舉解狐。（後兩韻不復記憶，沅湘耆舊集中可取視之。）」此可謂知敬其父以及父之執者。吾與侯所爭者國事兵略，非爭權競勢比，同時纖儒，妄生揣擬之詞，何直一哂耶？

至謂待曾國藩「之子若弟及其親友」，無異國藩生前，亦有事實可徵；尤以視曾家「滿小姐」爲最。湖南話「滿」者不再增添之謂；「滿小姐」即曾國藩最幼之女曾紀芬，晚號崇德老人，歿於民國三十一年，壽九十一；適衡山聶緝槼，七子四女，孫曾繞膝，是當時上海有名的「福氣人」。四子中以聶其杰最有成就；其杰字雲台，曾任上海商會會長。聶家能在上海發跡，即出於左宗棠對聶緝槼的提攜。

曾紀芬於其自訂年譜中述初謁左宗棠事云：

> 文襄督兩江之日，待中丞公（按：指聶緝槼）不啻子侄，亦時垂詢及余，欲余往謁。余於先年冬曾一度至其行轅，大堂下輿，越庭院數重，始至內室，文襄適又公出。余自壬申奉文正喪出署，別此地正十年，撫今追昔，百感交集，故其後文襄雖屢次詢及，余終不願往。
>
> 繼而文襄知余意，乃令特開中門，肩輿直至三堂。下輿相見禮畢，文襄謂余曰：「文正是壬申生耶？」余曰：「辛未也。」文襄曰：「然則長余一歲，宜以叔父視吾矣。」因令余周視署中，重尋十年前臥起之室，余敬諾之。嗣後忠襄公至寧，文襄語及之曰：「滿小姐已認吾家為其外家矣。」湘俗謂少者「滿」，故以稱余。

此段敘述，極具人情味；但亦不無作用在內。當時李鴻章以得曾國藩薪傳爲一種號召，在輓聯中有「築室忝爲門生長」之語；而左宗棠則自初識時即與曾以兄弟相稱，不願自下，此時復強調這一層關係，即有以晚輩視李鴻章之意在內。左宗棠好逞意氣，且以此自喜，此亦一端。

又曾紀芬光緒八年事云：「中丞公……來寧就差亦既兩年，僅恃湖北督銷局五十金，用度不繼，遂略向左文襄之兒媳言之，非中丞公所願也。」

是年始奉委上海製造局會辦；進見之日，同坐者數輩，皆得委當時所謂潤差而退，文襄送客，而獨留中丞公小坐，謂之曰：「君今日得無不快意耶？若輩皆為貧而仕，唯君可任大事，勉自為之也。」故中丞公一生感激文襄知遇最深，是年年終，奉文襄命，趕製過山炮百尊，限日解寧，竟未違在寧度歲也。

聶緝槼在上海製造局前後八年，此局以製造及採辦軍火爲主，是江蘇有名的肥缺之一；聶緝槼能久任八年，端賴官運亨通，左宗棠歿後，曾國荃繼任江督，而聶、曾連姻，乃由國荃一手主持。「崇譜」於同治八年十八歲條下記：

余之姻事即定議於此時（十月間），忠襄公作伐之函，今猶在也。納采回聘等事，皆忠襄公代辦。

聶緝槼既爲曾國荃相中的侄女婿，當然格外照應。「崇譜」於光緒十五年條下記：

是年忠襄公奏保中丞公以道員留蘇補用，並交軍機存記。得保後赴京引見。惠敏公在京邸，手畫朝日江山於紈扇，並題詩贈行。其詩如次：朝墩出海月斜初，五色煙雲飾太虛，憑我丹雲摹造化；祝君緋紫啟權輿；陽關四句唱三疊，天保六章圖九如，詩畫送君情趣永，攜歸兼當大雷書。

「惠敏」爲曾紀澤之諡，使英回國後任兵部侍郎。此詩末句寓寄妹之意，而「祝君緋紫啓權輿」非泛泛祝望之詞；當是已有成議，所以引見回後即簡放上海道，爲江蘇通省第一肥缺。據文廷式在「純常子枝語」中說，聶緝槼走李蓮英的門路，花了九萬銀子，始得此缺；因而以「君可謂『眞上扶搖九萬里』」相譏。以一附貢捐班，十年之間當到全國第一道缺，亦可眞說是「直上扶搖九萬里」。推原論始，如非左宗棠的提拔，則曾國荃即使督兩江，亦不能自他處調聶至江蘇，委以製造局差。然則以後由上海道歷資而爲湖北巡撫，根本是不可能的事。

又，左宗棠對曾國藩的次子，亦頗有恩義；其致友人書云：

曾文正嘗自笑坦運不佳，於諸婿中少所許可，即栗諴亦不甚得其歡心，其所許可者，祗劼剛一人，而又頗憂其聰明太露。

其言得實。曾國藩兩子，長紀剛字劼剛；次紀鴻，字栗諴，即曾寶蓀、約農姐弟之祖。曾紀鴻資質不如其兄，如同治五年正月，家書中即責紀鴻：「爾出外二年有奇，詩文全無長進。」曾紀鴻又以科場不得意，益為其父所不喜，曾國藩歿後，曾紀鴻賞給舉人，准一體會試，而仍不售，以恩蔭在吏部當司官，光緒七年鬱鬱以終，年僅三十四。左宗棠光緒八年致友人書云：

上年弟在京寓，目睹栗諴苦窘情狀，不覺慨然，為謀藥餌之資，殯殮衣棺及遠喪鄉里之費，亦未嘗有所歧視也。劼剛在倫敦致書言謝，卻極拳拳。

按：曾紀鴻長子廣鈞「環天室詩集」，收「左文襄公輓詞」四律，末一首云：

屬從湘上趨東國，噩耗驚聞涕滿衣。非我受我知己感，如公至性待人稀；羅江汨水同悲咽，澧芷湘蘭漸式微。壽邁七旬勳萬里，策靈川嶽已全歸。

觀此可知，左宗棠不獨為曾紀鴻料理後事，且亦照料遺孤，曾送曾廣鈞留學日本。由「如公至性待人稀」句，足見氣誼之厚。

曾左交惡的結果，造成李鴻章扶搖直上的機會。這又須從曾氏兄弟談起；曾國藩有弟四人，國荃行四，大排行第九，故稱「九帥」，少於國藩十三歲。國藩視國荃爲「白眉」，可知最欣賞此弟；曾國荃四十以前的經歷，在曾國藩「沅甫弟四十一初度」十三首絕句中，大致可以概括。第一首前已徵引，爲行文方便計，全引並略作解說如下：

九載艱難下百城，漫天箕口復縱橫，今朝一酌黃花酒，始與阿蓮慶更生。（其一）

按：曾國荃四十一歲生日，在同治三年八月二十日，正爲廷寄兩江，飭報「僞幼王」下落，及盛傳「江南滋貨，盡入曾軍」之時。曾國藩於咸豐六年起辦團練，立湘軍，至此前後共九年。

陸雲入洛正華年，訪道尋師志頗堅；慚愧庭階春意薄，無風吹汝上青天。（其二）——

按：「曾國荃於道光二十一年入都，次年回湘。兄弟在京並不相得；主要原因在於「無風吹汝上青天」。

幾年橐筆逐辛酸，科第尼人寸寸難；一劍須臾魚龍變，誰能終古老泥蟠。（其三）

此言曾國荃科第不得意，「學書不成，去而學劍」，投筆從戎，始得直上青雲。

盧陵城下總雄師，主將赤心萬馬知。佳節中秋平賊寇，書生初試大功時。（其四）

原注：「沅甫初在吉安統兵二萬，八年八月十五日，克復府城」。八年爲咸豐八年。

楚尾吳頭闇戰塵，江干無土著生民。多君戡定同安郡，上感三光下百神。（其五）

原注：「十一年八月初一日克復安慶，欽天監奏：是日四星聯珠，日月合璧。」

濡須已過歷陽來，無數金湯一蔚開；提挈湖湘良子弟，隨風直薄雨花台。（其六）

此言進圍金陵。

邂逅三才發殺機，王尋百萬合重圍；昆陽一捷天人悅，誰識中軍血染衣。（其七）

此即王湘綺「曾軍後篇」所記的戰役。曾國藩比擬爲漢光武的昆陽之戰，則同光中興，肇端於此。這是曾國藩的評估，應該承認他是「權威」的。

平吳捷奏入甘泉，正賦周宣云月篇；生縛名王歸夜半，秦淮月畔有非煙。（其八）

此指克復金陵之役。「名王」指李秀成；奏摺中稱「逆」，詩中稱「名王」，官書評隲人物之不甚可信，觀此一例可知。

河山策命冠時髦，魯衛同封異數叨；刮骨箭瘢天鑒否？可憐叔子獨賢勞。（其九）

此言兄弟同叨五等之封，曾國藩封一等侯，稱號「毅勇」；國荃封一等伯，稱號「威毅」。

同時膺封者以曾國藩爵位最高，故曰「冠時髦」；次句方及國荃。三、四有兩層意思，表面一層謂封侯賴國荃之功；裡頭一層則是封侯封伯，皆由國荃出生入死，血戰而來，妒之者可以休矣！

按：當時左宗棠尚未封爵；此意或者是爲左而道。

左列鐘銘右謗書，人間隨處有乘除！低頭一拜屠羊說，萬事浮雲過太虛。（其十）

此爲勸慰之詞。屠羊說楚人，屠羊複姓，以牧爲氏。「韓詩外傳」謂楚昭王去國，屠羊說從行。及至楚昭王回國，論功行賞，及於屠羊說，辭而不受；理由是：「君失國，臣所失者屠；君返國，臣亦返其屠，何賞之有？」

曾國藩用此典之意是，當初本爲名教桑梓而戰，洪楊既滅，本身的目的亦已達到，「何賞之有」；既有意外之賞，便有意外之謗，得失乘除，原甚公平，大可視如過眼浮雲，不必認眞。

已壽斯民復壽身，拂衣歸釣五湖春。丹誠磨煉堪千劫，不藉良金更鑄人。（其十一）

按：此時曾國藩已爲國荃籌急流勇退之計，比之於越國范大夫，滅吳後歸釣五湖。相傳范大夫有西施偕隱；「曾九帥」其時是否攜美妾以歸，不得而知。三、四兩句勉勵之意甚至。

黃河餘潤沾三族，白下饑民活萬家；千里親疏齊頌禱，使君眉壽總無涯。（其十二）

此爲壽詩正格。首句惠及親族，當有本事；次句言金陵克復後，設局救濟難民。

童稚溫溫無險巇，酒人浩浩少猜疑；與君同講長生訣，且學嬰兒中酒時。（其十三）

結尾一首相勉樂天知命，「無險巇」、「少猜疑」，不得謂之牢騷；而確是曾國藩厚道之處。

詩下又有自跋：

甲子八月二十日，沅甫弟四十一生日，為小詩十三首壽之。往往壬戌四月，沅弟克復巢縣、和州、含山等城，余賦詩四首，一時同人以為聲調有似鐃歌而和之。此詩略仿其體，以徵和者；且使兒曹歌以侑觴。國藩識。

既云「以徵和者」，廣爲散發可知；而目的不在徵和，在闢謠，在訴苦，在爲曾國荃宣揚戰功，其意亦可知。只以文字本身的水準及他的品格勳名，不易使人發覺其宣傳作用而已。

談了曾、左這一段恩怨以後，不妨再用條舉式談一談當時曾國藩的打算，這個打算稱之爲「湘軍善後復員處理辦法」，或者「裁軍計畫」，均無不可。要點如下：

第一、客觀上，爲防功高震主，他人忮忌；主觀上，湘軍高級將領不免有指揮失當，虛報戰功之處，又全軍上下幾無有未獲「戰利品」者，位愈高，獲愈多。深恐清議抨擊，言官糾參，引起瓜蔓牽連的大獄，須斷然作急流引退之計。

第二、曾國荃首當告病，回籍暫作休養；等這一陣鋒頭過去，不患不能復出。

第三、湘軍必須遣散。此事愈速愈好，因爲當時連伙伕亦是腰纏纍纍，歸田之心既亟；買犢之資亦豐，順勢裁遣，如水就下。時間一長，士兵狂嫖爛賭，悖入悖出，那時不但裁遣不易，而且必將擾害地方，釀成巨患。

這個打算，公私兼籌並顧，完全正確；問題是，太平軍殘餘勢力，與捻匪合流，還不能公然大規模地裁軍。而且曾國荃既已告病，應有一個地位、才能足與曾國荃相頡頏的人來接替，方可約束得了未裁的湘軍；此人除了李鴻章外，再找不出第二個。

這是淮軍代湘軍而興的關鍵。在金陵克復以前，根本無淮軍的名目；猶之湘軍初起，稱爲

「楚師」，尚未能自立門戶。

此在李鴻章爲求之不得的機會；因爲在這個安排之下，無論實質也好；予人的形象也好；在在顯示出李鴻章已成爲曾國藩的衣缽傳人。而在李鴻章，機會更好的是，捻匪之勢方熾，朝廷認爲唯有曾國藩能了此事，因而作了曾國藩赴前方；李鴻章在後方替他籌餉治民的決策。

其經過如「曾國藩年譜」，摘引如下：

（同治三年）八月二十七日：臣弟國荃病勢日增，請開缺回籍調理。

同日：奏長江水師新定規模，應責成彭玉麟周歷巡察，區畫一切。其安慶善後事宜，札飭藩司馬新貽、臬司何璟、總兵喻吉之會同妥辦。

九月初十日：奉到上諭，曾國荃督兵數載，克復江寧省城，偉績豐功，朝廷甚資倚畀，第櫛風沐雨，辛苦備嘗，致病勢日見增劇，若不俯如所請，不足以示體卹，已明降諭旨，准曾國荃開缺回籍，並發去人蔘六兩，以資調理，該撫其安心靜攝，善自保衛，一俟病體痊癒，即行來京陛見，以備倚任。所有江寧善後事宜，即著曾國藩馳往江寧，斟酌機宜，妥籌辦理。

（按：曾國藩先已於九月初八抵寧。）

同日：奉上諭：浙江巡撫著馬新貽補授。

十月初一日：公弟國荃登舟回湘，公送之至採石磯乃還。

十月初七日：李公鴻章委員解到上海協餉銀十七萬兩，支發江皖各路湘軍欠餉；公定議撤遣湘勇，什去八九。

十月十二日，具摺代奏提督鮑超請假六個月，馳回四川本籍，親營葬事，兼養傷病；令其部將宋國永、晏雲慶分領霆營之眾。附片奏，金陵遣撤勇丁，先後回籍，沿途安帖。

十月十三日：奉上諭，現在江寧已臻底平，軍務業經蕆事，即著曾國藩酌帶所部，前赴皖鄂交界督兵剿賊，務期迅速前進，勿少延緩。李鴻章前赴江寧，暫署總督篆務；江蘇巡撫著吳棠暫行署理。

十月十七日：李公鴻章到金陵見公，公與商裁退楚軍，進用淮勇。

十月二十二日：奏遵旨馳赴皖鄂交界，督兵剿賊一摺，奏稱：「臣用兵十載，未嘗親臨前敵，自揣臨陣指揮，非其所長。此次擬仍駐紮安慶、六安等處，派劉連捷等入鄂，聽候官文調遣，檄調淮準勇兩軍，隨臣西上，更資得力。附片瀝陳才力竭蹶，難勝重任；楚軍出征過久，漸成強弩之末，不如淮勇之方銳。一俟皖鄂肅清，即請開各缺，調理病軀，仍當效力行間，料理經手事件，如軍餉之報銷，撤勇之欠餉，安置降將部眾，區畫長江水師營汛，皆分內應了之事也。」

如上所引，曾國藩打算以淮勇代替湘勇，是一件非常明白的事。但其間曾發生隔閡，原因尚未能明瞭。

曾國藩以淮代湘的計畫，朝廷完全瞭解，則皖鄂交界的征剿，自應派李鴻章負責指揮；如說原意如早年之特派軍略大臣，而以李鴻章爲他辦糧臺，則進退行止，悉憑經略自定，乃上諭曾國藩「前直皖鄂交界，督兵剿賊，務期迅速前進，勿以延緩」；此種語氣直視曾國藩爲督撫所節制的提鎮。

此所以會有上引的附片，等於公然表示，不願親赴前線。此奏一上，當然有人替曾國藩不平，百戰功高的元戎，在削平巨寇以後，猶須親冒鋒鏑，此豈是待功臣之道。

因此上諭自我轉圜，說是皖鄂交界的賊勢，「較之半月以前，大不相同」，曾國藩可不必赴安慶，亦不必交御督篆，仍駐金陵；李鴻章仍回江蘇巡撫本任。

當然，這也可能是有意提一個警告，意謂即使已封侯拜相，在朝廷仍得以提鎮相待。至於以淮代湘的計畫，並不受影響，照常進行。

在這個計畫中，有一個很重要的人物，此即後來被刺的馬新貽。他是山東荷澤人，道光二十七年進士，與李鴻章同年；一直在安徽做官，自知縣升至藩司，爲人精明能幹，操守亦佳。

李鴻章既承曾國藩的衣缽，當然要找幫手，看中了這個同年，暗中出力，保他爲浙江巡撫。

浙江本來是左宗棠的地盤，但他升任閩督後，遺缺派了曾國荃，遙領未任；至此告病開缺，連同馬新貽繼任，是一案辦理，左宗棠措手不及，同時他手下的大將蔣益澧、楊昌濬，論資格還未到封疆的程度，因而在李鴻章與曾國藩的安排之下，馬新貽得以脫穎而出。馬新貽到任後，與左宗棠相處不壞。

「左文襄公書牘」卷七，有致「楊石泉都轉」書云：

> 轂山中丞於薌泉及閣下，深用傾倒，其於舊令尹之政，頗不以為不然；想新猷煥發，宜民宜人，不獨越人之福，亦弟之幸也。

轂山爲馬新貽的別號；石泉爲楊昌濬，時奉行浙江鹽運使，故稱「都轉」；薌泉即浙江藩司蔣益澧。馬新貽於同治三年十二月二十日接任後，次年正月十五，即奏陳「浙省應辦事宜六條」，其第一條「吏治宜整頓」中云：

> 自督臣左宗棠入浙以後，百廢更新，獎廉能，懲貪墨，吏治蒸蒸，漸臻上理。

恭維左宗棠之外，復於第二條「兵事宜專責成」中，大捧蔣益澧，道是：

湘軍各營旂本，皆蔣益澧舊部，該藩司威望著聞，每有指揮，無不如意，應仍歸其統率，必能得力。

由此可見，馬新貽很講究政通人和之道。他在浙江的政績不壞，捕盜及整飭軍紀，尤為在意。因此，當左宗棠西征，交卸閩督，即由馬新貽升任。奏請陛見後，於同治七年七月回籍掃墓，返任途次，突奉上諭，調任兩江，並毋庸來京請訓，即赴新任，這個任命是來得相當突兀。

馬新貽之出任江督，是一個新局面開始的象徵。自咸豐初年到光緒初年，約二十五年間，內亂方面有三大戰役，即洪楊、捻匪、回亂；洪楊平後，太平軍餘孽，結合捻匪，流竄湖北、河南、山東、安徽，以及淮海各地。

剿捻的主力是僧格林沁的馬隊及淮軍；僧王的馬隊來自黑龍江，迅利如風，但一直在追逐捻匪，疲於奔命；同治四年四月間，僧王終於在山東曹州陷入重圍，突圍不果而致陣亡，捻匪北竄，京畿大震；朝命醇王籌辦京城防範事宜，飭淮軍由海道北援。曾國藩受命以欽差大臣督辦直隸、山東、河南三省軍務；所有三省旗綠各營及地方文武員弁，均歸節制，職權同於雍乾以前的經略大臣或大將軍；而兩江總督復由李鴻章署理。

曾國藩請辭不獲，勉任艱鉅，仍舊採取穩紮穩打的宗旨，依照明末楊嗣昌「四柱八鎮」剿流寇的戰略部署，以河南的周家口、山東的濟寧、江蘇的徐州、安徽的臨淮為「老營」，各駐重兵，多儲軍實，一處有急，三處往援，有首尾相應之利，無疲於奔命之虞。

部隊則以淮軍為主，劉銘傳、潘鼎新、張樹聲、周盛波、劉松山、易開俊，皆各當一面；派李鴻章的幼弟李昭慶總理營務處，兼練馬隊。專閫之師的總理營務處，通常以道員充任，性質同於現在的參謀長；剿捻以淮軍為主，故須用李昭慶任斯職，指揮才能靈活。

這一以靜制動的戰略指導原則，至同治五年在山東沿運河增築高牆，千里長圍，限制了捻匪的活動範圍，終於使得官軍掌握了戰局的主動權，曾國藩親駐周家口督剿。

但捻匪在開封衝破圍牆，分為二支，一走東北為東捻；一走西南為西捻。曾國藩自請處分，朝命以曾國藩、李鴻章互易，即曾國藩回任，而以李鴻章署欽差大臣督剿捻匪。

彼此追逐到同治六年年底，東捻窮途末路，被殲於江蘇海州一帶，以劉銘傳、郭松林之功為最；西捻於同治七年六月底，在山東茌平被圍殲，至此捻亂全平。論功行賞，李鴻章拜相，劉銘傳封男爵。

新局面即由此時開始。早在同治五年十一月，復起任湖北巡撫的曾國荃，以貪庸驕蹇劾官文，巡撫參總督是很不平常的事；但以曾國荃正幫辦軍務，朝廷的處置很爲難，結果是官文內召以慰曾國荃；而以曾國荃病免，以慰官文，弄成個兩敗俱傷的結果。不過，曾國荃要到光緒二年，才二次復起爲山西巡撫；而官文只隔了一年，復又外放爲直督。

直隸總督號稱「疆臣領袖」，但其主要任務在肅清奸宄，確保京城外圍的安全；其次因兼北洋大臣，要在天津這個緊要海口辦洋務，凡此均非官文所長。加以送往迎來，「在京的和尚，出京的官」，不管官兒大小總是客，投刺請謁，不能不作敷衍；尤其是有些有脾氣的翰林，那怕官文以首輔而封爵的「伯相」之尊，一言不合，冷嘲熱諷，令人難堪。因此，不但覺得官文不宜任直督，他自己亦有幹不下去之勢。

於是，當東西捻先後蕩平之際，整個督撫的調動，首先考慮的是讓官文回京，而以曾國藩接替。

兩江總督的遺缺，照資格來說，自以李鴻章調補爲最適當；但李鴻章在湖廣總督任上，有軍需報銷的未了事宜，一時不便調動。同時李鴻章也很聰明，湘軍雖已裁撤大半，但退伍而就地落戶轉業者極多，所以江寧有「湘半城」之稱；淮軍去了，難免發生衝突，以避之爲宜。這樣便造成了馬新貽脫穎而出的大好機會；但也種下了他殺身之禍的基因。

馬新貽於同治七年九月廿六接任；九年七月廿六日被刺，在任不足兩年，被刺經過，據時人記載如此：

同治九年七月二十七日（按：據上諭應為二十六日），為兩江總督月課武職之期。馬端敏公親臨校場閱射。校場在督署之右，有箭道可通署後便門，端敏閱射畢，步行由箭道回署，將入便門，忽有跪伏道左求助川資者；一武生，端敏同鄉也。接狀閱之，謂：「已助兩次矣！今胡又來？」

言未畢，忽右邊有人大呼「伸冤」者，未及詢問，已至端敏身前，左手把其衣，右手以小刀椹其胸。端敏謂從人曰：「我已被刺，速拿兇手。」言訖而絕。從人舁端敏入室，武校聞聲而集，執縛兇犯，並執武生，付首縣熬審。兇犯為張汶祥，河南汝陽縣人；武生實不知情，蓋適逢其會耳。乃先釋武生使去。

按：馬新貽被刺後，延至次日不治而死。江寧將軍魁玉於二十八日出奏；其時張汶祥已熬審兩日，而「行刺緣由，供詞閃爍」；所以八月初三所頒「明發上諭」除恤典外，特別訓示：「總督衙署重地，竟有兇犯膽敢持刀行刺，實屬情同叛逆，亟須嚴行訊究，務得確情，盡法懲辦。」

按：當時江寧藩司為梅啓照、首府孫雲錦、上元縣令張開祁；即在上元縣衙門，由張開祁與江寧縣令蕭某會審。張汶祥的供詞一出，兩縣相顧驚愕，竟不敢錄供通詳。但消息已經傳出去了，不但江寧全城無人不談此一大新聞，而且傳到上海，排了一齣新戲，名爲「張汶祥刺馬」。平江不肖生作「江湖奇俠傳」採爲題材，而實爲一大冤誣；乃退伍湘軍與清幫中人所設計的一大陰謀。

「清人筆記」寫張汶祥與馬新貽的「恩怨」，據說是如此：

咸豐間皖北一帶粵捻交訌，馬以署合肥縣失守革職，帶罪立功。唐中丞委辦廬州各鄉團練，一日與捻戰而敗被擒，擒之者即張汶祥也。汶祥本有反正意，優禮馬，且引其同類曹二虎、石錦標與馬深相結納，四人為兄弟，與馬約，縱之歸，請求大府招降其眾。馬歸為中丞言，允之。張、曹、石遂皆投誠，大府乃檄馬選眾設山字二營，令馬統之。張曹石皆為營哨官矣。

按：據「清史列傳」卷四十九馬新貽傳，謂馬於咸豐二年補安徽建平知縣，調署合肥；五年三月官軍圍攻廬州，馬敘功以知州陞用，先換頂帶；九月復以功以直隸州補用；十一月復廬州賞戴花翎，未聞有革職之說。

又當時安徽巡撫英翰，與馬新貽共事最久，上奏力陳馬守廬州的功績，亦無革職之言。故知上引設山字二營，皆造作之詞；事隔十餘年，又當大亂之際，眞相難以究詰，謠言易入人耳。

同治四年喬勤愨撫皖時，馬已洊升至安徽布政使，駐省城，兼營務處。抵任後山字營遣散，張曹石皆隨之藩司任，各得差委，甚相得也。無何曹二虎眷屬至，遂居藩署內，時張已微窺馬意漸薄，大有不屑同群之意，勸曹勿接眷，曹不聽。曹妻既居署中，不能不謁見馬夫人，馬見曹妻艷之，竟誘與通。

按：此段敘馬新貽經歷，尤謬妄。馬於同治二年三月擢安徽按察使，九月遷布政，同治三年冬，即擢升浙江巡撫。何得言同治四年擢安徽藩司。且部屬非幕友，安得住於藩司衙門。

以下記「姦情」敗露云：

又以曹在家不能暢所欲為，遂使曹頻出短差，皆優美。久之，醜聲四播，汶祥知之以告，曹不信；繼聞人言嘖嘖，乃大怒，欲殺妻。汶祥止之曰：「殺姦須雙，若止殺妻，須抵償。不如因而贈之，以全交情。」曹首肯，乘間言於馬；馬大怒，謂污衊大僚，痛加申飭，曹出語張，張曰「禍不遠矣！」不如遠引為是。曹不能決。

忽一日，馬檄曹赴壽春鎮署請軍火，時壽春鎮總兵徐鶤，字心泉，懷寧人也；喬勤愍大營駐壽州南關外；徐為總營務處。曹得檄甚喜，欣然就道。汶祥謂錦標曰：「曹某此去，途中恐有不測，我與爾須送之。」蓋防其途中被刺也。於是三人同行。至壽州，無他變，石笑之，謂張多疑，張亦爽然若失。

按：「安徽巡撫本爲唐訓方，同治二年十二月以作戰不力降調藩司；由江寧藩司喬松年升補皖撫，至同治三年二月始行到任。

喬松年來本主管江北糧臺；大江南北糧餉由曾國藩統籌；此言派曹某至壽春鎮領軍火，與實情亦不符。以下又記：

及投文鎮轅謁見，忽中軍官持令箭下，喝綁通匪賊曹二虎。曹大驚，方欲致辯，徐總兵亦戎裝出，曹大聲呼冤，徐：「馬大人委爾動身後，即有人告爾通捻，欲以軍火接濟捻匪，已有文來，令即以軍法從事，無多言。」遂引至市曹斬之。張跌足大慟，謂石：「此仇必報，我與爾須任之。石沉吟，張又曰：「爾非朋友，我一人任之可也。」

按：如馬新貽果有此借刀殺人的計畫，一定通知徐總兵秘密處置；決無揚言於衆之理。此亦作僞之一證。

以下記張汶祥如何「報仇」云：

曹既死，張石收其屍藁葬訖，遂分道去，不知何往。至九年李慶翔為山西臬司，統水陸各軍防河，駐軍河津縣，石錦標為之先鋒官，已保至參將矣。一日委石稽查沿河水師各營；凡十一營營官，公宴石於河上，忽有大令至，調石回，謂有江督關文，逮石至兩江對案云云。蓋張汶祥之難作矣！

石錦標對質不知作何語，並有無其人，亦堪懷疑。但張汶祥所供，荒誕不經，殊爲顯然；問官不便錄供，而張汶祥始終不肯改口，三木之下，求而不得。朝廷亦風聞其中頗有隱情，特派漕運總督張之萬赴江寧會審。

張之萬識得漕幫厲言，不敢多事；相傳張之萬自淮南赴江寧時，舟泊瓜州，欲登岸如廁；此地爲鹽梟出沒之地，恐遭毒手，以親兵兩百人團團圍住，藉資保護，時人傳爲笑柄。

張之萬在江寧審了五十天沒有結果，十月十七日乃有如下一道上諭：

前據張之萬奏：會審兇犯張汶祥，堅不吐實，沒法研訊等語，現已五旬之久，尚未據將審出實情具奏；此案關係重大，豈可日久稽延，曾國藩此時計可抵任，著即會同魁玉、張之萬督飭承審各員，趕緊嚴切訊究，以期水落石出，固不可任其狡展，亦不得以犯無口供，將不相干之案，牽混定讞。

按：馬新貽被刺後，朝廷已知必與湘軍有關；則非曾國藩不能了事而善後，因而以曾調任兩任；李鴻章由湖廣調直隸；便宜了李瀚章，竟得升補其弟之遺缺。

至閏十月二十日，距馬新貽被刺，將近四個月；魁玉、張之萬含混奏報，朝廷不能滿意，特派刑部尚書鄭敦謹，隨帶司員，赴江寧會審。其時上海新排的「張汶祥刺馬」，已經上演；而有一種更惡毒的流言傳播，如「春冰室野乘」所記：

張汶祥初在髮逆軍中，為李世賢裨將，金陵既下，世賢南竄閩廣，數為官軍所敗，汶祥知其必亡，陰懷反正之志，會有山東徐姓者，仕為武職，被賊掠去，時與汶同營，二人遂深相結納，謀同逃，誓富貴無相忘。

未幾竟得脫，時馬新貽已官浙撫矣；徐與同鄉，故相識，遂留其幕下為材官，而張則輾轉至寧波開小押當自給。

一日張至杭訪徐，徐留與飲，酒酣，徐忽慨然曰：「竊鉤者誅，竊國者侯，古人信不我欺；以堂堂節帥之尊，而竟甘心外向，曾無人發其覆者。而吾儕小人，不幸被擄，伺便自脫，官府猶以賊黨疑之，或竟求生得死，天下不公之事，孰有甚於是者？」張異其言，固詢之，徐乃言旬日前撫帥得一無名書，發現之，新疆回部某叛王之偽詔也。

略云：現大兵已定新疆，不日入關東下，所有江浙一帶征討事宜，委卿便宜料理云云。馬得書，既為手疏以報，略言「大兵果定中原，則東南數省，悉臣一人之責。」張聞言大憤，拍案叫曰：「此等逆臣，吾必手刃之。」……。

按：造作此種流言的用意，在將馬新貽牽入回亂，使問官不敢窮詰。究其實際，馬新貽雖奉回教，但先世自明初定居山東曹州，除宗教外，其他皆與新疆回族，了無牽涉。且其時西征之帥，劉松山陣亡後，由其侄錦棠接統其軍，新鏢初發，捷報屢傳；陝回受撫者數千人，而新疆回亂，則以伊犁之變，尚屬初起，何得言「大兵已定新疆」？

這個謠言造得並不高明，而信其爲眞者，大有其人；唯一的原因是，漕幫鹽梟，人多勢眾，在茶坊酒肆，廣爲流傳，以訛傳訛，莫可遏止。

亦就是因爲這個原因，張汶祥刺馬一案，竟無法獲知主使者是誰？如欲窮治，必將激出變故；鄭敦謹迫不得已，仍以原擬罪名入奏，所謂「以漏網髮逆，復通浙江南田海盜，因馬新貽在浙江巡撫任內，戮伊夥黨甚多；又因伊妻羅氏爲吳炳燮誘逃，吳控未准審理，其在新市鎮私開小押當，適馬新貽出示禁止之時，私懷忿恨，竟敢乘間刺害總督大員」云云。

以下爲上諭中的處置：

> 既據鄭敦謹等審訊確實，驗明凶器，亦無藥毒，並無另有主使之人，著即將張汶祥凌遲處死，並於馬新貽柩前摘心致祭，以彰國法，而慰忠魂。……該故督公忠體國，歷次剿辦海盜，殲除積年匪首，地方賴以安靖；詎以盜匪遺孽，挾仇逞兇，倉猝殞命，實堪悼惜。
>
> 前已有旨，將馬新貽照總督例賜卹入賢良祠，著再加恩，照陣亡例賜卹，並於江寧省城建立專祠，用示篤念藎臣，有加無已至意。

按：上諭中謂「該故督公忠體國」云，如將「歷次剿辦海盜」的「海盜」，改爲「鹽梟」，即與實際情況，相去不遠。「鹽梟」出自漕幫；後有退伍湘軍之支持，而退伍湘軍則有一股不平之氣，可爲鹽梟利用。不平者「曾九帥」攻官文，兩敗俱傷；而兩江總督爲馬新貽垂手而得，在他們看，這是李鴻章乘機撿便宜。

「老帥」調直隸，應以「九帥」督兩江，始爲順理成章之事。馬新貽由皖藩升浙撫，以代「九帥」本已不平；豈知由浙撫而閩督；復由閩浙調兩江，一路扶搖直上；相形之下，「九帥」憔悴回鄉，就不免顯得太委屈了。

因爲有這樣一個心理背景存在，所以連曾國藩亦不敢操切從事，但求大事化小，小事化無，始能將退伍湘軍的戾氣，化爲祥和。

而鄭敦謹則以秋官親自按獄，明知不實，勉強定讞，內疚於心，亦不甘於心，竟因而掛冠。鄭敦謹字小山，是湖南長沙人，道光十五年進士；與曾國藩是鄉榜同年，兩長秋官，爲人正直，頗得曾國藩敬重。

這一次在除夕趕到江寧；正月初七開審，由於曾國藩一再強調「相忍爲國」，所以審問的情形，跟張之萬的一味敷衍，但望早早跳出是非圈的窩囊作風，雖有不同；但亦不免有畏首畏尾的模樣。

會審的藩司孫衣言；以道員總辦營務處，袁世凱的嗣父袁保慶，一則激於公議；二則因爲他們到江寧來，是出於馬新貽的奏調，亦感於私情，曾一再向鄭敦謹表示不滿，最後對出奏的讞詞，拒絕畫諾，使得鄭敦謹心裡很不是味道，行至中途，看到孫衣言所撰的「馬端敏公神道碑銘」，更是感慨萬千。

孫衣言字琴西，浙江瑞安人，與其子詒讓，並爲名儒。他爲馬新貽所撰的神道碑銘，秉筆直書，與一般諛墓之文不同，是有關係的文字；開頭就說：

自洪秀全以奸民亂天下，用兵十年，僅乃戡定，而人心遂益不靖。賊徒跳免，武夫悍卒失職流落，含毒睢盱，往往竊發。大官便文自營，率不肯窮治，民益無所懲畏，內自輦轂，外洎通都大邑，懷白刃入官寺狙殺長吏，幾或再三作，而兩江總督馬公之變，尤數百年所未有也。

按：「睢盱」在此處作跋扈解。「大官便文自營」，是將曾國藩、李鴻章亦都罵在裡頭。以下就不客氣地明指鄭敦謹了：

命大臣即金陵置獄，務究根株，而賊所承，特匿不肯細故，詞反覆屢變。奏既上，天子疑之，九卿台諫亦有言，乃命大司寇挈兩郎官馳驛覆按，然亦未能深究其事。

接下來是敘亂後東南風氣，以及曾國藩與馬新貽的寬嚴不同，謂「盜賊得，立誅死，小人固多不便」，則無異謂曾國藩的施政，便於小人。

最後一段談他本人參與會審情事云：

公既遇害，衣言以文闈事不及治公獄；又一月，衣言出闈，大臣令會鞫賊，衣言即抗言：「賊悍且狡，非酷刑不能得實，而叛逆遺孽，刺殺我大臣，非律所有，宜以經斷，用重典，使天下有所畏懼。」而獄已具，且奏；衣言遂不畫諾。嗚呼，衣言之所以奮其愚戇為公力爭，亦豈獨為公一人也哉！

按：同治九年庚午鄉試，孫衣言以藩司入闈監臨，出闈後「大臣令會鞫」的大臣，指漕督張之萬；而接下來說「獄已具，且奏，衣言遂不畫諾」，爲最後鄭敦謹覆按定讞之事，是則所謂「大臣」，綰合前後，亦指鄭敦謹。

張之萬雖是狀元，卻是有名的「磕頭蟲」，庸滑無能；將鄭敦謹與他相提並論，在鄭是委屈不甘的。但事實上，照張之萬所審的結果定讞，是件百口莫辯的事；就在這衾影自慚，而又悃悃不甘的心情下，竟不再進京覆命，一葉扁舟，蕭然回鄉，隨即告病辭官。曾國藩送他二百兩程儀，聲明出自廉薪，爲老同年助裝，鄭敦謹堅拒不受。洪楊以後，雖說「大官便文自營」，重氣節、負責任的還是不少。

由於江督之變，爲「數百年所未有」，所以震動南北，喧傳朝野，付諸吟詠者很不少，最豈有此理的是喬松年，他任安徽巡撫時，馬新貽爲藩司；張汶祥的胡說八道，他應該很清楚，而居然說是：「群公章奏分明在，不及歌場獨寫眞。」推究其故，喬松年自皖調陝，同治七年二月竟以病免；而馬新貽則官符如火，飛黃騰達，以忮刻之心，故有此言。

相形之下，湖南籍的名翰林周壽昌，卻很可愛；他先前亦是聽信流言，作了一首七律：

一昔狼星殞石城，扶風惡耗使心驚，虎牙未聽呼來歙，犢鼻翻令誤馬卿；磨刃廿年胎禍水，餘章萬口溢冤聲。諸公莫作元衡例，斟酌崇祠與易名。

「元衡」謂武元衡，唐憲宗時典機務，守正不阿，後爲賊所害，謚忠愍。周詩最後兩句的意思是：不能拿馬新貽與武元衡一例看待，詔爲建祠，以及「易名」中「端敏」之「端」，都還須斟酌。

後來周壽昌聽河督勒方琦細談其事，方知「磨刃廿年胎禍水」，事屬全誣，復賦一律云：

人事百年真出世，誰知定論死猶無。重臣已被元衡禍，謗語幾罹永叔誣；泣到遺民知惠政，薦從賢相識通儒，流言惑聽慙非智，況是千秋被史愚？

這首詩音節是拗體，首言知人之難，蓋棺未必論定。首聯為馬新貽頌冤，已被武元衡被害之禍，復有歐陽修盜甥之誣。次聯則從見聞以寫新貽之賢，上句「遺民」指過去所牧之民，馬新貽被刺後，安徽、浙江皆有感泣者；下句「通儒」指孫衣言，「賢相」則謂曾國藩。馬新貽奏調孫衣言的摺子中，有「曾國藩許其器識過人，屢登薦剡」之語，故云。結句自慚：而又想到，生在同時，眞相尚且難明；何況千秋之後，無怪為史所愚。此眞讀書有得，而不甘人云亦云的豪傑之言。

至於曾國藩處置此案，不免姑息，雖說有其不得已的苦衷；但亦是他晚年飽嘗世味，是非之念甚淡之故。

如王湘綺同治十年九月初二日記：

南歸，至清江浦，見江督船。昨聞滌丈至此，果得相遇，急往尋之。而巡捕以例依班傳帖，待至三時許而後刺通，相見甚歡，左右以為未嘗見客談笑如此，甚矣權貴之不居也。所見客皆不能歡，則其苦可知矣。

余欲以所作經說質之，而倉卒不能盡懷，自請同行至徐州，舟中可暢談。已而淮揚鎮道公請相候，作陪看戲，見「王小二過年」，因語滌丈：「此必中堂點也。」曾問：「何故？」余曰：「初起兵時已欲唱。」滌丈大笑。因遂請和季高，曾色甚愉，但云：「彼方居百尺樓，余何從攀談？」滌有恨於季，重視季也：季名望遠不及滌，惟當優容之，故余為季言甚力，正所以為滌也。

觀此可知曾國藩對左宗棠，已不如早年之耿耿於懷。此行爲曾國藩最後一次出巡；次年二月歿於任上。

「崇德老人年譜」記云：

是年（同治十一年）正月二十三日，文正公對客，偶患足筋上縮，移時而復。入內室時，語仲姐曰：「吾適以為大限將至，不自意又能復常也。」至二十六日，出門拜客，忽欲語而不能，似將動風抽掣者，稍服藥，旋即癒矣。眾以請假暫休為勸；公曰：「請假後寧尚有銷假時耶？」

又詢歐陽太夫人以竹亭公逝世病狀，蓋竹亭公亦以二月初四日逝世也。語竟，公曰：「吾他日當俄然而逝，不至如此也。」

至二月初四日，飯後在內室小坐，余姐妹剖橙以進，公少嘗之，旋至署西花園中散步。花園甚大，而滿園已走遍，尚欲登樓，以工程未畢而止。散步久之，忽足屢前蹴，惠敏在旁，請曰：「納履未安耶？」公曰：「吾覺足麻也。」惠敏亟與從行戈什哈扶掖，漸不能行，即已抽搐。因呼椅至，扶至椅中，舁以入花廳，家人環集，不復能語，端坐三刻遂薨。二姐於病亟時禱天割臂，亦無救矣。時二月初四日戌刻也。

曾侯之喪，朝廷震悼，賜卹甚厚；所得卹典計有：

一、諡文正。

二、追贈太傅。

三、入祀京師昭忠祠、賢良祠。

四、於湖南原籍、江寧省城及立功省分建立專祠。

五、賞銀三千兩治喪。

六、賜祭。

七、生平事蹟宣付國史館。
八、任內一切處分悉予開復。
九、長子曾紀澤承襲一等侯爵，無庸帶領引見。
十、次子附貢生曾紀鴻、孫曾廣鈞均著賞給舉人，准其一體會試。
十一、孫曾廣鎔賞給員外郎；曾廣銓賞給主事，均俟及歲時引見。

卹典共十一項，可略作說明，藉明制度：

一、諡文正爲殊榮，故列之爲第一項。

二、關於祠祭，規定已頗優隆，但就曾國藩的功績而論，實應配享太廟；尤其是僧王神主已入太廟東廡，曾國藩僅入祀昭忠、賢良兩祠，顯失其平。

三、關於五、六、七、八等四項，爲例有卹典；但治喪賞銀至三千兩，算是優卹。

四、曾紀澤襲侯，亦是例行之事。但「無庸帶領引見」，則爲體卹；因如須帶領引見，則應在服滿以後，一等侯俸祿，亦須俟引見後，方始發給。

五、曾廣鈞爲曾紀鴻之子，父子一起賞給舉人，事所罕見。此因曾廣鈞爲曾國藩長孫之故；其時方六歲，後於光緒十五年成進士，入翰林。著有「環天室詩集」，幼年穎異，王湘綺稱之爲「聖童」。

六、聖眷優隆的大臣，歿後加恩後裔，大致只及長孫一人；曾國藩諸孫皆賞職銜，自是格外優卹。

江督出缺後，一時乏人，由江蘇巡撫何璟署理。內閣的相位，則由李鴻章以協辦大學士遞補。內閣本來四大學士三協辦，曾國藩以武英殿大學士爲首輔；其次爲朱鳳標；復次爲瑞常；又次爲瑞麟。

至三月間，瑞常又病歿，李鴻章於五月間升大學士；六月間朱鳳標致仕，文祥以協辦升大學士，同時改瑞麟的稱號，本爲文淵閣大學士，改稱文華殿大學士；李鴻章接收其老師的稱號爲武英殿大學士；文祥爲體仁閣大學士；八月間單懋謙以協辦升任文淵閣大學士。自此以後，四大學士班行，以文華、武英、體仁、文淵爲序，同治十三年瑞麟病歿，李鴻章改文華爲首輔；文祥改武英爲次輔。

但左宗棠以舉人拜相，抵單懋謙的缺；而單的殿閣爲文淵閣，大概科甲出身的數大老，矜惜名器，故以東閣大學士授左宗棠。此亦內閣的一段小故事。

曾侯之薨，「築室忝爲門生長」的李鴻章，名符其實地繼承了衣缽；但亦有人倒卻靠山而失意。此人即爲長江水師提督黃翼升。

長江水師本由原名楊載福的楊岳斌及彭玉麟所統率。同治三年五月，回亂初起時，詔授楊岳斌爲陝甘總督，捨舟登陸，脫離了水師；金陵既復，彭玉麟功成身退，在西湖築退省庵，與俞曲園結成孫兒女的親家，作詩畫梅花，陶醉於儒將風流中。

在他歸隱以前，曾助曾國藩詳定水師章程，也就是將臨時招募編組的「水勇」改爲常備的所謂「經制水兵」，設提督署於安徽太平府；另設行轅於湖南岳州，轄區五十餘里；下有六標二十四營，統總兵五員，有船七百七十四艘。第一任提督就是黃翼升。

黃翼升與曾國藩的關係，從一事可以窺知，「崇德老人年譜」同治五年記：

文正在署中，無敢以苞苴進者，故太夫人無珍玩之飾。余所憶者，為黃提督翼升之夫人，堅欲奉太夫人為義母，獻翡翠釧一雙、明珠一粒。某年太夫人生辰，又獻紡綢一鋪。此帳吾母留作余嫁奩用，余至今用之未壞也。

但曾國藩對長江水師分外眷顧，則因規制爲其一手所定；而湘軍陸勇裁撤後，轉入水師者頗不少，此亦是一支子弟兵，不免偏袒，亦屬人情。結果搞出張汶祥刺馬這件朝野側目的鉅案，可知曾國藩一生治軍，在這件事上是失敗的；否則亦就輪不到李鴻章來辦海軍了。

朝廷對黃翼升早已不滿，只是礙著曾侯的面子，未作處置。曾侯薨於位，立即詔起彭玉麟巡閱長江水師。王湘綺同治十五年三月十二日以後日記：

見廷寄，催雪琴入覲，蓋將大用之。

聞雪琴署兵右，賞朝馬。

見雪琴奏水師積習，文筆條暢，侃侃陳詞，大似滌侯手筆，文與年俱見。

按：彭玉麟署兵部右侍郎，是爲了賦予巡閱長江水師所必要的權威。侍郎正二品，提督從一品，但提督見侍郎須「堂參」，因爲侍郎是堂官；劉銘傳不因爲武官不値錢，薄提督而不爲。

彭玉麟以兵部堂官奉旨巡閱長江水師，以其身分而言，無欽差之名，有欽差之實，不獨自營制到軍紀，無所不管，地方上有事，只要跟軍隊有關，亦可干預。必要時並可請「王命旗牌」，立斬不法武官，因而彭玉麟巡閱長江水師，威名遠播，流傳的軼事甚多。

彭玉麟鐵面無私，首當其衝的是黃翼升，只好以「傷病未痊」的原因，請彭玉麟代爲奏請開缺，回籍調理，而上諭譴責；措詞嚴峻。

長江水師，關係緊要，黃翼升自簡任提督以來，巡閱操防，是其專責；遇有庸劣不職各員，即應隨時參劾，以肅營伍，乃直至此次彭玉麟巡閱各鎮，該提督始行會銜參奏，殊屬顢頇。至該提督所收外來侯補人員至二百七十餘員之多，亦屬不合，本應即予懲處，姑念該提督從前帶兵江上，屢著戰功，從寬免其置議。長江水師提督黃翼升，著准其開缺，回籍調理。

黃翼升的遺缺，由彭玉麟保薦福建水師提督李成謀充任。朝命仍由彭玉麟每年巡閱長江一次，由兩江、湖廣兩總督爲之籌辦經費；彭玉麟表示無須，因爲他巡閱長江水師，喜歡微服私行，並不需要多少經費。

長江水師的紀律甚壞，但一聞「彭宮保出巡」，相率斂跡。彭玉麟整肅紀律，所採的手段極其激烈，其中以殺湖北營官譚祖綸爲最有名。

「清朝野史大觀」記云：

湖北忠義前營營官、總兵銜副將譚祖綸，誘劫其友張清勝；清勝訪，陽留居密室，出僞券索償債。（清勝）得遁去，訴營將、州縣皆為祖綸地，置不問。

公先聞黃州、漢陽道路藉藉，欲治之無端；得清勝詞，為移總督，先奏劾祖綸，且遣清勝赴武昌質之。詔公與總督即訊。

祖綸令人微伺清勝於輪船，擠之溺水死；餌其妻父母及其妻劉氏反其獄。忠義營統將方貴重用事，總督昌言誘奸無死罪，謀殺無據。

公揣祖綸根據盤固不可究詰，適總督監臨鄉圍，即驟至武昌，檄府司提祖綸至行轅親訊。忠義營軍傾營往觀；祖綸至，佯佯若無事。公數其情事，支離狡猾，及謀殺蹤跡，祖綸伏罪；引令就岸上正軍法。一軍大驚，然已無所及。夾江及城上下觀者數萬人，歡叫稱快。故公之所至，老幼瞻迎；長江聞其名字，肅然相戒。

說來有點不可思議，這段故事，卻頗似誣指馬新貽的虛構之言。此外，彭玉麟的軼事尚多；大致有為之世，風骨錚錚者，必能見重於廟堂，同光之號稱中興，實非偶然。

可惜的是，愛新覺羅皇朝的命運，已將至終朝。歷史的法則是，一個皇朝之趨於衰微，往往以皇嗣不廣為其徵兆，因為第一、遷就現實，無法擇賢而立；第二、在教養上不免姑息。

穆宗的情況，大致就是如此。

穆宗生於咸豐六年，六齡就傅，師傅是李鴻藻，時在熱河。未幾文宗駕崩，接著發生政變，至同治元年始正式上學。皇帝沖齡典學，當時是一件頭等大事。

是年二月初二日兩宮懿旨云：

皇帝當養正之年，自應及時就學，以裕聖功。現諭欽天監選擇吉期，於二月十二日，皇帝在弘德殿入學讀書。翰林院編修李鴻藻，前蒙文宗顯皇帝派令授讀；茲後特簡禮部尚書前大學士祁雋藻、管理工部前大學士翁心存、工部尚書倭仁，均屬老成端謹，學問優良，堪膺師傅之任……惠親王輩分最尊，品行端正，著在弘德殿常川照料，專司督責……恭親王誼屬賢親，公忠弼亮……所有皇帝讀書課程及一切事務，均著總司稽查，用收實效。

此外又派定「清文」教習，滿州話稱爲「諳達」，又稱「俺答」，皆是音譯。身分與教漢文的師傅，不能相提並論。

穆宗入學的情形，據李鴻藻年譜記載，其第一日的儀節云：

二月十二日，穆宗入學。先詣聖人堂行禮，諸師傅在上書房廊下，北向站班。然後詣弘德殿御寶座，受惠親王、恭親王、師傅、諳達、御前大臣、內務府大臣等禮。穆宗遍揖諸位師傅，遂入室。上東向坐，由祁雋藻西向坐，展書授讀；餘師傅皆坐室內門旁，惠親王子奕詳坐西壁下。

按：奕詳爲伴讀；後又添派惠親王另一子奕詢。伴讀的作用有二，一是向學有伴，易收切磋之樂。二是代皇帝受過；皇帝不規矩，師傅不便責備，有個「當著和尚罵賊禿」的辦法，數落伴讀一頓。無故受責，況是少年，都覺得受氣不過，所以不久便都「辭差」不幹了。

當時就學的不僅小皇帝；兩宮太后亦在讀書。「穆宗實錄」，是年三月二十五日諭內閣：

前奉母后皇太后、聖母皇太后懿旨：命南書房、上書房翰林等，將歷代帝王政治及前史垂簾事蹟，探其可為法戒者，據史直書，簡明注釋，彙冊進呈。茲據侍郎張之萬等彙纂成書，繕寫呈遞，法戒昭然，足資考鏡，著賜名「治平寶鑑」。禮部右侍郎張之萬、太常寺卿許彭壽、光祿寺卿潘祖蔭……著各賞給大卷緞一匹、大卷江綢一匹。

「治平寶鑑」是爲兩宮太后特編的教科書；並仿經筵之例，派詞臣定期進講。翁同龢即因此受知於慈禧太后。

其日記中有一條云：

簾前進講「元武宗止括田」一事，太后問元時官制甚詳。及論兵燹後多荒地，因極言丈量清鳌，吏胥中飽科斂之弊。

此太后即指慈禧太后。由翁同龢的記載，可知她在此一事上，學了很多東西。

按：翁心存的長子翁同書，在安徽巡撫任內，因失守壽州，爲曾國藩所劾，同治元年被逮入京下獄；翁心存憂急成疾，於是年十一月去世，照大學士例賜卹，並特釋翁同書出獄成服。第二年又點同書之子曾源爲狀元，此皆禮遇「師傅」之故。翁同龢於同治四年服滿後，亦派在弘德殿行走。

「李鴻藻年譜」同治四年十一月十一日條下記：

命詹事府右中允翁同龢在弘德殿行走，亦出公之密保也。

又翁同龢是日日記：

蒙恩命在弘德殿行走，軍機二班送信。……初更訪蕭洞宇同年庭宙，謁李蘭生前輩，歸具摺稿，籌兒書之，朝廷眷念舊臣，推及後裔，不肖何以稱此？

據此，則仍爲推念翁心存，而有此恩命。當然翁同龢個人「簾前進講」亦有關係；李鴻藻不過因勢利導，希望覓一替手而已。

穆宗讀書的情況不大好，原因甚多。清朝的家法，最重皇子教育，但以前各朝所具有的條件，在穆宗並不具備。分析穆宗教育失敗的原因，約爲下述：

一、並無嚴父，只有嚴母慈禧太后，但嚴母對功課的督責，不甚合理，易於引起小皇帝的反感。

二、以前皇子在上書房讀書，弟兄叔侄，並無差別待遇；人數既多，不特可收切磋之益，且無形中有一種競爭心理，鼓勵向上，穆宗則只有伴讀，並無同學；且伴讀的年齡較長，程序不同，談不到互相討論。

三、師資不當，開蒙的祁雋藻、翁心存、倭仁都是老先生，而且都是講理學的；規行矩步，道貌岸然，一個十歲孩子的行爲，在他們的眼中，眞是動輒得咎。試問如何「啓沃聖心」？

四、以前上書房師傅，簡派編檢充任，專心教書，不須外務；穆宗師傅，則多爲政壇紅人，差使甚多，未免分心。李鴻藻、翁同龢比較得力，但兩人不特外務多，且交替丁憂，百計挽留不可得，學業當然大受影響。

五、小皇帝自己的外務亦很多，宮中大小祭祀，常年不斷，許多是要皇帝親臨行禮的，這樣，自亦不免影響學業。

六、任何一個皇朝的皇位繼承人，體格都會越來越退化；文宗未老先衰，穆宗亦體弱多病。不過，最主要的原因，卻只有一個，穆宗根本不喜歡讀書。這又可以分兩方面來談，㈠是穆宗生性好動，心不易靜，而兩宮太后在重華宮漱芳齋辦事傳膳，每逢朔望，照例傳戲；穆宗不免分心。

㈡是穆宗始終未能入門，亦就是始終不能領略書中的樂趣。其中壞事的是徐桐，此人是百分之百的假道學，但文字不通而又自命不凡，剛愎自用；這一來糾紛就多了。看「李鴻藻年譜」，及翁同龢日記，情事自明；如同治八年：

二月三日，翁日記：「蘭蓀云：今日軍機見時，皇太后諭：講書不必太多，以能記為主。又諭：上宜聽師傅等教。」

二月十四日，翁日記：「今日蘭翁力陳於兩宮前，限令恭親王傳知醇親王，滿書嗣後不得過四刻，並諭漢功課亦不得過未正二刻。蘭翁作事，果類如此。」

按：滿書及騎射等事，歸醇王稽察，故請由恭王傳知。李鴻藻認爲功課太重，須減輕，此實是進步的觀念。

二月十九日：公與翁力勸徐桐減去部分功課而未能也。

至同治九年，穆宗已十五歲，大婚與親政兩大典，將接踵，而言官頗有以穆宗典學爲言者。茲續引「李鴻藻年譜」如下：

一月二十六日：公云：聖諭書房功課要緊。今日言官李鴻模條陳中謂，一二年將躬親大政，此時聖學未成，摺奏未能讀，如何能親政？因責諸臣宜勸學。（翁日記）

按：此引翁同龢日記，作年譜記事。「公」指李鴻藻。後同。

二月八日：穆宗讀書不力，公正色危言。翁日記：「晨讀生書十刻未畢，講書不聽，熟書齟齬，蘭翁正色危言，讀頗好。」

二月九日：與翁論教書事。翁日記：「蘭蓀建議，欲余帶生書，並云：若一人於膳前領書，一人於膳後講，一人承直詩論，一人坐鎮，必有進境。」而無如諸公各習成見，未嘗通融也。

按：其時值弘德殿者爲倭仁、李鴻藻、翁同龢、徐桐。李鴻藻之意，膳前溫熟書，帶生書由李與翁擔任；至於教做詩，此時不過講平仄、對仗而已，卑之無甚高論，不妨由徐桐承值，而倭仁只須坐鎮即可，但徐桐要帶生書，以致鬧得很不愉快。

二月十四日，與翁議變通功課。翁日記：「艮翁帶生書，日與蘭翁變通功課，迄無定論。蔭軒肝氣咯血，亦出於至誠也。」

按：徐桐因帶生書而穆宗不受教，憂急而至咯血。乃由倭仁帶生書，而了無進步。

二月十六日：定穆宗讀書之法。翁日記：「蘭翁以為如此讀法，終日忙碌，究非良法。莫若一日讀古文，一日讀詩，必以從容和緩為度，庶可有益。余深韙之，商諸同人，亦為首肯。」

二月二十三日：面奏翁同龢教法甚。（翁日記）

三月十一日：太后指責滿州功課，公委婉陳詞。翁日記（十二日）：「昨日軍機起，兩宮極獎前日作論，謂有進境。亦謂滿州功課，向定三刻，何以又鬧至五六刻？蘭蓀委婉措詞而退。」

按：主張「滿洲功課」加重者，爲總弘德殿稽查的醇王的主張。慈禧既不會說滿洲話，又認爲滿洲語文，毫無用處；有此功課，無非聊備一格，示不忘本而已。乃又逐漸加重，故深致不滿。

慈禧的看法是不錯的，但談到皇帝典學，她沒有多少發言的餘地，而且亦只能要求，並不能責成；更不能像前朝那樣，師傅失職可予以處分。我所謂嚴母不如嚴父者，此亦一證。

由於醇王的介入，書房中相爭的暗潮，更爲複雜，據翁同龢日記載：

四月四日：蘭翁議余代早晨蘭生書。余唯唯否否，而蔭翁有成見、退直時以懇語語余，且云：「我用無法、無煩捉刀也。」是日蘭翁語氣頗憤急，奈何？

四月十二日：熟書未畢，留生書六號於膳後，真非法也，蘭孫與蔭軒言之，格格不入，蔭軒成見太重，拘滯不通方至此。

四月十三日：蘭蓀與蔭軒換書兩號，即通暢。

四月十九日：懿旨，令同龢帶讀早晨生書，以未責成，仍講書一號。並諭云：生書極要緊而極難，須審量精神略減，而無痕跡為妙。……問早起功課，是徐某看否？對以實，則又曰：太著急，且大嚷，言外有不甚相宜之意，遂諭以翁某代。蓋邇來情形，蘭翁言之：而蔭軒著急吐紅，則實公備陳也。

按：自四月四日至十九，恰好半個月；此半個月中，時有齟齬。大致徐桐帶生書，完全不符「循循善誘」四字，穆宗見而畏厭，學習情緒低落異常。李鴻藻便想以翁代徐；而徐桐把持不放，終於奉懿旨更代。在徐桐的面子上很不好看；然而是自取之辱。「寶公」謂寶鋆。

四月二十六日：蘭翁告余，前日之事，醇郡王大不謂然。有李、翁互相標榜，及傾軋倭徐之語。嘻，謬哉！

此由醇王不滿李鴻藻，故借題發揮。事實上，徐桐與倭仁亦不和而常有爭執；翁同龢數數排解。在這種情況下，穆宗的書讀不好，是必然之事。

到得這年下半年，又加了一項功課，名爲「講摺」；即選取臣下奏摺作教材，以期穆宗瞭解立言的要點。此項課程由倭仁擔任；翁同龢同治九年十一月初四日記：

自艮相講摺子後，往往藉事納言，如黃彭年摺內所陳貴戚婚喪逾制一條，則指照祥家以實之。雖正論嶽嶽，然不免為小人竊聽羅織，故近來頗不浹洽。奈何、奈何？

按：照祥爲慈禧之弟，襲承恩公，故又稱「照公」。慈禧母喪，排場極大；黃彭年上摺言事，意在言外，倭仁則「藉事納言」，實指照祥家事。

翁同龢是年八月十七日記：

昨日照公母夫人出殯，塗車芻靈之盛，蓋自來所未有，傾城出觀，幾若狂矣。沿途祭棚絡繹，每座千金，廷臣往弔者皆有籍，李侍郎未往，頗忤意旨。往弔者皆易素衣。

按：李侍郎即指李鴻藻，其時以戶部右侍郎兼管錢法堂事務，入直軍機。所謂「有籍者」，言弔客皆登門簿；慈禧閱門簿無李名，故不懌。

同治十年，穆宗十六歲。這一年，大致說來是好年頭，除了山東有水災而不嚴重以外，大江南北，黃河上下，平順無事；西征軍事，節節獲勝，克金積堡、復寧夏、收全功在即，朝廷自兩宮至六部，都在忙著預定明年舉行的兩件大事：大婚、親政；書房功課自然亦加緊了。

但據「李鴻藻年譜」中的紀錄，似頗不堪，而亦未必盡然，茲先引錄有關記載，再作分析：

二月二十七日：公傳兩宮諭：問書房功課極細，有不過磨工夫，見書即怕，及認事不清。以後須字字斟酌，看摺要緊。

四月九日：軍機見起時，兩宮論功課極多，公引咎，並陳近日情形。翁日記云：「軍機見起時，兩宮論功課語極多，諭諸臣須盡心竭力，大略督責之詞多，有支吾搪塞、及恨不能自教之語。李引咎，並陳近日情形，然亦不敢瑣屑也。」

按：「恨不能自教」之語，必出於慈禧，為師傅者，其情難堪，可想而知；但據穆宗自述，則其中有誤會；翁記：「上力言，還宮時並無嬉戲等事，先問安，更衣後再往視膳。日日如此。昨偶指貼落高處字以問，因目力不及，遂不能對云云。」

四月二十一日倭仁病歿；次日兩宮面諭：弘德殿無庸添人，責成李、翁、徐三人盡心輔導。

此是兩宮深知，人多而不能和協，反而妨害功課；其實還應該去了一個徐桐，由翁同龢負專責，而李鴻藻輔助，情況必可改觀。

李譜讀記：

五月十二日：軍機見起，太后垂詢公近日功課，如何用簽，語甚切實；並諭諸臣勿辭勞累。

按：所謂「如何用簽」，指奏摺交議，於覆奏後，如何批示而言。

五月二十七日：公傳諭慈禧皇太后諭旨：書房功課耽誤，書既不熟，論多別字，曾面試一二次，說話不清，著爾等三人，設法勸講，不但教書，並說話亦教，不可再耽擱。

六月三日：公承旨傳諭。翁四日日記云：「昨日軍機見起，李鴻藻承旨亦有傳諭臣二人，大略謂：上年已十六，親政不遠，奈何所學止此？督責之詞，至嚴且切也。」

六月十三日：晨穆宗作論，公以語氣未貫，請重作。是日軍機見起，兩宮與公論書房功課，語至五刻。略言，聖學耽誤，在內背大學皆不能熟，語言蹇吃，詩亦無成誦者，責諸臣不能竭力督導。翁日記云：「因命上宣問諸臣年歲，上應聲詢問頗清楚，蓋督責過嚴，諸事拘泥，其實不至如是也。」

此條與四月九日翁同龢日記合看，可知關於穆宗的功課，慈禧太后實有言過其實之處。所以然者，必須瞭解慈禧太后此時的心態，已不甚正常；慈禧盛年孀居，由排除「三兇」、應付洪楊，此一對世上任何能幹女子皆未經過的挑戰，足以其將任何感情上的缺陷，皆視爲無足縈懷，至少亦是可以排遣之事。

及至大亂既平，銳氣亦消；而年已三十七、八，此是居孀最難爲懷的年齡，而親子穆宗則反於嫡母慈安太后親厚，此兩重精神上的苦悶，導致其出現虐待狂的傾向。她對穆宗的苛責，固自源於北方俗語：「恨鐵不成鋼」的心理，但實爲虐待狂的下意識使然。惟其如此，穆宗視生母較之嚴父更可畏；至於對李鴻藻、翁同龢、則以聽政既久，習於弄權，儼然自以爲高明，信口批評，持論較苛，亦是可以想像之事。

穆宗典學，還有一個意外不利的因素是，這年——同治十年十二月翁同龢之母病歿，當翁母病重時，翁同龢奏請開缺，不允，十二月十九日翁記云：

是日有旨，賞假兩個月，毋庸開缺。蘭蓀來言，兩宮及上詢極殷切。書房不添人，曰：待翁某出來，且日盼翁某早出，聞之感切！

翁母歿於十二月廿四。開年正月十一，恭王特往翁宅弔喪，靈前下拜。親王禮絕百僚，與百官不通弔問，此爲特例，目的亦在勸駕，謂書房正在吃緊，勸翁葬母后即回京銷假，但翁同龢決意在原籍守三年之喪。

自康熙朝，李光地以母喪而提督順天學政，爲其同鄉彭鵬攻得幾乎身敗名裂之後，出身科舉的漢大臣，對「貪位忘親」四字，皆引爲深戒，李鴻藻遇丁憂執意不回；翁同龢亦然。同治十一年春扶柩回常熟，至十三年六月回京銷假，而穆宗在此兩年中，各種因素湊雜，迭遭摧殘；甫成年，已將夭折。如果有翁同龢在，遇事匡救，情況當不致如此之壞。

穆宗的死因，最主要的是婚姻出了問題。同治十一年二月初三，亦就是曾國藩歿於任上的前一天，上諭立后：

欽奉慈安皇太后、慈禧皇太后懿旨：皇帝沖齡踐祚，於今十有一年，允宜擇賢作配，正位中宮，以輔君德，而襄內治。茲選得翰林院侍講崇綺之女阿魯特氏，淑慎端莊，著立為皇后。特諭。

又奉懿旨：皇帝大婚典禮，著欽天監諏吉，於本年九月舉行，所有納采大徵及一切事宜，著派恭親王奕訢、戶部尚書寶鋆，會同各該衙門，詳核典章，敬謹辦理。

又奉懿旨：員外郎鳳秀之女富察氏著封為慧妃；知府崇齡之女赫舍哩氏著封為瑜嬪；前任副都統賽尚阿之女阿魯特氏著封為珣嬪。

按：珣嬪爲皇后之姑；皇后爲賽尚阿之女孫。賽尚阿蒙古正藍旗人，爲宣宗所識拔，咸豐元年拜文華殿大學士，居八旗大臣之首。洪楊勢熾，受命專征，特賜遏必隆刀及帑銀二百萬兩；此爲清朝開國以來，自國庫發軍餉的最後一筆，自玆以往，糧餉便須各省自籌了。賽尚阿練兵尚可，帶兵不行，結果以「調度無方，號令不明，賞罰失當，喪師縻餉」的罪名被充軍；三子亦均革職，長子崇綺字文山，爲清朝唯一的一個「蒙古狀元」，翁同龢同治四年四月二十四日記：

聞狀頭為崇綺。是日十本進呈，兩宮遲回久之，交軍機會同閱卷大臣詳議。諸公相顧不發，延樹南曰：「但憑文字，何論滿漢？」遂覆奏定局。

又：崇文山來請，遂攜舊帳往；文山學程朱十年，至是氣為之浮動，功名之際難言哉！

按：鼎甲不予旗人，爲牢籠漢人之一法，此所以「兩宮遲回」，「諸公相顧」。延樹南名延煦，旗人，爲翁同龢同年；奉派爲殿試讀卷大臣，得其一言而決。狀元故事，謝恩表有一定格式，新科狀元須拜前科狀元爲師，送贄敬，始能獲得指點，謝恩表如何作；宮門如何開銷？崇綺前一科狀元爲翁同龢之侄翁曾源；曾源有羊角風，時常發病，因由翁同龢代爲聯絡。崇綺此時必有喜極失態，盡失道學面目之處，翁同龢乃有此嘆。

又李慈銘同日記：

見禮部小金榜，狀元崇綺。國朝故事，旗人未有居一甲者，聞臚唱時兩宮欲更之，讀卷大臣寶鋆、綿宜皆順旨，朱太宰獨不可，乃止。崇綺為故相賽尚阿之子，年已四十餘，聞其人頗厲節好學；故時鄭王端華，其婦翁也，枋國時獨移疾不出，足跡罕至其門；近有薦其理學經濟於朝者。然賽相禍粵負國，既保首領，今復及見其子天荒狀元，天道真有不可知者矣。

「朱太宰」謂吏部尚書朱鳳標。至於崇綺之妻，除端華之女外，另有一瓜爾佳氏；當崇綺封承恩公時，上諭有「其妻宗室氏、瓜爾佳氏，俱封爲公妻一品夫人」，瓜爾佳氏當係皇后生母。

關於為穆宗立后，兩宮早在同治七、八年時，即已留意。物色的方式，仍循「選秀女」的途徑。這是八旗特有的制度，京內外八旗官員，家有及笄之女，須送選而未入選，方能自行擇配。定制三年一選，歸戶部陝西司掌管，陝西司管在京官員餉項，特設「八旗俸餉處」，存有全部八旗戶口檔案，先期先造「排單」，按秀女年歲及其父官職大小，分別排列，由內務府轉送宮內，依序選看。

同治十年選秀女，由兩宮太后在恭王長女，亦為慈禧太后的「乾閨女」，通稱大格格的榮壽公主協助之下，親自主持；選拔的地點在御花園欽安殿。

經過一次又一次的「推牌子」，最後剩下的候選人只有兩個，一個是鳳秀之女，一個就是崇綺之女；前者為慈禧太后所屬意，後者則為慈安太后所欣賞，亦為眾望之所歸。但據說穆宗本人所看中的是崇齡之女，即封為瑜妃的赫舍哩氏，因瑜妃貌最美。果如穆宗所願，可能後來不會發生悲劇，因為瑜妃是極能幹的人，必有以化解調和兩宮之間的芥蒂與慈禧母子的間的衝突。

薛福成「庸庵文集」，記「嘉順皇后賢節」云：

> 國朝家法，遠軼漢唐宋明以上，而尤有亙古所未睹者，一則開創之功與中興之業，皆出皇太后訓政之；一則以椒房之貴，而殉大行皇帝於百日之內，如穆宗毅皇后是也。

按：「開創之功」云云，指孝莊太后與慈安、慈禧。「嘉順皇后」爲穆宗既崩；德宗入承大統之稱號，殉節經過，留後再談；續引薛文，以明兩宮與慈禧母子間爲立后所生的暗潮。

后為今承恩公崇文山尚書之女，幼時即淑靜端慧，崇公每自課之，讀書十行俱下，容德其茂，一時滿洲、蒙古各族，皆知選婚時，必正位中宮。同治十一年，穆宗將行大婚禮，后與鳳秀女俱選入宮。

當是時后年十九，慈安皇太后愛其端莊謹默，動必以禮，欲立之；鳳秀之女年十四，慈禧皇太后愛其姿性敏慧，容儀婉麗，欲立之。兩宮意雖各有所屬，而相讓未決，乃召穆宗俾自定之。穆宗對如慈安旨，於是乃立后為中宮，而封鳳女為慧妃。

按：慈禧欲立鳳秀之女，因其只十四歲，易於教導，即易於控制；阿魯特氏已十九歲，且通詩書，不易對付。此爲極大的一個關鍵，而慈安、穆宗皆未看出，就注定了皇后的命運。

鳳秀之女落選，慈禧希望落空，這個失敗不止於表示慈禧對皇后的影響力之減弱，而是進一步證明了皇帝對她有背離的傾向。這一點是造成慈禧母子間悲劇的致命傷。

穆宗之樂於親近嫡母，是一正一反相激盪的結果。以慈禧的性情，不會是個好母親；穆宗不但得不到母愛，且望而生畏；而在嫡母那裡的感受，恰好相反。慈安與慈禧雖以姐妹相稱，其實慈安比慈禧小一歲，生得面團團，慈眉善目，與慈禧不怒而威的長隆臉，完全不同；性情平和，從無疾言厲色，還有個習慣愛吃零食。

這些對穆宗來說，從小便具有很高的吸引力，而最重要的，就是他從嫡母那裡獲得了失去的母愛，而在啓蒙的師傅李鴻藻那裡，彌補了一部分他未能充分享受到的父愛。從兒童教育心理的觀點而論，如果沒有慈禧、徐桐這兩個負的因素，穆宗的資質即令平常，仍可以養成為一位夠資格的皇帝。

如果僅是慈禧母子間的衝突，問題比較單純；不幸的是，有慈安在有形無形之間支持穆宗，在慈禧看，是親生之子附和「外人」反對生身之母，此可忍孰不可忍？母子間的嫌隙便愈結愈深了。

慈禧平生有件無可彌補的憾事，也是她始終不能消釋的一大委屈，便是未能在文宗生前正位中宮。與慈安相較，論家世出身，完全相同，慈安姓鈕祜祿氏；慈禧姓葉赫那拉氏，都是八旗世族。慈安之父穆揚阿，官至廣西右江道；慈禧之父惠徵，官至安徽池太廣道，亦完全相同。

至於惠徵因案革職，此在八旗並非很嚴重的事，如果惠徵不死，找個機會復起，並不像漢人革職復用那樣困難。

除此以外，慈禧自覺樣樣勝過慈安，且有子爲帝，而偏偏屈居慈安之次，是她耿耿於懷最不平的一件事。

因此，穆宗之傾向慈安，在慈禧看是兒子完全不能體會她的委屈，不孝之至。同時穆宗傾向慈安的意旨而採取的態度，造成的結果，亦確使慈禧難堪。他們母子間的第一個嚴重衝突，便是殺安德海一事。

翁同龢同治八年八月初六日記：

聞太監小安子為山東丁撫所執，專摺入告。上特其疏命恭親王帶內務府大臣面對；有為緩頰者，諭曰：「此曹如此，該殺之至。」軍機大臣親書廷寄，就地正法，其家亦查封矣，快哉，快哉！

薛福成「庸庵文集」記其事頗爲翔實；玆分段摘引，並作解說，交代此重有名的公案：

同治八年夏四月，福成自江南如保定，道出山東，時余弟福保在巡撫宮保平遠丁公幕府。

按：丁公指丁寶楨，貴州平遠人，咸豐三年翰林；同治初任山東臬司轉藩司。時巡撫為閻敬銘，兩人清廉剛直，性情相似；同治六年二月，閻敬銘久病乞休，舉丁寶楨自代。

福成就謁公，公留之宿，與語天下事，逾二旬不倦。將別，公嘆曰：「方今兩宮垂簾，朝政清明，內外大臣，各職其職，中興之隆，軼唐邁宋，惟太監安得海稍稍用事。往歲恭親王去「議政」權，頗為所中。近日士大夫漸有湊其門者。奈何？」

按：恭王去「議政王」銜，事在同治四年三月，爲當時絕大政潮，亦爲慈禧擅權之始，容後細談，此不贅。

有間，復言曰：「吾聞安德海將往廣東，必過山東境；過則執而殺之，以其罪奏聞。何如？」福成與福保同對曰：「審如是，不世之業也。其難如平一劇寇，功尤高。然佈置欲豫、審機欲密，否則不惟賈禍，亦恐轉益其焰，而貽天下患。」公頷之。

按：安得海出都，擬往江南、廣東採辦一事，籌備甚久；故遠在山東的丁寶楨於初夏即已聞消息。可知此事頗為招搖。

其秋，安得海果出都，公即奏聞；奉上諭：「丁寶楨奏，太監安得海矯旨出都，舟過德州，僭擬無度，招搖煽惑，聲勢赫然。著直隸、山東、江蘇總督、巡撫，迅遴幹員，嚴密擒捕；捕得即就地正法，毋許輕縱。

按：丁寶楨原奏云：「據德州知州趙新稟稱：七月間有安姓太監乘太平船二隻，聲勢炫赫，自稱奉旨差遣，織辦龍衣，船上有日形三足鳥旗一面；船旁有龍鳳旗幟，帶有男女多人，並有女樂，品竹調弦，兩岸觀者如堵。又稱本（七）月二十一日，係該太監生辰，中設龍衣，男女羅拜，該舟正在訪拿間，船已揚帆南下。」

上諭則云：「覽奏深堪詫異，該太監擅自遠出，並有種種不法情事，若不從嚴懲辦，何以肅宮禁，而儆效尤？著馬新貽、張之萬、丁日昌、丁寶楨迅速派妥幹員，於所屬地方，將六品藍翎安姓太監，嚴密查拿，令隨從人員等，指證確實，毋庸審訊，即行就地正法，不准任其狡飾。如該太監風聞折回直境，即著曾國藩飭屬一體嚴拿正法，倘有疏縱，惟該督撫等是問。其隨從人等，有跡近匪類者，並著嚴拿，分別懲辦，毋庸另行請旨。將此六百里各密諭知之。」

丁公初具疏時，聞得海已南下，亟檄知東昌府程繩武追之。繩武躬登屩，馳騎烈日中，踵其後三日，不敢動，復檄總兵王正起發兵追之，及泰安，圍而守之，送至濟南。當是時，朝旨尚未到，而安得海大言：「我奉皇太后命，織龍衣廣東，汝等自速戾耳！」丁公念朝旨未可知，欲先論殺之，雖獲重譴無憾。知泰安御何毓福長跪力諫，請少待之。

按：安得海係沿運河南下，而東昌知府程繩武係在岸上跟蹤。及至安得海起旱赴泰山進香，乃發兵追捕於泰安，由泰安知州何毓福，親自護送至省城濟南。

會朝旨未至，乃以八月丙午夜，棄安得海於市，支黨死者二十餘人，籍其輕重，得駿馬三十餘匹，黃金珠玉珍寶稱足，皆輸內務府。

按：「丙午」為初七；殺安得海之上諭，發於八月初六，此時正在途中。安得海攜珠玉珍寶的目的是，想在江南、廣東做一筆生意；從人中有的完全是生意人，賠本以外還賠上性命，冤哉枉也。

方丁公奏上朝廷也，皇太后問恭親王及軍機大臣，法當如何？皆叩頭言，祖制太監不得出都門，擅出者死無赦。請令就地誅之。醇親王亦以為言。

此皇太后指慈安太后。軍機則指文祥及李鴻藻；據「李鴻藻年譜」，謂上諭爲李命筆，又一說出文祥手。

命既下，天下交口稱頌，伯相合肥李公閱邸鈔，矍然起，傳示幕客，字呼丁公曰：「稚璜成名矣！」曾文正公語福成曰：「吾目疾已數月，聞是事，積翳為之一開。稚璜豪傑士也。」

按：其時曾國藩爲直隸總督，安得海過境，無所動作；而丁寶楨毅然出奏。若在他人，或以適足以形己之短，而對丁有所不慊，而曾國藩不然。其氣量自不可及。

嗚呼，自古宦寺起細微，干朝政，憂時者或出死力與之角，角而不勝，身攖其毒者，相隨屬也。或至罪惡盈積，神人交憤，僅而去之，而天下旋受其敝，又或權力足以相勝，濡忍不斷，以釀大患，不旋踵而禍及其身。丁公獨摘巨慝於萌芽之時，易如反掌，其忠與智，可謂兼之矣。然向非列聖家法之嚴。皇太后之明聖，與諸王大臣之匡弼，其安能若是神速哉！

薛福成頌揚「列聖」、「皇太后」、「諸王大臣」，獨不及穆宗；其實年方十四的小皇帝，乾綱獨斷，才眞是此一大快人心事件中的主角。安得海之出京，自然獲得慈禧的許可；最明顯的證據是，船上所掛的「三足烏旗」。

史記「司馬相如傳」：

幸有三足烏為之使。

「青鳥傳書」固爲極熟之典；殊不知另有注解：

三足烏，青鳥也；主為西王母取食。

由此可知，安得海在船上掛出「三足鳥旗」，無異彰明較著地宣告，爲慈禧太后去打抽豐。安得海當然不會知道這個典故，而是出於他人的指點；指點的人既然識得此典，豈有不識事情輕重之理？

倘非確知慈禧太后曾經授意，或至少是默許，而敢出這樣一個冒太后之名，行搜括之實的主意，莫非他不要腦袋了。

因此，穆宗要「收拾」安得海，當然不會告訴生母；而是在嫡母同意、師傅協助、諸王大臣支持之下，有計畫的行動。那面「三足鳥旗」，把曾國藩都唬住了，不敢動他分毫，唯獨丁寶楨不買帳；曾國藩、李鴻章佩服他的，無非膽量而已。

慈禧母子參商，自此而始。但出人意表的是，慈禧對丁寶楨，不但不以爲恨，而且感激的不得了，因爲這件天字第一號的社會新聞一爆發，少不得有人懷疑，方在盛年的慈禧太后，跟貌似孌童的「小安子」是不是「有一腿」？而據說丁寶楨殺安得海後，暴屍三日，證明了他是眞正的太監，爲慈禧太后有力地洗刷了不白之冤。

因此，當慈禧太后的「恩人」，外號「一品肉」的吳棠病歿川督任上後，即以丁寶楨調升，藉爲報答。

丁寶楨以庶吉士在籍辦團練，奉旨免散館試授職翰林；又以軍功補湖南岳州知府，超擢山東臬司，轉藩司升巡撫，擢任川督；有清一代，內外大臣經歷，無有如此簡單者；且由知府而一躍爲監司，而巡撫、而總督，疆臣之進階亦未有如此直接而順利者。

至於恭王被革去「議政」的頭銜，事起於同治四年，編修蔡壽祺疏劾恭王；蔡爲江西德化人，道光二十年翰林，以兼日講起居注官之故，得專摺言事。蔡先於二月二十四日上疏言「紀綱之壞者」十條，對統兵大員，作了極嚴厲的批評，請求「敕下群臣會議，擇其極惡者立予逮問，置之於法，次則罷斥，其受排擠各員，擇其賢而用之，以收遺才之效。摺上留中；十日以後，復上一疏，箭頭便直接對準恭王了。

蔡壽祺的這道吞吐其詞的奏摺，指虛爲實，似諒而誣；而託之於物議，攻恭王者計有貪墨、驕盈、攬權、徇私等四端，其言如此：

近來竟有貪庸誤事，因挾重貲而內膺重任者；有聚斂殃民，因善夤緣而外任封疆者，至各省監司出缺，往往用軍營驟進之人，而夙昔諳練軍務、通達吏治之員，反皆棄置不用，臣民疑慮，則以為議政王之貪墨。

按：自金陵之捷至蔡壽祺上此疏的同治四年三月止，尙侍督撫皆無多大更動，「聚斂殃民因夤善緣而外任封疆者」，著一「外」字，彷彿京官外放，而實非是；因京官既不親民，何來「聚斂殃民」？

在此期間，只同治三年八月，林鴻年任滇撫，馬新貽任浙撫；林鴻年福州人，道光十六年狀元，由雲南藩司以政績升任巡撫；則所指者自爲馬新貽，馬以能得民心著稱，則所謂「聚斂殃民」，誣之甚矣。

自金陵克復，票擬諭旨，多有「大功告成」字樣，現在各省逆氛尚熾，軍務何嘗告竣？而以一省城之肅清，附近疆臣，咸膺懋賞，戶兵諸部，咸被褒榮，居功不疑，群相粉飾，臣民猜疑，則以為議政王之驕盈。

按：既云「群相粉飾」，何得獨歸過於議政王？且此又何所謂「猜疑」？金陵之克，十餘年大亂弭平，自是「大功告成」，而僅謂之「一省城之肅清」；此人居心之刻，可以想見。

御史之設，原許風聞言事，近日台諫偶有參劾，票擬諭旨多令其明白回奏；似足杜塞言路，，矧如彭端毓、呂序、程金鈞、華祝三、裘德俊等，俱以京察一等，放雲貴甘肅府道，朝廷為地擇人，臣下何敢論缺之安危、地之遠近？然部曹每得善地，諫臣均放邊疆，雖會逢適，而事若有心。至截取一途，部曹每多用繁，御史則多改簡，以故諫官人人自危。怵近年部院各館差使，保舉每多過分，因利害而緘口，臣僚疑懼，則以為議政王之攬權。

按：此言恭王有意箝制言路。御史、部郎俸滿，因保舉而得外用知府，稱爲「截取」；如「京察」一等，則不待俸滿截取，即行外放，部曹每得善地，即用爲「繁府」；御史常派邊疆，即用「簡府」，正確爲當時的實情，但非議政王之過。部曹每得善地，或出於各人自行向吏部活動；或由於各省奏調，照例得請。

但督撫可以奏請調用部郎，不可謂某御史歷俸將滿，例得外用，請揀發來省。不獨奏調言官，從無此例，即奏調編檢，亦須請奏調之督撫爲翰林前輩，清望素著者，方不致被駁之。

第四項徇私，則只有一小段話：

總理通商衙門，保奏更優，並有各衙門不得援以為例之語；臣僚疑惑，則以為議政王之徇私。

總理通商衙門，即以後「總理各國事務衙門」的原始名稱；簡稱「總署」，署內編制，分股辦事，共設五股。總署當時的地位，有如美國的國務院，而相當於我國現在的外交部加國防、財政、經濟、交通、教育各部業務之涉外部分，其組織恐外交界資深人士，亦未盡瞭解，此亦一段掌故，值得略作介紹。

總署五股的名稱職掌如下：

一、俄國股：兼理對日交涉事務。

二、英國股：兼理對奧斯馬加（奧地利）交涉事務。

三、美國股：業務最繁，對美國、德國、秘魯、義大利、瑞典、挪威、比利時，丹麥、葡萄牙的交涉事務，都歸此股掌管。

四、法國股：兼理對荷蘭、日斯巴尼亞（西班牙）、巴西的交涉事務。

五、海防股：此爲光緒年間，李鴻章佐醇王辦海軍時新設，交涉對象，不限一國，凡有關海防、江防事宜，包括購軍艦、請教練等等，都歸此股主辦，有關各股協辦。

總署司官，沿用軍機名稱「章京」，編制亦大致相仿，總辦章京滿漢各二人，即軍機處的「達拉密」；幫辦章京滿漢各一人；章京額內滿漢各十人，額外滿漢各八人，分日更代直宿，與軍機章京頭班、二班的規制相同。

至於總署的負責人，大致特簡親郡王爲首腦，用事者先則爲恭王；後則爲慶王奕劻；「大臣上行走」若干員，無定額，軍機大臣往往兼總署大臣。用事者始終爲李鴻章；自光緒甲午至戊戌四年間，翁同龢掌權，終於被攻而落得一個淒涼的下場，眞所謂「象以齒焚身」，此是後話，暫且不提。

總署章京保舉之優，確爲事實。章京先期考試，考取引見後，記名以次補用；報考者以部院司官爲多，本身原缺如爲郎中，則三年一保，可以道員用；員外可以知府用。部院郎中、京察一等不過放知府；則總署保舉，不但較部院爲優，且爲甚優。所以如此，亦自有淵源，總署初設，爲保守派所極力反對，尤以倭仁爲甚；恭王、文祥、寶鋆，頗爲頭痛。因設計令倭仁在總署大臣上行走，作用是所謂「拖人落水」。倭仁不敢抗旨，騎馬上任而故意墜馬受傷，迴避之計亦甚苦。

在這種風氣之下，翰林皆薄總署章京，不能不以保舉優渥爲延攬人材之計。而一入此途，亦往往絕於清班，不能不說是一種犧牲。至於總署章京，須熟諳各國事務；與昧於世界大勢，詑異於「葡萄」如何有「牙」的滿州大員相較，則總署章京保舉之優，亦是適當的報酬。

蔡壽祺最後提出要求，希望恭王「退居藩邸」，他說：

臣愚以為議政王若於此時引為己過，歸政朝廷，退居藩邸，請別擇懿親議政，多任老成，參贊密勿，方可保全名位，永荷天庥。即以為聖主沖齡，軍務未竣，不敢自耽安逸，則當虛己省過，實力奉公，於外間物議數端，有則改之，無則加勉，時時接見外廷，虛廷採訪，願聞過失，以期共濟時艱，匡弼政事，庶幾天和可召，物議可弭，為朝廷致無疆之福，即為一己全不朽之名。

傳言蔡摺上後，慈禧太后謂恭王：「有人參你。」恭王並不謝過，只追問何人所參。及至慈禧太后宣示後，恭王失聲而言：「蔡壽祺不是好人！」欲捕蔡。慈禧震怒，採取了非凡行動。

李慈銘「越縵堂日記」云：

聞是日（按：三月初）召見芝翁、瑞芝生協揆、朱桐軒太宰、吳竹如少農、王小山少寇、桑柏齋、殷譜經兩閣學，以講官編修蔡壽祺疏劾議政王攬權納賄，議政王欲逮問之。兩宮怒甚，垂淚諭諸公以王植黨擅政，漸不能堪，欲重治王罪。諸公莫敢對。太后屢諭諸臣當念先帝，毋畏王；王罪不可逭，宜速議。

商城頓首曰：「此惟兩宮乾斷，非臣等所敢知。」太后曰：「若然，何用汝曹為？異日皇帝長成，汝等獨無咎乎？」商城又言：「此事須有實據，容臣等退後，詳察以聞。」且言，請與倭仁共治之。太后始命退。諸公均汗沾衣。外間藉藉，皆言有異處分矣。

按：「芝翁」、「商城」均指體仁閣大學士周祖培，字芝台，河南商城人；「瑞芝生協揆」謂協辦大學士瑞常，字芝生，蒙古人；「朱桐軒太宰」則吏尚朱鳳標；「吳竹如少農」謂戶部侍郎吳廷棟；「王小山少寇」謂刑部侍郎王發桂；「桑柏齋、殷譜經兩閣學」，則內閣學士桑春榮、殷兆鏞。

其時首揆為武英殿大學士賈楨；所以不召賈楨者，由於第一、賈楨於咸豐三年十月充上書房總師傅，而恭王於五月七日因孝靜成皇后之喪忤旨，罷軍機命回上書房讀書，賈楨與之有師生之誼；如罪恭王，賈楨必為之乞恩。第二、賈楨已預定派為會試正考官，即將入闈，無法處理此案。

此外，慈禧所召大臣，亦有原則：第一、軍機大臣不召；第二、滿洲大臣不召；第三、與恭王素有淵源者不召。在此選擇之下，便只有召見周祖培等數人了。而祖培汗流浹背者，則以蔡壽祺言無確據，若欲窮治，無端將興大獄，如阿附慈禧，則本身祿位，遲早不保。而「請與倭仁共治之」，為很高明的應付辦法；倭仁雖因洋務與恭王不協，但此公為眞道學，守正不阿，必為恭王力爭；慈禧召蒙古人瑞常，而不召另一蒙古人倭仁，原因在此。

三月初六日，倭仁、周祖培等，於內閣大堂，召蔡壽祺詢問所指參各節，蔡壽祺本意在投機，見兩宮並未「乾斷」，逕行罷黜恭王；作「貓腳爪」即應適可而止，因而以無實據相答；並書「親供」。

但知慈禧因恭王平時語言、態度中時露輕視之意，積怒已久；不能不酌量抑制恭王，以爲敷衍，所以聯銜奏覆，如此措詞：

臣倭仁等跪奏，為遵旨查訊，恭摺覆奏，仰祈聖鑒事：竊臣等面奉諭旨，交下蔡壽祺摺二件，遵於初六日在內閣傳知蔡壽祺等，將摺內緊要條件，面加訊問，令其據實逐一答覆，並親具供紙。

臣詳閱供內，惟指出薛煥、劉蓉二人，並稱均係風聞，其餘驕盈及攬權、徇私三條，據稱原摺已敘明等語。

查恭親王身膺重寄，自當恪恭敬慎，潔己奉公；如果平日律己謹敬，何至屢召物議？閱原摺內貪墨、驕盈、攬權、徇私各款，雖不能指出實據，恐未必事出無因，況貪墨之事，本屬曖昧，非外人所能見；至驕盈、攬權、徇私，必於召對辦事時流露端倪，難逃聖明洞鑒。臣等伏思黜陟大權，操之自上，應如何將恭親王裁減事權，以示保全懿親之處，恭候宸斷。

此摺頗能道出實情。恭王自議政後，其門如市，開支浩繁，僅兩宮不斷賞賜，雖食物之微，對太監亦須厚賞；是故恭王岳父桂良，建議提「門包」充府用。門包本為外官晉謁時犒賞王府下人之用；聞提門包充府用，則自須加豐，變成公開納賄。

覆奏上達御前時，慈禧太后已親筆寫了一道硃諭，召見倭仁與周祖培等，將硃諭交了下來。慈禧肚子裡究有幾許墨水，向來說法不一；筆者兒時見過慈禧所畫的松鼠葡萄等翎毛花卉，及長稍涉文史，知為慈禧的「清客」，雲南「繆太太」所代筆，但猶以為慈禧能侍候文宗看奏摺，文字總還清通，後來閱吳相湘所著「晚清宮廷實紀」，所附影印故宮博物院所藏慈禧親筆硃諭，方知究竟。

這是一件很有趣的文獻，特此刊出，並附釋文，其中有添加，如「徇情貪墨」旁另加「驕盈攬權」；有塗改如「諂媚」塗去，改正為「曖昧」等。

諭在廷王大臣等同看朕奉兩宮
皇太后懿旨本月初五日據蔡壽祺奏恭

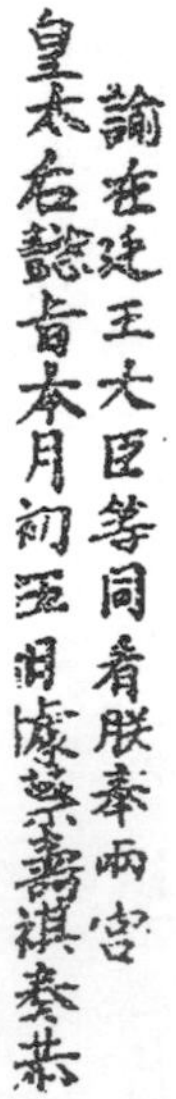
諭在廷王大臣等同看朕奉兩宮
皇太后懿旨本月初五日據蔡壽祺奏恭

親王辦事徇情貪墨多招物議種種情形
驕盈攬權
等弊嗣此重情何以能辦公事查辦雖無
曖昧
實據是出有因究屬諳媚知事難以懸揣
恭親王從議政以來妄自尊大諸多狂敖
以仗爵高權重目無君上看朕沖齡諸多
挾致往往諳始離間不可細問每日召見
滿口胡談亂道
趾高氣揚言語之間許多取巧嗣此情形
以後何以能辦國事若不即早宣示朕歸
行
政之時何以能用人形正嗣此種種重大
情形姑免深究方知朕寬大之恩恭親王
著毋庸在軍機處議政革去一切差使不
准干預公事方是朕保全之至意特諭

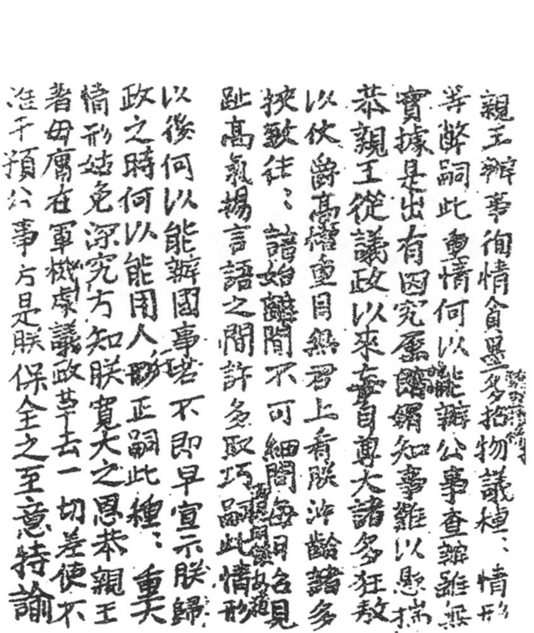
親王辦事徇情貪墨多招物議種種情形
等弊嗣此重情何以能辦公事查辦雖無
實據是出有因究屬諳媚知事難以懸揣
恭親王從議政以來妄自尊大諸多狂敖
以仗爵高權重目無君上看朕沖齡諸多
挾致往往諳始離間不可細問每日召見
趾高氣揚言語之間許多取巧嗣此情形
以後何以能辦國事若不即早宣示朕歸
政之時何以能用人形正嗣此種種重大
情形姑免深究方知朕寬大之恩恭親王
著毋庸在軍機處議政革去一切差使不
准干預公事方是朕保全之至意特諭

這樣一道別字連篇、書法拙劣的硃諭，慈禧跟別的太太、小姐們不一樣，能不怕難為情，在大學士面前拿得出手，這就證明她真正是「政治的動物」。不過，她倒也有「自知之明」，當時面諭：裡頭有別字，詞句也有不通的地方，你們改一改。於是周祖培請增八字：「議政之初，尚屬勤愼」，此外如「嗣此」爲「似此」；「是出」爲「事出」；「挾致」爲「挾制」均已改正。欠雅順的詞句，如「滿口胡談亂道」改爲「妄陳」等。

話雖如此，但立場語氣，確是上諭。尤其是處理的手法，面諭此詔由內閣明發，不必經由軍機；運用「君權」，直截了當。本來「相權」是與「君權」對立而制衡的，唐宋詔令不出自中書門下者無效，可防宦臣弄權或亂命。

明朝洪武十三年罷相，理論上唯天子獨尊，相權已不存在；自內閣制度確立，大學士爲實質上的宰相，不僅爲約定俗成之事，而且通政使掌章奏出納，可使王命不出國門，相權不但已恢復，甚至凌駕君權。

中葉以後，司禮監之權日重，究其實際，本爲皇帝要找一個得力的助手，來維持他的君權，與相權抗衡，故英察者如嘉靖則駕馭太監以制內閣，數十年不見大臣，在西苑修道求長生，而仍能大權在握；闇弱者如天熹，太監乘機竊權，爲實質上的皇帝。

及至清朝，開國之初，大學士仍爲宰相；但因設有御前大臣、內大臣、御前侍衛以有內務府，作爲維護君權的集團，相權被大爲抑制，但並未完全消失。到得雍正年間，連這一點殘餘的相權，亦覺得掣肘不便，乃有軍機處之設，大權盡歸內廷；相職徒具虛名。至嘉慶、道光、咸豐，軍機大又有成爲宰相之勢；「辛酉政變」就政治理論來研究，是君權與相權的一次大衝突，慈禧與恭王之鬥得占上風，關鍵在有徒具空名的內閣可以利用，否則軍機既已全班皆革，詔旨何由下達？

譬如司閽叛主，倉卒擒殺；而門戶非司閽不得啓；豈非自陷困境？幸而還有一道無意中保留的「太平門」，就是有名無實的內閣。慈禧學得了這個訣竅，第二次利用通道「太平門」。走「太平門」的辦法，當初原是恭王所設計的；如今慈禧即以其人之道，還治其人之身，恭王的痛心，可想而知。

不過慈禧只能跟恭王爲難；接替恭王職務的人，事實上仍爲恭王的副手，所以恭王所定的政策，並未發生變化。而且王公大臣及以翰林爲主的「清議」，都覺得政府不能少恭王這麼一個人；就是慈禧亦只是想洩憤立威，並非對恭王深惡痛絕，決不容其執政。是故在這道上諭明發時，已無形中舖下恭王復起之路；後面加一段云：

至軍機處政務殷繁，著責成該大臣等共矢公忠，盡心籌辦。其總理通商事務衙門各事宜，責令文祥等和衷共濟妥協辦理。以後召見引見等項，著派惇親王、醇郡王、鍾郡王、孚郡王等四人，輪流帶領，特諭。

當時軍機大臣除恭王領班外，以次爲文祥、寶鋆、李棠階、曹毓瑛，資格皆甚淺，文祥升左都御史不過三年；如果欲絕恭王復起之路，應另簡王公或大學士接替，既不補人，則仍是虛位以待之意。

至於派恭王兄弟的一兄三弟帶領引見，亦可隱約看出慈禧色厲內荏，思爭取其他四個小叔支持的心態。

但「五爺」惇王還是上了摺子，爲恭王抱不平；大意是：

自古帝王舉措，一秉至公，進一人而用之無貳；退一人亦必有確據，方行擯斥。今恭親王自議政以來，辦理事務，未聞有昭著劣跡，惟召對時語言詞氣之間，諸多不檢，究非臣民所共見共聞，而被參各款，查辦又無實據，若遽行罷斥，竊恐傳聞中外，議論紛然，於用人行政，似有關係，殊非淺顯。臣愚昧之見，請皇太后皇上恩施格外，飭下王公大臣集議請旨施行。

此奏是要推翻慈禧的手詔，而又並非純爲恭王求情，一則曰「未聞有昭著劣跡」；再則曰「被參各款查辦又無實據」，則慈禧據蔡壽祺所奏指責各端，大多落空，僅謂「召對時語言詞氣之間，諸多不檢」，不過禮貌欠缺而已，復加「究非臣民所共見共聞」，則直是指慈禧氣量太狹，擯斥恭王，無非狹小嫌報復。

這在慈禧不免難堪，然而卻不能不買帳。慈禧之懂政治，即在永遠都瞭解她的權力的臨界限度，因而讓步，召見文祥等，發下惇王及蔡壽祺的原奏，命傳諭王公大臣、翰詹科道，在內閣集議。

及至廷議時，想不到竟發展爲新舊之爭。原來兩宮召見文祥，以及三月初九日召見倭仁、周祖培、吳廷棟等人，所說的話，完全不同。對後者所說的話是：

「恭王狂肆已甚，必不可復用！」

「即如載齡人材，豈任尚書者乎？而王必予之。」

「惇王今為疏爭，前年在熱河言恭王欲反者，非惇王耶？汝曹為我平治之！」

而文祥轉述兩宮的面諭是：

「恭親王於召見時一切過失，恐誤正事；因蔡壽祺摺，恭親王驕盈各節，不能不降旨示懲，及惇親王摺不能不交議，均無成見，總以國事為重。」

「朝廷用舍，一秉大公，從諫如流，固所不吝，君等謂國家非王不治；但與外廷共議之，合疏請復任王，我聽而許焉可也。」

兩方面的話，截然不同。倭仁與吳廷棟，在守舊派中一爲領袖，一爲健將，皆以衛道自任，對恭王主持洋務，本有不滿之意，而這一次政潮發生後，各國使節當然要紛紛探詢，甚至爲恭王說話，加以寶鋆、文祥及其他傾向洋務，爲倭仁、吳廷棟等視爲離經叛道的朝士，對恭王表示支持，皆足以構成對守舊派的刺激，故態度上由裁減恭王事權，轉變爲贊成罷免。

相爭不得解決之後，要帶領引見的鍾王作證；那知鍾王的回答，竟是：「不錯。我都聽見的。」

廷臣相顧愕然；兩宮自相予盾，不知其眞意何在？聚訟紛紜，莫衷一是，只好等到三月十四日再議；因爲還有個要緊人物醇王，此時到東陵看陵工去了，預定十三日回京，要看他的意思，以爲處理的導向。

十三日醇王到京，文祥等已商定了一個大事化小的宗旨；讓兩宮太后的面子過得去，恭王則不免要受些委屈。醇王自然同意，當天就上了一個摺子，第一段是恭維兩宮太后：

伏思我皇上御極之初，內患未除，外患未靖，若非皇太后垂簾聽政，知人善任，措置得宜，何以能剪鋤奸佞，轉危為安，中外政務，日見起色。

「知人善任」四字，隱隱然指兩宮亦有責任在內。恭王仍是恭王，何以從前「措置得宜」；此時有如蔡壽祺所參各款，則其間有「善任」與否的問題在內，不言可知。

以下爲恭王解說；

恭王感荷深恩，事煩任重，其勉圖報效之心，為我臣民所共見；至其往往有失於檢點之處，乃小節之虧，似非敢有心驕傲。

惇、醇兩王，皆言恭王在召對時，小節諸多不檢；則諸家筆記所載一軼事，相當可信。茲據吳相湘「晚清宮廷實紀」所載，轉引如下：

世傳王每日內廷上值，輒立談移晷，宮監進茗飲，兩宮必曰：「給六爺茶！」一日召對頗久，王立案前，舉甌將飲，忽悟此御茶，仍還置原處，兩宮哂焉；蓋是日偶忘命茶也。

按：恭王所誤飲之茶，可決其爲屬於慈禧者，兩宮召見王公大臣時，並坐御榻，前設御案；並坐時，慈禧在慈安之右，以面南而論，即慈安在東爲上首；慈禧在西爲下首。但如在乾清宮東暖閣召見，兩宮對門面西而坐，則慈安在南爲上首；慈禧在北爲下首，不問方位，但以至尊對面爲南方，從而區分東西上下。

至於恭王立談，當然是站在御案之旁，而非御案之前，成堂上、堂下問案之狀；而站立位置，當然在下首；易言之，不論在何處，恭王見兩宮之談，總是站在慈禧之右，則誤取者必爲慈禧之茶，可想而知。原爲一時失檢，而在有成見者，即視之爲目中無人，嫌隙由是而生。

第三段言不宜罷斥恭王之故，及爲恭王求情，意思與惇王相同，而語氣較爲恭順：

且被參各款，本無實據，若因此遽爾罷斥，不免駭人聽聞，於行政用人，殊有關係。惟有仰懇皇太后、皇上，逾格恩施，寬其既往，將恭親王面加申飭，令其改過自新，以觀後效。恭親王自當仰體聖慈，深自咎抑，力避嫌疑，以贖前衍；以昭聖主教諭成全之至意。

此外通政使王拯、御史孫翼謀亦各上摺，支持恭王，但措詞不同，王拯以爲宜宥其前愆，責以後效，並舉倭仁、曾國藩可勝議政大臣之任。

孫翼謀頗有遠見，認爲局勢艱難，執政應有專任之人；而又非恭王這種身分，通朝野之氣；孚上下之信，不則「浸假而左右近習，挾其私愛私憎，試其小忠小信，要結榮寵，熒惑聖聰」，揆諸以後安得海、李蓮英的行徑，不能不佩服他防微杜漸的深意。

三月十四，再度在內閣集會，醇王及王、孫兩摺，一併發下交議。會議仍由倭仁主持，先已準備了一個覆奏的稿子，以爲醇王疏，可以置而不議。這一下觸怒了醇王，當時雖未發作，事後借題報復；而軍機復又藉故杯葛內閣，政海波瀾，光怪陸離，百餘年後，猶復如見。

當時的輿論是相當開放的，而且有個自嘉道以來所未見的現象，即漢人說話很有分量，這當然是因爲漢人爲大清朝重定天下的關係。因此，倭仁的道德學問雖爲士林所敬仰，但想一手遮蓋輿論卻辦不到；因而很少人理他，依舊聚訟紛紜，發言的情況相當熱烈。

最後肅親王華豐到場，袖出一稿，傳示眾人。在宗室中，禮府、肅府地位比較特殊，亦比較超然，因爲禮王代善，成爲太祖以下的長房；而肅王豪格則爲太宗以下的長房，在宗法中，長房具有仲裁的地位，所以華豐所出示的疏稿，不妨視作疏支宗室的公意，而交由華豐代表提出，當然是有相當分量的。疏稿中說：

臣等議得蔡壽祺原奏，業經大學士倭仁等先行奏覆，至恭親王受恩深重，勉圖報稱之心，為盈庭所共見，誠如醇郡王所言，倘蒙恩施逾格，令其改過自新，以觀後效，恭親王自當益加斂抑，仰副裁成；臣等亦以醇郡王所言，深合用人行政之道。至於王拯、孫翼謀之件，雖各抒己見，其以恭親王為尚可錄用之人，似無異議，臣等謹議：恭親王方蒙嚴譴，悚惕殊深；此時察其才具，再為錄用，雖有惇親王、醇郡王並各臣工奏保，總需出自皇太后皇上天恩獨斷，以昭黜陟之權，實非臣下所敢妄擬。所有臣等遵旨會議情形，謹繕摺具陳。

此稿獲得絕大多數的支持。「獨斷」二字，用得而好；無異明日提醒慈禧，大家都以爲恭王可用；但黜陟大權，既出自「獨斷」，便須獨自承擔此「獨斷」的後果。這後果是什麼？是必有人以爲女主擅權，前朝所論垂簾之弊，已有明驗；發動請兩宮太后退居慈寧的政變。此端一發，大概疆臣中除了內務府出身的粵督瑞麟；因受慈禧報恩而不次拔擢的漕督吳棠以外，包括鄂督官文在內，都會支持；王湘綺早就有詩：「祖制重顧命，姜姒不佐周」，家法史鑑，都是不利於慈禧的。

見此光景，倭仁便改削前稿，與肅王之稿並列，由與議者自行選擇；倭仁主稿的覆奏是：

臣等伏思黜陟為朝廷大權，恭親王當皇主即位之初，維持大局，懋著勤勞，疊奉恩綸，酬庸錫爵，今因不自檢束，革去一切差使，恭親王從此儆懼，深自斂抑，未必不復蒙恩眷；以後如何施恩之處，聖心自有權衡，臣等不敢置議。

如此措詞，純爲恭王求情，軍機大臣列名此疏；而宗室王公大臣，列名於肅王之疏者，達七十餘人，由禮親王世鐸領銜。

此外，內閣學士殷兆鏞、左副都御史潘祖蔭、內閣侍讀學士王維珍、給事中譚鍾麟、廣誠、御史洗斌等，亦各有單銜奏摺。

廷議向來許「兩議」，即兩種不同的意見，難以調和，只得同時並上，名爲「兩議」。如兩議之外，另有意見，倘有專摺言事的資格，如兼講官的翰林等，亦可單銜具奏。其中廣誠一疏，搔中癢處；發生了很大的作用；此由上諭中特別提出解釋可知。

上諭是在四月十六日所發。照常例，四月十四日廷議，即日具覆，則在四月十五日黎明交到軍機處；大概上午八時左右，軍機進見時，即可作一決定；至遲午間，已有「明發」。此案延遲一日，方始定奪；其間是否慈禧留置，或者十五日召見軍機，議而不決，無可究詰，不過，由此以證慈禧之煞費躊躇，應是無可疑之事。

上諭先說各疏的內容：

「均以恭親王咎由自取，惟係懿親重臣，應否任用，予以自新，候旨定奪等語，所見大略相同。」

接下來，便專談廣誠一摺：

惟給事中廣誠等摺內所稱：「廟堂之上，先啟猜嫌；根本之間，未能和協，駭中外之觀聽，增宵旰之憂勞」等語，持論固屬正大，而於朝廷辦理此事苦心，究未領會，雖前日面諭軍機大臣等，隨同孚郡王赴內閣傳諭諸臣，而科道等，仍有此語，實有不能不再行宣示者。

恭親王誼屬懿親，職兼輔弼，在親王中倚任最隆，恩眷最渥，特因其信任親戚，不能破除情面，平時於內廷召對，多有不檢之處，朝廷杜漸防微，若復隱忍含容，恐因小節之不慎，致誤軍國重事，所關實非淺鮮。

且歷觀史冊所載，往往親貴重臣，有因遇事優容，不加責備，卒至驕盈矜誇，鮮克有終者，可為前鑒。日前將恭親王過失，嚴旨宣示，原冀其經此次懲儆之後，自必痛自斂抑，不至再蹈怨，此正小懲大誡，曲為保全之意。如果稍有猜嫌，則惇親王等摺，均可留中，又何必交廷臣會議耶？

此論力辯廟堂之上，無猜嫌之意，足見慈禧對此層極其重視。因爲論猜嫌，當然是慈禧猜嫌恭王，而非恭王猜嫌慈禧；此案自始至終，論調是恭王小節有虧，咎由自取；語氣中容或有處置太嚴之意，而像這樣等於公然表示慈禧對恭王猜疑，挾小嫌報復，則咎非恭王自取，而責任應在慈禧，故非力辯不可。

廣誠之疏，列名者尚有給事中多人，見諸私家記載者，有翁同龢同年、譚延闓之父譚鍾麟；或傳疏稿即出於譚的手筆，衡諸「清史列傳」的記載，信其爲確。

譚於是年十二月簡放杭州府，到任已在同治五年；六年二月署杭嘉湖道；七年升河南臬司；八年三月丁憂，回籍守制；十年秋服滿補陝西藩司；十一年正月護理陝撫；光緒元年三月眞除。外放至此僅九年，扣除在籍守制及起復進京途中所耗時間，實際上居官最多六年半，即由五品黃堂而至二品封疆，官符如火，頗爲罕見；雖說與本身才具，又得馬新貽、左宗棠的保薦有關，但未始不由於同治四年三月一疏，能迴慈衷，因獲恭王、文祥、寶鋆等提攜所致。

至於上諭中所責恭王「信任親戚」，可能是指載齡；此人是聖祖第三子誠親王允祉之後，道光廿一年翰林。「辛酉政變」成功，恭王於十月一日奉旨議政，並領軍機；載齡即於同日補刑部右侍郎，此爲殺肅順的一種部署；當時對「三兇」的處置，已有決定，怡王載垣，鄭王端華賜自盡；端華同母弟肅順則明正典刑。宗室綁至菜市口砍腦袋，爲有清以來第一遭；而況肅順的驕恣跋扈，是出了名的，因爲可以預料得到，當肅順處決時，必有麻煩；「監斬」是個很難當的差使。

定制，凡欽命要犯處斬於菜市口，由刑部右侍郎監刑；載齡之補刑右，拆穿了說，就是要他去當監斬肅順這一個差使。

因爲王公大臣在皇帝可以今天許這爲棟樑；明天斥之爲叛逆，而其部屬及其他中下級官員，卻不敢持著與皇帝同樣的態度，行刑是國法，法外之情，又是一回事，因此，劊子手奉旨殺大臣職官與殺江洋大盜，在態度上截然不同，對前者，照例在動手以前，向他的「目標」，屈膝請安，口中說一聲：「請大人升天」。然後操刀。如果受刑者有何「不法」的舉動，如口出惡言之類，應付之道，亦因人而異，倘爲平民身分，可用殘酷手段，輕則塞以麻核桃；重則割舌——此法最不人道而最有效。

如上所敘，可知如何有效對付就刑的犯人，胥視主持行刑者的身分而定。今以近支宗室的載齡；監斬疏支宗室的肅順，刑部司官差役，心無顧忌，必如所命。薛福成「記咸豐季年肅順之伏誅」云：

將行刑，肅順肆口大罵，其悖逆之聲，皆為人臣子者所不忍聞。又不肯跪，劊子手以大鐵柄敲之，乃跪下，蓋兩脛已折矣。遂斬之。

此即由於載齡監斬，劊子手乃敢如此。肅順處決在十月初六，未幾日；載齡即調補吏部左侍郎；此爲卿貳中的首席，只要無大過，必升尚書。

現在再回到三月十六日的上諭上來；解釋以後，宣示處置：

茲覽王公大學士等所奏，僉以恭親王咎由自取，尚可錄用，與朝廷之意，正相吻合，現既明白宣示，恭親王著即加恩仍在內廷行走，並仍管總理各國事務衙門事務，此後惟當益矢慎勤，力圖報稱，用副訓誨成全之至意。

「仍在內廷行走」，是爲了闢「廟廊之上，先啓猜嫌」的謠；仍管總署，爲塞洋人之望；革「議政」銜原在意中，惟不回軍機，出人意表。此亦慈禧的一種手段，加意杯葛；而醇王不滿內閣爲慈禧所利用，與軍機聯手，直接對倭仁等展開杯葛；即間接向慈禧作一警告，事不嚴重，但強烈地表現了反擊的意向。

事在兩天以後，醇王復上一疏，事由是：「爲承旨大臣，陽奉陰違，恭請宸斷，以重國體，而儆臣工」；借題發揮的著眼點在上諭「內廷王大臣同看」這一句上；他說：

彼時臣因在差次，未能跪聆硃諭，自回京後，訪知內廷諸臣，竟無得瞻宸翰者，臣曷深駭異之至，伏思既奉旨命王大臣同看，大學士倭仁等自應恪遵聖諭，傳集諸臣，或於內閣，或於乾清門恭讀硃諭，明白宣示，然後頒行天下，何以僅交內閣發抄，顯係故違諭旨。……茲當皇太后垂簾聽政，皇上沖齡之際，若大臣等如此任性妄為，臣竊恐將來親政之時，難於整理。

內閣不掌政權，容或「妄爲」；決難「任性」，此明是指慈禧而言。於此所可指出者，醇王福晉雖爲慈禧胞妹，但醇王此時是站在恭王一邊的；慈禧看得很清楚，若非收服醇王爲己所用，無法克制恭王，以後她就在這方面下工夫，而終於有光緒十年三月，全班逐出軍機，朝局徹底翻新的大變局，結束了「同光中興」的小康現象，而爲滿清亡國之始，爲近代史上的一大關鍵。此是後話，暫且不提。

爲了配合醇王一疏，軍機處亦咨內閣云：

三月初七日由貴處咨送恭錄諭旨：「本月初五日據蔡壽祺奏：恭親王辦事徇情」等因欽此；蔡壽祺原摺年月係三月初四日呈遞，已由本處存檔，其初五日是否另有一摺？如存貴處，並無應查之件，即希將原咨摺送本處，以便繕檔。」

軍機處明知蔡壽祺只三月初四所上一摺，慈禧誤書爲三月初五，因而故意以「是否另有一摺爲問」。此一方面有杯葛內閣之意；另一方面則是深恐大權旁落，採取防微杜漸的自衛措施。

依軍機處規制，凡硃批之摺交由內閣「明發」者，錄副發鈔；內閣所辦之事，不過如當今各機關秘書室一部分的業務，原摺發鈔後，應於次日送回軍機處，按月彙送內奏事處。如內閣直接奉旨辦理，並留存原摺，則內閣與軍機處無異；此例一開，在上者便有雙重工具可以利用，如不滿軍機處，即可直接指揮內閣，下達上諭；軍機處權力日減，久而久之，復成雍正七年以前的狀態，所以必須有此一咨，等於提醒內閣，實權仍在軍機處。

至於蔡壽祺三月初四摺，關於「議政王之貪墨」，有「挾重貲而內膺重任；善夤緣而外任封疆」兩語，謂指薛煥及劉蓉，因而命薛、劉明白回奏。

薛煥任江蘇巡撫時，長駐上海，正當英、美、法、德各國，積極開發中國市場，江海關稅收及內地各關卡釐金大增，收支報解制度既未建立；而且戰火阻隔，戶部鞭長莫及，因此在支持何桂清，請洋將助戰，濫行開支外，應酬在京王公大臣，亦是主要開支，恭王收了他的紅包固然不錯，但並非只是他一個人如此；且罷蘇撫後，留任通商大臣，後調工右，同治三年四月解任候補，亦不得謂之「內膺重任」。

費行簡「近代名人小傳」記薛煥云：

字覲唐，（四川）與文人，以進士剔歷內外，咸豐季年官江蘇巡撫兼理通商事務。時蘇州久陷，巡撫駐上海，外交棼亂，煥一倚道員吳煦主持，寖媚敵自重，雖多被彈劾，而以其善賷緣，京朝官咸為解釋，至同治二年始罷，仍以侍郎候補。……煥當官無令望，頗通賄遺，去官日，富致百萬，為合肥李氏姻家；工鑑別，收藏之富，冠於全蜀。初以媚外不容於鄉評，乃斶資助張之洞起尊經書院，以開蜀學，而至今里閈仍無頌其賢者。

其人如此，早為慈禧所悉：至於由四川藩司調升陝西巡撫的劉蓉，與朝官向無往來，亦為慈禧所深知，因此當薛煥自陳決無行賄其事，完成了表面文章；且亦達成了警告恭王的目的以後，慈禧於四月十四日命恭王復回軍機，距第二次聚訟紛紜的廷議，恰好匝月。而上諭中又將恭王教訓了一番；經此嗟跌，恭王銳氣大減，說起來慈禧是勝利的。原諭云：

本日恭親王因謝恩召見，伏地痛哭，無以自容，當經面加訓誡，該王深自引咎，頗知愧悔，衷懷良用惻然，自垂簾以來，特簡恭親王在軍機處議政已歷數年，受恩既渥，委任亦專，其與本朝休戚相關，非在廷諸臣可比，特因位高速謗，稍不自檢，即蹈愆尤，所期望於該王者甚厚，斯責備該王者不得不嚴。

今恭親王既能領悟此意，改過自新，朝廷於內外臣工用舍進退，本皆廓然大公，毫無成見，況恭親王為親信重臣，才堪佐理，朝廷相待，豈肯初終易轍，轉令其自耽安逸耶？恭親王著仍在軍機大臣上行走，無庸復議政名目，以示裁抑，其勿忘此日愧悔之心，益矢靖共，力圖報稱，仍不得意存疑畏，稍涉推諉，以副厚望！

其時劉蓉的覆奏已到，自陳「起自草茅，未趨朝闕，於親貴之臣，未識一面：樞密之地，未達一緘，請嚴究誣妄根由」；另附一片，大意是：

蔡壽祺前在四川省境，因把持招搖公事，經前署四川總督崇實參奏，奉旨驅逐回籍後，仍在四川自刻關防，徵調鄉勇，召匪目陳八仙等聚眾橫行。臣宣言驅逐，蔡壽祺造詞羅織云云。

上諭中以蔡壽祺參薛煥不實，經吏部議奏，降二級調用；參劉蓉不實之處，從寬免議。但既有「在四川私刻關防，調勇招匪，挾嫌搆陷各情，著原派查辦此案之肅親王華豐等，傳蔡壽祺研訊。」參人者，人亦參之；蔡壽祺的麻煩惹大了。

至於劉蓉，則以覆奏「詞氣失平」，亦爲人參劾其「無人臣禮」；據「近代名人小傳」記其事云：

> 朝旨令蓉覆奏，遂具疏言其進身本末，謂朝廷以壽祺一言遽令自陳，是有疑之心，乞即放歸田里，以全晚節。國藩稱為名作，而御史陳廷經疏詆其驕恣無人臣禮，遂降調。

劉蓉的想法，與「史記刺客列傳」中的田光無異；人臣進退固應如是，而內閣侍讀學士（非御史）陳廷經具疏相劾，責以驕恣，恭王方以此罪名被譴，軍機遂不得不奏請查辦，坐以洩漏密摺罪降調，但仍留任。

「近代名人小傳」又記：

猶守陝九閱月始受代去。蓉好謀寡斷，海軍非所長，而忠誠不欺，好持公論。官川藩日，行李一肩，仍守寒素；及去，應得羨餘公費，貯之司庫，毫釐不取。好才愛士，贛人陳錫鬯，方貧困，一見許其賢，招入幕，且以女妻之。晚好讀禮，然所法者馬端臨、秦蕙田之流，非真知制作意者。

按：曾國藩專攻禮記，與劉蓉治學興趣相同，故早年意氣相投。曾國藩幾次疏薦皆力辭；如此人品，自應許其詞氣亢直，而陳廷經閣讀學疏劾，實爲內閣與軍機意氣之爭的餘波，波及劉蓉則爲無妄之災。

至於蔡壽祺在四川招搖一案，經華豐等「會審」以後，行文四川查覆，罷延至七月二十日始行結案；是日上諭：

蔡壽祺雖查無私刻關防，擅調鄉勇及收招匪目等情，惟以丁憂人員各處遊行，不即回籍守制，且在四川任意逗留，干預徵調團勇公事，其為不安本分，已可概見。該員前於咸豐十一年間，經署四川總督崇實以該員早經服滿，仍寄寓省城，並戴用四品頂帶，屢次屬為吹噓，凡事干預招搖；又以台諫中不令交識等誤，誇張聳聽，並倡言募勇等款參奏；曾奉文宗顯皇帝諭旨，將該員勒令回籍，不准在四川逗留、欽此。

見據華豐等將崇實、駱秉章覆奏各節，查核訊供，請將蔡壽祺按照「罷閒官吏在外干預官事杖八十」律，擬以仗八十；該員身列清班，不知檢束，奏請即行革職等語；蔡壽祺著照該王大臣等所擬，即行革職；仍遵文宗顯皇帝諭旨，勒令回籍，不准在外逗留，招搖滋事。

據此可知，劉蓉所參蔡壽祺私刻關防等，言過其實；如果有人爲這緩頰，本可從輕發落，即令從重，至多亦不過降調而已。

但蔡壽祺此時已成怨府，恭王一系，深惡痛絕，自不待言；即令與恭王不協的親貴，因蔡壽祺居然敢劾王公，此例一開，不免自危，因而力主嚴辦；而正人君子從遠大著眼，覺得蔡壽祺爲媚女主，而以無實據之言抨擊恭王，使得慈禧得以藉機立威，所引起的惡劣影響，至爲重大，所以雖覺擬罪太重，亦無有爲之說公道話的。

平情而論，蔡壽祺從安得海之流的口中，探知慈禧與恭王間有矛盾；確有以貓腳爪自居，以媚宮闈之心。小人爲求一己之富貴，不惜敗壞大局的實例，史不絕書；只是蔡壽祺枉作小人，從此潦倒，窩囊之至。

蔡壽祺革職後，仍留京師；或一度回籍後，復又至京。李慈銘日記中，多此人之記事，錄數條如後：

> 同治十一年二月十八日：蔡梅庵編修壽祺，年甫五十七，龍鍾髮盡白矣！出其所刻同人詩兩冊，必欲得予詩刻之。又以其女守貞殉夫事乞題，蓋編修長女曰澤茗，許字漢陽袁希祖侍郎子晉，未婚而晉死，澤茗竟歸於袁，立晉族子為後。三女曰澤芝，適江夏彭知縣祖壽子元善；元善死無子，其殯也，澤芝飲藥卒，得旌如制。其人衰老而貧，喜刻人詩文以贈達官富人博微利，窮途無聊，亦可嘆也。

按：蔡壽祺長女所守者爲「望門寡」；俗謂之「抱牌位做親」，此惟父爲假道學始許女出此。又三女夫死無子，如能得翁姑父母勸慰，則孰不樂生惡死，未必飲藥殉夫；穆宗嘉順皇后之死，即爲一例。而蔡壽祺竟以兩女守貞、殉夫事，乞人題詠，其爲藉骨肉大不幸事招搖，可以想見。

光緒十四年九月十二日：蔡梅庵卒。梅庵名壽祺，本名夢齋，江西德化人，己亥、庚子聯捷成進士，入翰林，沉滯不遷，客遊干乞；後入勝保幕，頗招搖聲氣，以不謹聞。後官京師，署講官，遂疏劾恭邸，並及薛煥、劉蓉，旨訊不實，遂降調。於是久居京師，益跅弛，日遊坊曲，頗喜為詩文，時未六十，目已失明，猶為狹斜遊。今卒矣！年七十有三。

蔡壽祺其人，實爲可憐不足惜。其因私心打擊恭王一事，啓慈禧專權之漸，謂爲無心種下清朝亡國之因，亦未嘗不可。自經安得海一案後，慈禧懍乎在宮廷中亦爲孤立，所以一方面韜光養晦；一方面積極培植醇王，作爲對抗恭王的工具。醇王志大而才疏，亟謀有以自見，而政務既無從插手，洋務亦昧然無知；在此情勢之下，想求發展，只有從兩條途徑去下手，一條是結納八旗武將世家；一條是集合保守分子。

世言醇王好武，實乃皮相之談。敲門須磚，恭王既以政事洋務見長；文采亦遠勝一兄三弟，則醇王欲求出頭，非好武不可。

當時八旗武將世家，追懷祖宗勳業；心妒湘淮兩軍，頗有昌言如何恢復八旗勁旅之雄風者，醇王從而附和，進而建言，遂爲此派奉爲領袖；而「恢復」之始，則爲整頓神機營；及至僧王陣亡，其舊部亦多接近醇王。僧王之子伯彥訥謨詁與醇王交密，後結爲兒女親家。

集合保守分子，則以支持保守派領袖倭仁爲主要手段；此派的主張，可以倭仁反對講求「西藝」一疏爲代表，其言如此：

立國之道，尚禮義不尚權謀；根本之圖在人心，不在技藝。今求之一藝之末，而又奉夷人為師，無論夷人詭譎，未必傳其精巧；即使教者誠教，所成就者不過術數之士，古今未聞有恃術數而能起衰弱者也。天下之大，不患無才，如以天文算學必須講求，博采旁求，必有精其術者，何必夷人？何必師事夷人？

這段話中，只有一句還有些道理：「無論夷人詭譎，未必傳其精巧」；但亦只有「東夷」。至於最後數語，若謂「天文算學」可以無師而自精；則是根本不知「西藝」爲何物。

在諸反洋的言行中，尤以仇教爲甚；當時教案迭起，其中自不免有倚仗洋人勢力，欺侮同胞的無恥漢奸，但大部分起於誤會，而由保守分子推波助瀾而成。聚濰漣爲風浪，終於有同治九年的天津教案；吳相湘在「晚清宮廷實紀」中謂：「津案實爲奕環（醇王）所主持，由直隸提督陳國瑞組織清幫群眾之有計畫的排外運動。」此說殊有見地；但亦不僅止於排外，而有打擊曾國藩的作用在內。

曾為當年與倭仁一起講理學的朋友，但首倡派幼童赴美留學，設製造局引進「西藝」；在保守分子看，便是離經叛道；如今以內閣首輔為疆臣領袖，「北洋」與總署結成一體，以恭王的身分，曾侯的勳業，合力提倡洋務，「不盡驅中國之眾，咸歸於夷不止」。是故非設法跟曾國藩為難不可。

天津教案為陳國瑞一手所製造，先是清幫中下三濫的匪徒，拐帶兒童；繼則散播謠言，謂天主教堂拐騙兒童眼剖心合藥，最後煽動百姓群毆法國領事豐大業致死，又殺傷教民及修女數十人，拆毀教堂，誤殺俄國商民，引起極嚴重的國際糾紛，且將英、美、俄三國亦捲入漩渦。

此案豐大業過於鹵莽，持槍向三口通商大臣崇厚及天津知縣劉傑交涉，率爾開槍，擊斃劉傑僕從一人，其理甚屈，交涉本可佔上風；但以當地人性格衝動，最喜歡聚眾起鬨，以致為陳國瑞所利用，製造了一連串的暴行，官司上風打成下風。曾國藩時在病中，辦理此案，心力交瘁；雖最後懲兇的處置似嫌過分，而先與英、美、俄個別解決，破法國擬合而謀我之局，交涉的原則，正確無誤。

天津教案與馬新貽之被刺，有連帶關係。退伍湘軍暗鬥淮軍及馬新貽，當然不會在「老帥」當總督的直隸滋事；但一經利用清幫，使陳國瑞得以插手，事情就變質了。原來陳國瑞與曾國藩有一段私怨。陳是湖北應山人，出身長毛；投誠後為總兵黃開榜收為義子，改姓黃；驍勇善戰，同治初年已積功升爲總兵，賞頭品頂戴，黃馬褂，並奉旨准予歸宗復姓。三年，隸僧王部下爲翼長。他與曾國藩積怨，即在同治四年，僧王陣亡以後。

「近代名人小傳」記：

僧戰死，從將多獲罪，國瑞以驍勇獨留軍。曾國藩至，為檄數其罪，凡數千言；陽謝而實不能改。益嗜煙，多置姬妾；所部復與劉銘傳軍鬥，亦不知約束。國藩乃具疏劾後降為都司。罷軍後即家居淮陽間，日與李世民爭，民慮變，多遷避之，再劾，遂革職，交地方官管束。後以奕環薦，起為二等侍衛……國瑞驕横恣肆，若明劉策（澤）清之流，初起勇往，奮不顧身；既貴，嗜好繁多，暮氣不可復振。

按：僧王戰歿曹州，曾國藩疏言，陳與郭寶昌分統左右兩翼；郭既革職拿問，陳不應倖免，因而撤去幫辦軍務，褫黃馬褂。養病淮安時，多不法之事；漕督吳棠頗以爲患，憚其兇悍，不敢嚴劾，後有高明幕友主稿，謂陳國瑞患癲病，因而革職，押送回籍養病；田產鹽本均充公，存銀二萬五千兩於湖北官庫，分年撥結，以維生計。同治六年復起，授頭等侍衛，遂爲醇王部下大將之一。

天津教案既起，法方索陳國瑞甚急；軍機爲了醇王關係，極力設法庇陳；醇王仍以懲道府、殺首禍、遣崇厚赴法道歉而不滿，憤而請開一切差使。是年十月稱病家居；十年正月廿六日銷假，手繕密摺，攻擊恭王，此爲手足參商之始；亦爲慈禧得以進一步壓制恭王之開端。

疏中首言「欲盡君臣大義，每傷兄弟私情；欲徇兄弟私情，又昧君臣大義」，則作此奏疏，顯然已不惜「傷兄弟之情」。陳奏四款，中傷恭王，頗爲有力；其第一款，言「親政」後「臣下積弊已深，一味朋比蒙蔽」，國事將不可問，警句是：

> 辦夷之臣即秉政之臣，諸事有可無否。
>
> 此格不破，將來皇上之前，忠諫不聞，聞亦不行，甚可畏也。

所謂「此格不破」之「破」，意思非常明白，即「辦夷之臣」，不應是「秉政之臣」；說得更明白些，至少恭王不應領總署；甚至另簡「秉政之臣」，而恭王聽「秉政之臣」指揮來「辦夷」。躍躍欲試之情，隱然可見。

第二款中藏暗箭，最爲險毒；他說：

> 我朝制度，事無大小，皆稟命而行，立法盡善，今夷務內常有萬不可行之事，諸臣先向夷人商妥，然後請旨集議，迫朝廷以不能不允之勢，杜極諫力諍之口，如此要挾，可謂奇絕，去歲崇厚出使，以及懲處天津府縣，其明證也。

這是隱指恭王等與洋人勾結，不無賣國之嫌。崇厚出使法國道歉，以及懲處天津府縣；弱國外交，豈能免於委屈？醇王獨不思崇厚使法之由來；以及懲處天津府縣是爲交換免除陳國瑞責任所作的犧牲？如此責備，令人氣結。

第三款攻擊恭王與洋人酬酢；其言如此：

> 自來中外交涉，彼若餽物，非奉旨不得收受。自庚申年和約，凡夷人餽送我王大臣之物，尚皆請旨施行；自後遂公然與受禮物，彼此拜會，恬不為怪。夫受人之物，而仍處心積慮，圖殄滅之，自古無此情理；況該衙門官員，無不以夷物為陞途捷徑，而於如何復仇，如何乘隙，從未有論及者，大小臣工，交爭惟利，安有了局。

由此節來看，益見得恭王的開明。醇王的思想，猶不脫「天朝大國，惟我獨尊」的陳舊觀念；當中西交通，尚未開展，對西洋各國只憑「海客談瀛」，視作山海經時代，觀念閉塞，固無怪其然。

醇王以知兵自命，領教過輪船大炮；亦常見西洋的「奇技淫巧」，居然仍有那種侈然自大的心理，其爲人愚不可移，灼然可見。辦外交如不以修好互利爲急，而視如毒蛇猛獸，避之唯恐不速不遠；則又有何外交之可言？有此根本矛盾的觀念在，無怪乎視酬酢餽贈的外交禮節爲「怪事了。

第四款特別攻擊總署大臣董恂，謂其「一味媚夷」；「該員同鄉之人，無將伊比於數者。」此人爲首入總署的漢大臣，至光緒六年始罷值，前後歷時二十年；是總署的「當家人」，值得一談。

「清史列傳」及「清史稿」均無董傳；據「近代名人小傳」記：

董恂，富陽文恭公誥孫也。以庶吉士散館，為戶曹郎。幼穎敏，博涉群籍，下及小說稗史。嘗煙，日吸二兩，晝眠夜作，起居不時，且自負，接人鮮禮意，京師呼為「董太師」，擬之董卓，狀其驕也。以戶部尚書兼總理各國事務大臣，群從子弟，好行不法；恆在倡寮間捶楚遊客，其次子至為巡城御史朱潮所杖，謗訕大作；恂恥之，值議伊犁俄約，遂主戰，冀附清議，而張佩綸拒之，屢被劾，乃乞休去。然晚歲益好學，築「時還讀我書室」，排日吟誦，人不知其為熱中利祿人也。字醞卿，戊申進士。

費行簡所作「近代名人小傳」，大多翔實，惟此傳謬誤殊甚。董誥浙江富陽人，而董恂則揚州人；原名醇，故字醞卿。乾隆年間有董醇，三甲進士；故改名恂，道光二十年壬子二甲十八名，非戊申進士，亦未入翰林。

議伊犁俄約，事在光緒五年，而張佩綸至光緒十年始入總署，行輩甚晚。如有拒主戰之說，則拒之者必爲沈桂芬。

惟言董恂「晚歲益好學」則不虛；翁同龢日記：

光緒十七年十月初九：董醞卿年八十五，尚以蠅頭鈔經說：今年已三、四十種，裝兩函矣。

又「清朝野史大觀」載「總理各國事務衙門重陽雅集啓」，駢四儷六，殊爲典雅；由董恂及領班章京長善具名；長善喜近文士，而不善文，度此文出於董恂的手筆。

又，英使威妥瑪在華多年，曾漢譯英詩；此在中國爲第一首無韻的「新詩」；董恂與僚友爲之改成七絕九首；茲覓得原作，對照介紹如下：

原譯

勿以憂時言
人生若虛夢
性靈睡與死無異
不僅形骸尚在靈在
人生世上行走非虛生也總期有用
何謂死埋方到極處
聖書所云人身原土終當歸土
此言人身非謂靈也
其憂其樂均不可專務
天之生人別有所命
所命者作爲專圖日日長進
明日尤要更有進步

改譯

莫將煩惱著詩篇
百歲原如一覺眠
夢短夢長同是夢
獨留真氣滿坤乾
天地生才總不虛
由來豹死尚留皮
縱然出土仍歸土
靈性長存無絕期
無端憂樂日相循
天命斯人自有真
人法天行強不息
一時功業一時新

作事需時惜時飛去
人心縱有壯膽定志
仍如喪鼓之敲
皆係向墓道去
人世如大戰場
如眾軍林下野盤
莫如牛羊待人驅策
爭宜勉力作英雄
勿言他日有可樂之時
既往日亦由己理己
目下努力切切
中盡己心上賴天祐？
著名人傳看則係念
想我在世亦可置身高處
去世時尚有痕跡

無術揮戈學魯陽
枉談肝膽異尋常
一從虀露歌聲起
邱隴無人宿草荒
擾攘江塵聽鼓鼙
風吹大漠草淒淒
駑駘甘待鞭笞下
騏驥誰能轡勒羈
休道將來樂有時
可憐往事不堪思
只今有力均須努
人力殫時天祐之
千秋萬代遠蜚聲。
學步金鰲頂上行
已去冥鴻猶有跡

勢如留在海邊沙面　雪泥爪底認分明
蓋人世如同大海　茫茫塵世海中漚
果有他人過海　纔過來舟又去舟
船隻擱淺最難挽救　欲問失風誰挽救
海邊有跡才知有可解免　沙洲遺跡可探求
顧此即應奮起動身　一鞭從此躍征鞍
心中預定無論如何總期有濟　不到峰頭心不甘
日有功成愈求進功　日進日高還日上
習其用功堅忍不可止　肯教中道偶停驂

造詣極深，爲的是能讓威妥瑪瞭解。此實爲極好的外交手段，而在衛道之士，決看不入眼。

董恂在當時頗不容於清議，但兩榜出身，肯爲此揚州鹽商清客之事，觀念上自有其超脫之處；而在總署當家二十年，與張蔭桓先後相接，爲恭王、文祥、沈桂芬所倚重，亦由於他肯以清客對待揚州鹽商的態度與手腕，對待各國駐華使節之故。

董恂做官辦事的最大長處是，肯任勞任怨，其自編年譜於光緒六年除夕，沈桂芬病歿條下記：

歲方及除，而文定凶聞至。嘗論文文忠盡瘁事國，能養重以崇國體，遇有事須稍自貶損，國難始紓者，恂輒任之，文定則不忍以謗獨遺之恂。二公同一盡瘁，而文忠之忠，人知之；文定之忠，或不盡知，故恂之慟文定，較痛文忠為尤切。

文忠指文祥；文定爲沈桂芬之謚。董恂自述中的「恂輒任之」，即指如醇王奏摺中的攻擊之類；其實當時外交上有關作任何讓步的決定，皆由文祥與沈桂芬商得結論，經恭王同意後，面奏兩宮定奪；董恂除事務工作外，在政策上並無多大的發言力量，而勉力任謗，爲文祥等人作擋箭牌，以期處事較能圓滑，此種苦衷，局外人常不能體諒；而能有此種修養的人，實爲辦外交，尤其是弱國外交所不能少。

醇王此摺，自然留中，但所發生的影響極大；銳意革新、主張「師夷」的恭王、文祥、沈桂芬，都不敢放手了。

李鴻章於光緒初年，致函以兵部侍郎使英的郭嵩燾云：

自同治十三年海防議起，鴻章即瀝陳煤礦鐵礦必須開採；電路鐵路，必應仿設；各海口必添洋學格致書館，以造就人才。其時文湘自笑存之，廷臣會議皆不置可否，王孝鳳、于舫蓮獨痛詆之。曾記是年冬底，赴京叩謁梓宮，謁晤恭邸，極陳鐵路利益，邸意亦以為然，謂無人敢主持；復請乘間為兩宮言之，渠謂兩宮亦不能定此大計，從此遂絕口不談矣。

造鐵路一事，連兩宮太后亦不能決定者，因爲造鐵路必迫人遷葬祖塋，以故群起反對；倘有嚴旨，則言官一定會奏陳，如有人「動長陵一坏土」如何？你挖人家的祖墳，人家會挖你的祖墳，驚動陵寢，那是件不得了的大事，所以慈禧亦不敢作主。孰意光緒末造，各省京官士紳，爭著要辦鐵路，而清朝最後亦終於亡在鐵路風潮之中。早知如此，光緒初年即逐漸開辦，又何致於有後來盛宣懷弄權而加速斷送了大清天下之事？

總之，天津教案以後，守舊頑固派勢力之復熾，可視之爲愛新覺羅皇朝自招覆亡的一個重要因素。其實醇王亦並非如何頑固的守舊派，只是在慈禧的支持之下，想在政治上發展，不能不樹一與恭王壁壘分明的旗幟而已。慈禧之利用醇王，以及醇王之不能不受慈禧驅使，皆由裙帶關係而發生。

恭王曾慨乎言之：「大清天下亡於方家園。」接近事實。方家園在京師東北角，爲慈禧母家所在地。至於醇王之漸有用事之心，則因羽毛漸豐，亟圖一逞身手。當時醇王手下第一員大將爲榮祿；在清末政局中，唯一能影響慈禧者，即爲此人，倘非歿於光緒二十九年三月，清祚當能稍延；袁世凱亦很可能沒有禍國的機會。

榮祿姓瓜爾佳氏，爲清朝開國功臣，追封直義公費英東之後，祖塔斯哈爲喀什幫辦大臣，歿於戰陣；塔斯哈兩子，一名長端，天津鎮總兵；一名長壽，甘肅涼州鎮總兵，即榮祿之父。長端、長壽隨賽尙阿征剿太平軍時，於咸豐二年二月，同日陣亡於廣西昭平。是年十一月，十七歲的榮祿，由蔭生用爲主事，分發工部，並承襲騎都尉兼一雲騎尉世職；以偶然的機緣，受知於文宗。

「庸庵尙書」陳夔龍，久參武衛軍幕府，對榮祿瞭解極深，所著「夢蕉亭雜記」敘其事云：

榮文忠之先德以總兵殉金田之難，今以羽林孤兒服官工部；一日內廷某殿角不戒於火，語文忠適進內，隨同駐門侍衛、護軍等，搶先救護。文宗遙見一衣絳色官員，詢是何人？御前大臣查明，以公名對，即蒙召見，並詢家世。知三世為國捐軀，嗟賞久之。未幾戶部銀庫郎中缺出，由各部保送人員候簡，遂蒙硃筆圈出。

按：榮祿先爲候補主事，咸豐八年三月補實；八月升員外郎；九年調戶部銀庫。其時肅順掌度支；因細故結怨，「夢蕉亭雜記」云：

肅順任戶部尚書，與陳尚書（孚恩）均與文忠先德有世交。肅順喜金花鼻煙，京城苦乏佳品；尚書偵知文忠舊有此物，特向文忠太夫人面索。太夫人以係世交，兒輩亦望其噓拂，因盡數給之；尚書即轉贈肅順，並以實告。

肅順意未饜，復向文忠索取，瓶之罄矣，無以應付；肅順不悅，以為厚於陳而薄於己，文忠無如何也。文忠好馬，廄有上駟一乘，特產也。肅順亦命人來索，公復拒之。綜此兩因，肅順大怒，假公事挑剔，甚至當面呵斥，禍幾不測。公請於太夫人曰：「肅順以薄物細故，未遂所欲，嫉我如仇，此官不可做矣。」遂援籌餉例開銀庫優缺，過班以道員候選，閉門閒居以避之。

按：其事在咸豐十一年八月。啓部銀庫司員。爲有名優差。聯經版「花隨人聖盦摭憶全編」內「北京十庫」條，引何平齋「春明夢錄」云：

京師銀庫，防弊極嚴，庫設管庫大臣一員，以戶部侍郎兼之；設郎中為司員，下有庫書數人，庫兵十二人。庫書不入庫，而入庫者只有庫兵。外省解餉到庫，每萬兩聞須解費六十兩，卻非明文，不知庫書庫兵如何瓜分。

庫兵於解費無從染指，爲司官與書辦的好處。又云：

庫兵入選之日，戶部門外必先有十數鏢客保之去，防被擄勒贖也。庫兵之貴如此，似非區區部費所能養其廉，是非出於偷竊不可。庫兵之入庫門也，雖嚴冬亦脫去衣袴；內別有衣袴，亦不能穿之出庫。

出庫時設一板凳，跨之而過，示股間無銀也；且兩手向上一拍，口叫「出來」二字，示脅下口內均無銀也。然其偷法有出人意表者，則以穀道藏銀也。法用豬網油捲圓錠八十兩，恰可相容。平時則向東四牌樓一秘密藥舖買藥服之；謂男子穀道亦有一交骨，服之則骨可鬆。然油捲鉅銀而分量重，塞之於內，只能容半點鐘工夫，稍久亦便出。至冬間偷銀，又有抽換茶壺之一法。茶壺出庫，必倒開一驗，冬天凍冰，銀凍在茶內，雖倒開亦不墜也。其餘則重出輕入，天平上亦不能無弊。

穀道藏銀，久非異聞；庫丁被劫，亦有其事，光緒初年景廉當戶部尙書，曾有庫丁被點後，當堂爲人綁架。庫丁之貴如此，曾每年入選，自須多方打點；此亦爲銀庫司官及書辦的好處。

定制，戶部侍郎一員管三庫；銀庫司官則三年一更代，榮祿不俟差滿求去，自是由於不堪肅順吹求所致。但塞翁失馬，安知非福；過班以道員候選不久，爲恭王派委京畿巡防處總辦；同治元年入神機營，自此扶搖直上，八年工夫由文案處翼長而管理全營；不久由文祥保薦，以「畀以文職，亦可勝任」，得補工右，兼管錢法堂，年方四十。

中研院近代史集刊第六期，載有劉鳳翰「榮祿與武衛軍」一文，中有一段，談榮祿與沈桂芬交惡而罷官云：

同治年間，恭王為議政王，領班軍機大臣；醇王領有禁軍，指揮神營。在軍機大臣中，文祥、李鴻藻受知於恭王，沈桂芬卻為醇王心復，然諭旨多由沈主筆，彼此不相能，兩派漸漸形成。榮祿接近恭王派，故與醇王、沈桂芬交惡。開缺之時，恭王多病，久疏政務，榮祿此時內無奧援，因此遭受沈桂芬之擯斥。

所記謬誤殊甚，眞如老北平所說，正好「弄擰」了。沈桂芬何得爲醇王心腹？醇王在同治十年正月銷假後所上密摺，痛責崇厚；而崇厚獲沈桂芬的支持，幾近庇護：林琴南「鐵笛亭瑣記」云：

> 崇地山（按：崇厚字地山）之割地圖於敵人，則沈桂芬所保者也。時梁髯鼎芬年二十一，方為庶常，具疏彈之，列名者編修三人，獨髯為庶常，例不能自行遞摺，必得掌院為之具奏。沈延見諸人，索摺本讀之，摺中語語侵入蔑主，沈顏色不變，即曰：「崇厚該死，老夫亦無知人之明。此文章佳極矣，難得出諸少年之手，唯諸君之意如何？今日吾能戰否？……」

即此一節，可以想見醇王與沈桂芬的意向，完全相反。劉鳳翰之所謂「兩派漸漸形成」，非指恭醇兩王之兩派；而爲漢人中的南北兩派，北派魁首李鴻藻；南派盟主沈桂芬。

恭王、文祥用人唯才，寶鋆則較傾向於南派；基本上恭王、文祥的主張，亦與南派爲近，所以彼時沈桂芬掌樞筆，勢力在李之上。翁同龢當然屬於南派，但因授讀光緒之故，爲醇王所極力籠絡；而拉攏者則爲榮祿。

光緒初元，醇王、翁、榮勘察穆宗陵地，途中酬唱，一日數度，交密如蜜；翁與榮拜把子亦在此時。

至於沈、榮交惡，起因於穆宗崩逝，迎立光緒；由文祥草詔，因病不能成篇，榮祿倉卒之間，忘避嫌疑，竟擅動樞筆。沈桂芬氣量狹隘是有名的，因而大為不悅；兩人勢成水火。榮祿開缺之由來，「夢蕉亭雜記」述其事綦詳，乃由榮祿先下手而起：

文正與文定不相能，頗右文忠，黨禍之成非一日矣。某日黔撫出缺，樞廷請簡；面奉懿旨：「著沈桂芬去。」群相驚詫，謂：「巡撫係二品官，沈桂芬現任兵部尚書，充軍機大臣，職列一品，宣力有年，不宜左遷邊地。此旨一出，中外震駭，朝廷體制，四方觀聽，均有關係，臣等不敢承旨。」文靖與文定交最契，情形尤憤激。兩宮知難違廷論，乃命文定照舊當差，黔撫另行簡人。

按：文正為李鴻藻；文定為沈桂芬；文忠為榮祿；文靖為寶鋆。貴州巡撫出缺在光緒元年八月。巡撫三品，每由閣學外放；侍郎放巡撫，倘是小省，亦視如左遷；沈桂芬由山西巡撫內調，升為尚書，又入軍機而外放疆臣末尾的貴州巡撫，自是件駭人聽聞的事。榮祿不知如何走內線，乃有此懿旨；但可確定，李鴻藻是脫不掉干係的。

至於沈桂芬，在政府固然居上風；但另一方面卻不比榮祿有醇王及太監兩具「上天梯」，可通瑤池。他一面要防備；一方面要報復，因而利用翁同龢，在榮祿醉後，套出眞言，證實沈桂芬的推測不虛，放黔撫之命，是榮祿搗的鬼。從此格外提高警覺。不過要想報復，卻須等機會。

這一等等到光緒四年。前一年山西、河南旱災、情況非常嚴重，至特撥海防經費賑災；京師亦遭波及，流言四起，九門發現揭帖，說某縣某鎭白蓮教將起事，山東、河南皆會響應，貝子奕謨，據以入告；兩宮特詔醇王問計。

醇王靜極思動，面奏請調北洋軍，駐紮京師，歸其調遣，以備不虞。兩宮方在考慮之際，外間已有傳聞；其時榮祿任步軍統領，因病請假，得知有調兵入京的打算，大吃一驚，力疾銷假，謁見兩宮，力陳不可。

據「夢蕉亭雜記」錄其所奏理由是：

> 臣職司地面，近畿左右，均設偵探，如果匪徒滋事，詎能一無所知？倘以訛言為實據，遽行調兵入衛，跡涉張皇，務求出以鎮定。

兩宮亦知此舉足以搖動人心；既然榮祿說不要緊，當然不再考慮醇王的建議。而醇王得知反對他意見的，竟是榮祿，大爲震怒；及至榮祿發覺，此議出自醇王，則大爲不安，特地求見，準備解釋，醇王以閉門羹相餉。

榮祿失歡於醇王，靠山已不可恃，便是沈桂芬的機會到了；「夢蕉亭雜記」云：

文定知有隙可乘，商之文靖，先授意南城御史，條陳政治，謂「京師各部院大臣，兼差太多，日不暇給；本欲藉資幹濟，轉致貽誤要公，請嗣後各大臣勤慎趨公，不得多兼差使。」越日，文靖趨朝，首先奏言：寶鋆與榮祿兼差太多，難以兼顧，擬請開去寶鋆國史館總裁，榮祿工部尚書差缺。

時慈禧病未視朝，慈安允之。時論謂國史館與工部尚書，一差一缺，繁簡攸殊，詎能一例？文靖遽以矇奏，意別有在。

按：上疏謂部院大臣兼差太多者，非住「宣南」的御史，而爲翰林院侍講學士，「翰林四諫」之一的寶廷，事在光緒四年十二月，榮祿除工部尙書外，內務府大臣的差使，亦一併開去，專掌步軍統領。

「夢蕉亭雜記」又記：

然文定意猶未饜，復摭給文忠承辦廟工，裝金草率，與崇文門旗軍，刁難舉子等事，嗾令言官奏劾，交部察議。照例咎止失察，僅能科以罰俸；加重亦僅「降級留任」公罪，准其抵銷。所司擬稿呈堂，文定不謂然；商之滿尚書廣壽，擬一堂稿繕奏，實降二級調用。文忠遂以提督降為副將。

按：步軍統領俗稱「九門提督」，一降爲總兵，再降爲副將。武職人事，歸兵部管轄；沈桂芬爲兵部尚書，故得持其長短，且不由「職方司」承辦，不避嫌疑，逕擬「堂稿」，正表現了沈桂芬的偏急狹隘。滿尚書廣壽，亦爲翁同龢換帖弟兄。

榮祿處分事，在光緒六年二月：翁同龢是月十七日記：

兵部議榮祿處分降二級調，摺尾聲明係察議，可否改為降一級？旨著照例降二級，不准抵銷。晚訪仲華。

翁同龢訪榮祿，當是爲沈桂芬及廣壽解釋；而解釋之語，亦大致可以想見，即沈桂芬猶是筆下留情；此與夢蕉亭的見解不同，揆諸實際，「降級留任」的「公罪」，不但可以用「加級」等獎勵來抵銷；即無此紀錄，遇有機會，一奏即可撤銷處分甚至「革職留任」亦然，實降調用，則必須一步一步往上爬；此一處分，似輕而實重，榮祿只有「閉門思過」了。

如上所述，榮祿因失歡於醇王，沈桂芬始有機可乘，足見劉鳳翰所說：「榮祿接近恭王派，故與醇王、沈桂芬交惡」，適得其反。

寶鋆為恭王的死黨；亦為狎客，寶鋆歿後賜祭；以定制親王不得赴弔，迺於先一日臨視祭器，可見交情生死不渝。寶鋆既如此支持沈桂芬，則沈之「接近恭王」，以及因主和而與主戰的醇王不協，為必然之理。

劉文謬誤，必當糾正者，因此層關係如不瞭解，則對清末南北之爭而影響及於和戰大計者，皆無從探其原委。

至於沈桂芬毫不容情地打擊榮祿；寶鋆願為出頭；以及以榮祿的關係與手腕，竟無一人為之緩頰，在情理上皆有費解之處。榮祿此時頗有成為「過街老鼠」的模樣，料想必有大不見諒於人之處；我頗疑心與慈禧的大病有關。此中牽涉宮闈的微妙情形，留待談德宗時再敘。

現在談恭王第二次碰釘子，是在同治十二年。穆宗於十一年九月十五大婚；十月初一奉懿旨定期時年正月二十六日歸政。

撤簾之日，復有一道懿旨：

前因皇帝沖齡，極宜乘時典學，特簡師傅，朝夕輔導，於今十有二年。茲借親政伊始，仍當不忘古訓，況學問事功，互相表旌；古今治忽之原，政事得失之故，無不可因事監觀，引為法戒。列聖文謨武烈，載在聖訓，尤應按日恭閱，庭於用人行政，得有遵循。國語清文，亦必勤加練習；皇帝每日辦事召見後，仍詣弘德殿與諸臣虛衷討論。李鴻澡、徐桐、林天齡、桂清、廣壽，均照常入直，盡心講解。

至肄武習勞，乃我朝家法；騎射等事，皇帝亦須次第兼習，已諭令御前大臣，查照舊章，隨時請旨。前據醇親王奕環奏，懇將弘德殿差事撤去，著照所請，嗣後毋庸入直弘德殿。

師傅的名單中，沒有倭仁及翁同龢，則以倭仁病歿；翁同龢丁憂，已回常熟守制，但言明仍舊爲他保留師傅的差使。照常例論，凡派此種差使，必成偶數，名單只得五人，即因有翁同龢之故。

親政不久，有修圓明園之議。此議實起於慈禧；而爲內務府所慫恿。於此，我們必須先瞭解慈禧的心態；女主臨朝，而能戡平大亂，說起來像是件了不起的事，而究其實際，首功應是恭王，因爲並無需要慈禧親自下決斷的事，垂簾聽政，實際上也不過一個形式，一切都是軍機商量好的。

從好的方面說，能虛心納諫、尊重元輔；或者說虛衷以聽，無爲而治。可是慈禧自己不會這麼想；加以左右諂諛，益發使她有爲大清朝廷建立了不世功勛，應該獲得適當酬報的感覺。

這種心態，可由一事證明，據說當決定歸政日期後，慈禧表示：「我們姐妹辛苦了十幾年，其中委屈也要讓大家知道。」這一點恭王並不反對，讓兩宮太后召見大臣細道辛苦，亦無所謂。但當談到養心殿地方小，恐不足以容納時，恭王知道慈禧的意向是在天子正寢的乾清宮；所以不等她說出口，立即響亮應聲：「喳！慈寧宮是太后的地方。」慈禧默然。

至於修圓明園之議，早在同治七年，捻匪初平之時，便有滿州的御史德泰，經內務府策動，上摺言「內務府庫守貴祥擬就章程五條，既不動用庫款，又可代濟民生，條理得宜，安置有法」，而所謂有「章程」是，「請於京外各地，按戶按畝按村，鱗次收捐」，這比明朝末年的加派還要厲害。

洪楊之亂，用兵十餘年，猶未出此，而爲遊觀，如此苛斂，且顯然違背了康熙三十八年「永不加賦」的祖訓，因而爲軍機擬旨痛斥，最後一段是：

喪心病狂，莫此為甚，德泰著即革職。庫守貴祥以微末之員，輒敢妄有條陳，希圖漁利，著即革去庫守，發往黑龍江給披甲人為奴，以為蕘言亂政者戒。

結果德泰上吊自殺，此後亦不復再有人敢言。及至親政後，內務府又蠢蠢思動；這回是說動了小皇帝，情況就不同了。到得這年——同治十二年九月底，一切計畫，大致就緒，並已頒發上諭，用「王公以下京外大小官員量力報效捐修」的辦法興工。於是，監察御史沈淮，請停修園；穆宗大怒，立即召見面責以外，復頒上諭：

御史沈淮奏請暫緩修理圓明園一摺，現在帑藏支絀，水旱頻仍，軍務亦未盡蕆，朕躬行節儉，為天下先，豈肯再興土木之工，以滋繁費。該御史所奏雖得自風聞，不為無見。惟兩宮皇太后保佑朕躬，親裁大政，十有餘年，劬勞倍著，而尚無休憩遊息之所，以承慈歡，朕心實為慊仄，是以諭令內務府盧設法捐修，以備聖慈燕憩，用資頤養。但物力艱難，事宜從儉，安佑宮係供奉列聖聖容之所，暨兩宮皇太后駐蹕之殿宇，並朕辦事住居之處，略加修葺，不得過於華靡，其餘概毋庸興修，以昭節省，將此明白通諭中外知之。

出於慈禧對修園一事，興趣甚濃，且親自參預策畫；而穆宗的題目又甚大，因而軍機不便阻攔，且恭王於明昭修園的第二天，報效銀二萬兩，變成自箝其口。但在關外剿辦馬賊的文祥，卻可說話；同治十三年二月中旬特上一奏，首先提到德泰；恭維兩宮太后「聖明洞鑒，以為加賦斷不可行，捐輸亦萬難有濟」；接下來說：

茲當皇上親政之初，忽有修理圓明園之舉，不獨中外輿論以為與七年諭旨，迥不相符，而奴才亦以為此事終難有成也。

這是兜頭一盆冷水，不必講大道理而講實際，何以終難有成：

蓋用兵多年，各省款項支絀，現在被兵省分，善後事宜，及西路鉅餉，皆取給於捐輸抽釐，而捐釐兩項，已無不搜括殆盡，園工需用浩繁，何從籌此鉅款，即使設法捐輸，所得亦必無幾，且恐徒傷國體而無濟於事也。

「捐」者開捐，捐官，捐監生，捐封典，花樣極多；「釐」者釐金，率直而言，「無不搜括殆盡」；此對穆宗發生的作用不大，慈禧卻聽進去了，興致也比較淡了。

得到四、五月裡，困難越來越多：首先捐款只得四十餘萬，戔戔之數，作得甚用？其次是飭各省採辦大件木料，准作「正開銷」碰了壁，有的率直拒絕，說無從採辦，請飭內務府另行設法；有的宛轉陳述困難，連受特達之知的四川總督吳棠，亦復如是。四川是出木材的省分，內務府所望甚奢，發冊一本，內開需用楠柏陳黃松木徑四尺至七寸，長四丈八尺至一丈五尺，共三千根，吳棠奏陳：

查川省於道光初年，奉旨採辦楠柏四百十七根，係在距省數十站之打箭爐老林開廠砍伐，離水甚遠，中隔崇山峻嶺，連年縋幽鑿險，疏通道路，始能搬運出山。自奉文以至起運，前後時閱數載，是從前採購已屬不易；此次需用，較前多至數倍，內地經由滇髮各匪，相繼竄擾，成材巨木，多被毀伐，無從購覓。

以下又歷敘水、陸兩路運輸艱難的情形，表示「萬難依限，懇請展緩限期」，卻又不說展緩到什麼時候，意在拖延，不了了之，是很明白的。

這通奏摺，如在前朝，一定會有洋洋灑灑一篇批示，或者責難；或者另作指示，但穆宗尚無此本事；連浙江覆奏請內務府另行設法的摺子，一概批個「著照所請」，使得內務府啼笑皆非。

比較積極的是兩廣總督瑞麟。這有兩個原因，第一，兩廣總督或廣東巡撫，一向與內務府的關係密切；第二，瑞麟與慈禧太后同族，起家由於當讀祝贊禮郎時，音吐宏亮，爲宣宗所賞識，歷任優缺，家道富饒；爲人渾穆無知，而忠厚慷慨；慈禧未貴時，其家頗得瑞麟接濟，因而得於同治二年，由熱河都統授爲廣州將軍；其後又由兼署粵督而實授，並入閣拜相，直到十三年病歿任上，宦況與官文相似。

此人的笑話甚多，是「官場現形記」中的人物；常讀白字，但並不強不知以爲知，有一次在官廳接見僚屬，中有個姓宓的同知，他老實說道：「老兄的姓，是個僻性，我不知道怎麼念法。」瑞麟的家廚是有名的，治魚翅尤其講究；潮州館子以魚翅著稱，即爲其家廚的遺法。後來譚鍾麟當兩廣總督，庖人又自廣州學得魚翅的做法，再加以改良，此爲湘菜魚翅亦有名的由來。

瑞麟既倚慈禧爲靠山，自然應該竭誠報效，但須往外洋採辦；現有木料，只能建蓋小殿之用。得到九月裡，瑞麟病故；而修園已作罷論，此事亦就不了而了。

促成園工之停的緣故有二，先是內務府司官貴寶受騙，鬧出一樁極其荒唐的招搖撞騙案；有個廣東嘉應州的客家人李光昭，據他自己說，寄居湖北漢陽，以候補知府賣茶葉，亦賣木料；修園議起，進京活動，據內務府奏報：

本年十一月初七日，接據候選知府李光昭呈稱：該員係廣東嘉應直隸州人，年五十二歲，由監生於同治元年在皖省報捐知府；今恭讀上諭，欣悉皇上修復園庭，該員情願將數十年商販各省，購留香楠樟柏椿梓杉等巨木，價值十數萬金，砍伐運京，報效上用，不敢邀恩，並請派員同運，沿途關卡，免稅放行，頒發字樣，雕刻關防，以便報運。並准該員駐往各處，咸商同志，會明督撫，勸諭親朋，隨民樂輸；木材現銀，任由自便，陸續運京，以裕營修。

這是李光昭的原呈，內務府的處置是，「頒發木質關防，派員同運，會明督撫，勸諭親朋等款，政體攸國，諸多窒礙，均不可行。」但李光昭願將貯在兩湖川貴閩粵各省木料報效，「應准其將所運木植根數長短，徑大尺寸，報明地方官，詳請督撫驗明，如果數目相符，即可發給護照，每逢關卡，認眞查驗，免稅放行。倘稍有夾帶私貨，或根件不符，一經查出，從嚴懲辦。俟該員將木植解京繳納後，再奏請恩，以昭激勵。」

如此辦法，看起來毫無問題；穆宗便批了個「依議」。那知一究實際，李光昭是有「前科」的。據大理寺少卿王家璧密奏，此人「不知有何官職」，在漢陽地方將襄河出口之處的濱水荒地，賣與洋人，發生糾紛，有案在湖北審理之中，倘或捐輸木植的李光昭，即爲其人，「應令歸案，秉公訊辦。」

這個奏摺如果發交軍機處，李光昭的底蘊不難揭穿；但穆宗親政伊始，毫無經驗，又沒有可商量的人，只是悄悄地將摺子「淹」了。以致李光昭得以繼續招搖；而各省已有奏報，湖廣總督「李大先生」李瀚章指稱李光昭「素行不端」；並指出其破綻：

伏思圓明園工程重大，所需木植理應即時採辦，現既奉諭旨，敕下各省督撫臣辦理，自無不設法多方購覓，似不必令市儈報捐致傷大體，且李光昭報效之數，核價不過十萬兩，於大工無甚裨益，而推之六省之廣，期諸十年之久，其欺罔情形已可概見，將來藉端騷擾影射，流弊滋多，臣等愚昧之見，專歸官辦，免其報效，以崇體制。

四川總督吳棠則查報實際情形：

李光昭既稱購留巨木十數萬金，已歷數十年之久，則購於何廳州縣，何處存留，若干商販係何姓名，所在地方，商民斷無不知之理，當即分檄各巡道督飭各地方官確查，滋據永寧、川東、川北各道，陸續具稟遍訪各屬山廠木商，及地方耆老，咸稱數十年來，未聞有外來李姓客商，在川購辦木料，存留未運之事，近數亦無李光昭其人，採辦木植，殊屬毫無憑據，又查川省自滇髮各匪，竄擾邊腹州縣，即有木植已數十年，中間迭遭兵燹，亦未必獨存，所有李光昭報捐木植之事，係屬空言無稽。

這已是同治十三年端午以後的事；上距王家璧密奏，約為半年；在此半年之中，李光昭到過香港，也到過福州，在香港自稱「圓明園李監督」，居然「代大清皇帝與洋商立約」；在福州通過美商旗昌洋行，向法商購買了一批木材，運到天津以後，具呈內務府請「奏明派員點收」；木材價值據稱為「三十萬兩」。

於是內務府奏稱：

若由臣等派員至天津驗收，往返需時，轉費周折。請飭下直督就近派員，按該員所稟根件數目尺寸驗收造冊咨送臣衙門，一面由該督迅速設法運赴圓明園工程處查收，再由臣等查驗，是否與所報相符，再行核實估計價值奏明請旨，格外恩施，以昭激勵。

劉鳳翰著「圓明園興亡史」，謂內務府請派直督驗收為一大失策，殊屬不然；事實上是李光昭原形畢露，內務府無法交代，不得不請李鴻章出面，一則在對美法領事的交涉上，料想李光昭所拆的爛污；再則借刀殺人，殺李光昭以洩小皇帝之憤。

這是大事化小的高明手法，倘非經由直督作一緩衝，內務府逕自處理，奏稱此爲騙局，則何以自圓其說？

這個騙局之發展，實出情理之外，李光昭在福州所購洋木，實値五萬餘兩，而只付過定洋十元；貨到天津，應付款提貨時，兩手空空，以致美法領事，相繼提出交涉。李鴻章據實陳奏後，穆宗震怒，同時也知道非交軍機不可了，於是而有兩道上諭；劉鳳翰所謂一諭內閣；一諭軍機大臣。

按諸軍機辦事規則，諭內閣應爲「明發」，由內閣發抄，通國皆知；諭軍機大臣則爲「廷寄」，亦稱「寄信上諭」指示直督如何處理。所以有「明發」，又有「廷寄」者，一則爲了保密，再則是爲了保全朝廷的顏面，這些荒唐的行徑不必鬧成社會新聞。

「廷寄」中責成李鴻章「確切根究，按律嚴辦，不得稍涉輕縱。」此爲七月初之議，到八月中旬結案，李鴻章覆奏「親提復訊」云：

據李光昭供係廣東嘉應州人，寄居湖北漢陽，向販木植茶葉生理。同治元年在臨淮軍營報捐雙月知府，僅領實收，未得部照，實收旋亦焚燬。前在漢鎮挑築隄工，被人控告未結。

十二年六月，進京販賣花板，與前任內務府大臣誠明，前署內務府堂郎中貴寶，內務府候補筆帖式成麟認識，其時興修圓明園，誠明等問伊採買大木情形，伊思若到四川等省進山伐木，用工本銀三千兩，可報效值銀一萬銀，旋向貴寶說原報效十萬兩銀木值，分十年呈交，經貴寶帶見堂官，允令呈請核辦，隨即出京與成麟偕行，嗣至湖北，探知進山伐木非三年不能出山，工本太重，復至廣東香港改購洋木，本年三月定買洋商菴忌呂宋木洋尺三萬二千尺，當付定洋十元，寫立合同，後菴忌病故，原定木植被其債主分散，事遂罷議。

時法商播威利亦有木植出賣，伊因無錢，初商游移，成麟欲藉此補缺，據云可向其親戚借湊，遂向定買，成麟先取木樣回京，伊又至福州與播威利議定買木三船，共洋尺三萬五千尺，每尺價一元五角五尖，統合木價洋銀五萬四千二百五十元，言明到津付價，交木若有耽擱，每日加給船價洋銀五十元，先付定洋十元寫立合同。

伊於五月至津，播威利將第一船木植運到，伊即赴京在內務府呈報木植數目，揑開洋尺九萬五千五百餘尺，價值銀三十萬兩，惟伊係無錢買木報效，家中僅有五十石糧之地，從前做生意時尚可通融銀錢，今向各處告貸未獲，成麟亦未借得銀兩，運到木植又不合用，遂與洋商控至。

以下定罪一節文字，出於精於刑名的幕友之手，開脫內務府大臣的說法，頗爲巧妙：

該犯冒充園工監督，到處誆騙，致洋商寫入合同，適足貽笑取侮，核與詐稱內使近臣之條相合，其揑報木價，尚屬輕罪，自應按照詐傳詔旨及詐稱內使近臣之律，問擬兩罪，皆係斬監候，照例從一科斷，李光昭一犯合依詐傳詔旨者斬監候律，擬斬監候秋後處決。該犯所稱前在軍營報捐知府，是否屬實，尚不可知，但罪已至死，應無庸議。

按：所謂「揑報木價」是李光昭揑報，還是內務府「戴帽子」，不得而知；就算是李光昭所揑報，但對象爲內務府，並不足構成欺罔之罪，反而是內務府不加查察，貿然上奏，即非欺罔，亦是玩忽欽案，厥罪甚重。

以下李光昭冒稱道員，情形亦復如此；內務府連此人是何身分都未弄清楚，居然上達天聽，實不無視穆宗少不更事，不妨輕侮之嫌。這是可以砍腦袋的罪名；而就在老吏筆下，「罪已至死，應無庸議」八個字之中，輕輕地遮過去了。

這一案除了李光昭自尋死路以外，貴寶、成麟亦由李鴻章徹查「交通舞弊」，以「查無實據」覆奏，僅予以革處的行政處分。在這一案中，李鴻章與內務府建立了極好的關係，對於他以後之能獲慈禧重用，頗有關係。

促成停工的第二件事，也是主要的一個因素，即是穆宗借視察園工而微行；其中牽涉到一個翰林王慶祺。

「清朝野史大觀」記其奇遇云：

清穆宗御極時，春秋鼎盛，好微服冶遊。然微行時從者僅一二內臣，若無便給之士，為其狎邪之侶未能曲盡遊興。京師著名之飯莊，曰宣德樓。一日王景琦太史偕某部郎小酌樓中。王擅二簧，某部郎長昆曲，迺以紅牙檀板各獻所長。

一曲既終，隔座一客欣然至前，詢太史等姓名官階，曰所奏曲良佳，盍為我再奏一曲。視其人氣度高華。口吻名貴。太史心知其異。迺如命為之再歐，歐未竟，驀有二少年被玄服立簾外探望，見客則拱手肅然。俄而車馬喧闐，人傳恭王至，行馬數十，奉一朱輪車停樓下。恭王從容下車。入與客耳語，久之客始微領，怏怏從之去。客登車。恭為之跨轅。游龍流水，頃刻已渺。

王慶祺以此受知，留待後文再談。此酒樓據說是崇文門外的龍源樓；時在同治十三年夏天，正是李光昭招搖撞騙正起勁之時。看看鬧得太不像話了，三王、三御前、三軍機、一師傅，聯銜上摺，事由是：「敬陳先烈，請皇上及時定志，用濟艱危。」三王是穆宗的三胞叔：惇王（奕誴）、恭王、醇王；三御前大臣是僧王之子襲王爵的伯彥訥謨詁；恭王的同母妹婿額駙景壽；後來成爲慶親王的貝子奕劻；三軍機大臣是文祥、寶鋆、沈桂芬；師傅是李鴻藻。

這十個人議親、議貴，足以代表所有的臣下；分量之重，在清朝尚無前例。諫勸者六條；前有危言：

自同治十二年，皇上躬親大政以來，內外臣工，感發興起，共相砥礪。今甫經一載有餘，漸有懈弛情形，推原其故，總由視朝太晏；工作太繁；諫諍建白，未蒙討論施行，度支告匱，猶復傳用不已，以是鯁直者志氣沮喪；庸懦者屍位保榮，頹靡之風，日甚一日。值此西陲未靖，外侮方殷，乃以因循不振處之，誠恐弊不勝舉，害不勝言矣。

以下撮敘關係最重要者，有「畏天命、遵祖制、愼言動、納諫章、重庫款、勤學問」等六條；其中固有意在言外，諷勸慈禧太后者，但大部分係針對穆宗的失德而論。引錄「遵祖制、愼言動」兩條如下：

一、遵祖制：我朝列聖相承，自朝廷以及宮禁，事無鉅細，皆有規制，每日視朝辦事，及召對臣工，皆在寅卯之間。

至太監只供奔走，不准干預政事，訓飭尤嚴；誠有見於前代宦寺之禍，杜漸防微，意至深遠，一切服用之物，務崇儉樸，不尚華飭新奇；宮禁之中，尤為嚴肅，從未有閒雜人等，任意出入。凡此皆祖宗舊制，願皇上恪遵家法，以光先烈。

一、慎言動：皇上一身為天下臣民所瞻仰，言動雖微，不可不慎也。外間傳聞皇上在宮門與太監等以演唱為樂；此外訛言甚多，駕幸圓明園察看工程數次，外間即謂皇上藉此喜於遊觀。臣等知其必無是事，然人言不可不畏也。可見皇上一言一動不可不慎。至召見臣工，威儀皆宜嚴重；言語皆宜得體，未可輕率。凡此類者，願皇上時時留意。

雖謂「必無是事」，其實確有這些事；立言之體，不得不然。奏上復請召對；穆宗初不許，再三請求，方於七月十八日召見。

據吳汝綸日記「時政」類載：

見都下某官與某中丞書，言健罷園工之事云：七月十八日政府親臣聞大內將於二十日園中演戲，十餘人聯銜陳疏；復慮閱之不盡，乃先請召見，不許；再三而後可。疏上，閱未數行，便云：「我停工何如，爾等尚何嘵舌？」恭邸云：「臣等所奏尚多，不止停工一事，請容臣宣誦。」遂將摺中所陳，逐條讀講，反復指陳。上大怒曰：「此位讓爾何如？」文相伏地一慟，喘急幾絕，乃命先行扶出。醇邸繼復泣諫至微行一條，堅問何從傳聞？醇邸指實時地，乃怫然語塞。傳旨停工。

由此可知微行確有其事；但前引遇王慶祺一節，則來請駕者並非恭王；當是內務府一大臣。否則當著恭王，穆宗不會「堅問何從傳聞？」

對於這一節，穆宗耿耿於懷；因有以下的發展：

至二十七日召見醇邸，適赴南苑驗砲，遂召恭邸，復詢微行一事，聞自何人？恭邸以「臣子載澂」一對，故遷怒恭邸，並罪載澂也。又某樞直言：二十七日原旨中，有「跋扈弄權，欺朕年幼，著革去一切差使，降為庶人，交宗人府嚴行管束」等語。文相接旨，即陳片奏，將硃諭繳回；奉旨「著不准行」，復奏：「請暫擱一日，明日臣等有面奏要件。」比入，犯顏力爭，故諭中有「加恩改為」字樣。

逾日復草革醇王諭；不知何人馳愬，忽傳旨召見王大臣，不及閣學。時已過午，九卿皆已退直，惟御前及翁傅直；入弘德殿，見兩宮垂涕於上，皇上長跪於下。謂十年以來，無恭邸何以有今日？皇上少未更事，昨諭者即撤銷云云。

如上所引吳汝綸的記述，穆宗與恭王的衝突，共計兩次，第一次爲「十王大臣」共諫的七月十八日，園工一事，未能遽止，係因承歡太后，不敢自擅。穆宗是否轉奏，不得而知；但停工的關鍵，顯然已移向兩宮太后；其間「十王大臣」爲了釜底抽薪之計，極可能聯名密奏兩宮。

據劉鳳翰在「圓明園興亡史」中謂，曾親見李鴻藻親筆摺底，請「皇太后明降懿旨，停止園工」。措辭雖危切，但對穆宮借視察園工而微行一事，隻字未提；七月二十七日忽然召見恭王，詢微行一事，聞自何人？引起震怒，度情揆理，兩王必曾謁兩宮，密奏微行之事；並提出極嚴重的諍諫，倘園工不停，則微行不止；倘生意外，動搖國本。

修園本爲慈禧所堅持；如今提出這麼一個嚴重的後果，慈禧不能不深深警惕，於是而有停工的決定；且極可能召帝切責，因而穆宗乃有突然召見恭王詢微行之事。及至恭王回奏聞自「臣子載澂」，則益激穆宗之怒；因爲穆宗微行，多少亦受載澂引誘之故。

載澂爲恭王長子，聰明絕頂，而自幼頑劣，在上書房讀書時，戲侮師傅，皆由載澂領頭。學在上書房行走的林天齡的福州官話，維妙維肖，隔室幾不可辨。平時與穆宗極爲接近，而其人固京師第一號花花公子，閒時備述南城聲色之盛，或曾導帝冶遊，此所以他人告密，穆宗猶覺可恕；載澂透露其事，則備覺可恨。

七月二十九日的大風波，據六月十六日服滿回京，照舊當差的翁同龢記載，其經過如此：

晴熱。臣入，至昭仁殿，聞有軍機御前合起已下矣，仍上。午初一刻，忽傳旨添臣龢起，隨至月華門，見諸公咸在；略坐，問上意如何？緣何事召對及小子？則云：大抵因園工責諸臣，何以不早言，並及臣龢，此次到京，何以無一語入告？午初三刻，隨諸公入對，上首責臣，因何不言？對曰：此月中到書房才七日，而六日作詩論，無暇言及。

今蒙詢及即將江南民間所傳，一一詳述；並以人心渙散為言，語甚多，上頷之。其餘大略詬責言官，及與恭醇兩王，往復辯難，且有離間母子，把持政事之語，兩王叩頭，申辯不已。

按：召見在宮內稱爲「叫起」，所謂「軍機御前合起」，即同時召見軍機及御前大臣；「添臣龢起」，即傳旨同時亦召見翁同龢。觀所記「離間母子」一語，殆指恭醇兩王以帝微行情形告訴太后一事而言。

翁同龢又記：

> 同龢因進曰：「今日事須有歸宿，請聖意先定，諸臣始得承旨！」帝曰：「待十年或二十年，四海平定，庫項充裕，園工可許再舉乎？」諸臣皆對曰：「如天之福，彼時必當興修！」遂定停止園工，修三海而退。
>
> 同龢等遂同至軍機處斟酌擬旨，遞上留中；晚申初硃諭一道封下，交文祥等，即革恭王及其子載澂爵者；文祥等不奉旨，請見；不許，遞奏片請改不許，最後遞奏片言：「今日倉促，散值，明日再定。」申初二刻停園工詔天下，文祥遂出。

此爲身歷其境，最權威的記載；據此可勘吳汝綸之誤，所謂「某樞直言，二十七日原旨中」云云，應訂正爲二十九日。

又，原旨於二十九日申初交下後，以文祥不奉詔，因於三十日復頒。原旨有「諸事跋扈，離間母子」；「欺朕年幼、奸弊百出，目無君上，天良何在」，以及「革去一切差使，降爲庶人，交宗人府嚴行管束」等語；翌日復頒時，語氣緩和多多，只「革去親王世襲罔替，降爲郡王」；載澂「革去郡王銜貝勒」，這當然是前一天晚上，與左右小太監商量，認爲處置過嚴，怕行不通，因而改寫之故。

縱令如此，仍是行不通。此由於第一、穆宗的「帝王學」尚未入門，不知如何行使權威；第二，最重要的是，根本並未握有權威，上有兩宮，下有重臣，自己並無直接採取行動的實權，何能辦此大事。

按：罷黜親貴重臣，在清朝曾數次發生，穆宗如果細讀過歷朝實錄，處置即不致如此笨拙。君權的行使，必須有個過程；而且必須有一番佈置，至少應如慈禧第一次「整」恭王那樣，有個言官出面參奏，方可據以作文章，而且這篇只有題目、並無內容的文章，要有平地起波瀾的本事，才能作得好。光憑一紙硃諭，便可使任何人俯首聽命，那是英明之主，積多少年權威才辦得到的事；穆宗何足以語此？

七月三十日的硃諭，結果落入兩宮太后之手，自是留中不發，到了八月初一，穆宗眞是一意孤行，降旨盡革「十王大臣」職，仍是兩宮及時阻攔，李慈銘「越縵堂日記」，八月初一日記：

> 今日有硃諭盡革惇王、恭王、醇王、伯王、景壽、奕劻、文祥、寶鋆、沈桂芬、李鴻藻十人職，謂其朋比謀為不軌，故遍召六部尚書、侍郎、左都御史、內閣學士，即將宣諭，兩宮聞之，亟止上勿下。因出見軍機大臣御前大臣，慰諭恭王還其爵秩云。

據吳汝綸予日記，召見時「兩宮垂涕於上，皇上長跪於下」；翁同龢日記，亦有「垂涕慰諭恭王」之語，可見事態之嚴重。

按：衡諸穆宗之所爲，已不足以君臨天下；如文宗另有他子，或惇、恭、醇三王有異心，可能會引起廢立之議，穆宗闖的禍，實在不少，此所以「兩宮垂涕」、「皇上長跪」。

這場大風波以兩道上諭結束，一道是「奉懿旨」，說恭王召對時言語失儀，顧屬咎有應得；自我轉圜的話是：

惟念該親王自輔政以來，不無勞勛足錄，著加恩賞還親王世襲罔替；載澂貝勒郡王銜，一併賞還。該親王當仰體朝廷訓誡之意、嗣後益加勤慎、宏濟艱難，用副委任。

另一道則不便用懿旨；事實上爲慈禧的決定：

前降旨，令總管內務府大臣將圓明園工程擇要興修，嗣朕以經費支絀，深恐有累民生，已特降諭旨，將圓明園一切工程即行停止，並令該管大臣查勘三海地方，量加修理，為朕恭奉兩宮皇太后駐蹕之所，惟現在時值艱難，何忍重勞民力，所有三海工程，該管大臣務當核實勘估，力杜浮冒，次昭撙節，而卹民艱。

就因為有修三海工程這個尾巴在，穆宗仍得有微行的機會。在此以前，曾有上諭，自八月二十七日至九月初三，幸南苑校射並校閱神機營。此兩個月中的大事，據李鴻藻日記：

八月十二日訪翁長談。是日請旨弘德殿諸臣，毋庸隨往南苑。

九月一日大久保利通向總署提出最後通牒，限五日解決台案。

九月十日李鴻章與美使艾忻敏商談台案。艾忻敏認為台灣為中國土地，日如用兵，美國斷難坐視。

九月十四日訪翁，言今日至十六皆無書房。

九月二十二日中日台灣事件專約簽字，中國承認日本行為正當，日軍退出台灣，賠款七五萬元。（五十萬兩）

十月十日孝欽后四旬萬壽，穆宗詣慈寧宮，率百官行禮，宣讀賀表。公與焉。

十月三十日穆宗病，命公代批答奏章。據「穆宗實錄」：「上不豫，仍治事如常，命軍機大臣李鴻藻恭代批答奏章。（傳說穆宗病，初謂往西苑受涼，嗣又云發疹，經御醫診斷，實為梅毒。太后得知，大怒，遂改為「天花」。君臣因均易花衣，並以紅絹懸於當胸，奏摺用黃面紅裡，又各遞如意以賀「天花之喜」。）

上記中，「九月一日大久保利通向總署提出最後通牒」一條，爲日本侵華之始；說得不客氣些，是明朝嘉靖年間倭寇的復活，只是當時既無胡宗憲，亦無戚繼光、俞大猷；以後徐海、汪直之流，倒是出了不少，「流風遺韻」，至今不絕。

【經典新版】清朝的皇帝（四）走向式微

作者：高陽
發行人：陳曉林
出版所：風雲時代出版股份有限公司
地址：10576台北市民生東路五段178號7樓之3
電話：(02) 2756-0949
傳真：(02) 2765-3799
執行主編：朱墨菲
美術設計：吳宗潔
行銷企劃：林安莉
業務總監：張瑋鳳

初版日期：2020年1月
ISBN：978-986-352-778-7

風雲書網：http://www.eastbooks.com.tw
官方部落格：http://eastbooks.pixnet.net/blog
Facebook：http://www.facebook.com/h7560949
E-mail：h7560949@ms15.hinet.net
劃撥帳號：12043291
戶名：風雲時代出版股份有限公司

風雲發行所：33373桃園市龜山區公西村2鄰復興街304巷96號
電話：(03) 318-1378
傳真：(03) 318-1378
法律顧問：永然法律事務所 李永然律師
北辰著作權事務所 蕭雄淋律師

行政院新聞局局版台業字第3595號 營利事業統一編號22759935

定價：280元

國家圖書館出版品預行編目資料

清朝的皇帝 / 高陽著. -- 經典新版. -- 臺北市：風雲時代, 2019.11　冊；　公分

ISBN 978-986-352-778-7 (第4冊：平裝). --

863.57　　108017678